KB272689

Fantasy Frontier Spirit

김운영 판타지 장편 소설

흑사자 Dark Leonal

黑獅子

흑사자 5
김운영 판타지 장편 소설

초판 1쇄 찍은 날 § 2006년 1월 21일
초판 1쇄 펴낸 날 § 2006년 1월 31일

지은이 § 김운영
펴낸이 § 서경석

편집장 § 문혜영
편집책임 § 최하나
편집 § 문정흠

펴낸곳 § 도서출판 청어람
등록번호 § 제1081-1-89호
등록일자 § 1999. 5. 31
어람번호 § 제1-0670호

주소 § 경기도 부천시 원미구 심곡1동 350-1 남성B/D 3F (우) 420-011
전화 § 032-656-4452 팩스 § 032-656-4453
http://www.chungeoram.com
E-mail § eoram99@chollian.net

ⓒ 김운영, 2005

ISBN 89-5831-952-6 04810
ISBN 89-5831-759-0 (SET)

도서출판 청어람

5

전설을 만드는 자

Fantasy Frontier Spirit

김운영 판타지 장편 소설

흑사자
Dark
Leonal
黑獅子

CONTENTS

Chap 1
흑사자만이 할 수 있는 일

혹한으로 위세를 떨치던 겨울이 뒷모습을 보이면서 꽁꽁 얼어붙었던 땅도 녹기 시작했다.

대지의 품에서 겨우내 힘을 모은 씨앗과 뿌리는 힘차게 활동을 시작하여 대기 중으로 자신들의 일부를 내보였다. 새싹이다.

만물이 소생한다는 봄은 차가운 바람 속에 꽃향기가 섞임과 동시에 점점 따뜻하게 변하며 찾아왔다.

대자연의 생물들은 모두 기뻐하며 두근거리는 심장과 함께 앞으로 다가올 짝짓기의 시기를 기다리기 시작했다.

그러나 라시아 대륙에 사는 인간들은 약간 사정이 달랐다. 가을에 거둔 식량은 겨울 동안 대부분 소모해 버린 상태였다. 이제 초여름에 보리를 수확할 때까지 그들은 빵 한 조각이 아쉬운 생활을 해야 한다.

특히 작년 가을은 대륙 전반에 걸쳐 흉년이라고 할 수 있었다. 사람들은 밤낮을 가리지 않고 조금이라도 식량을 확보하기 위해 노력하고 있었지만 시기가 시기인지라 결코 쉽지는 않았다.

굶주림은 인간이 느끼는 고통 중 가장 괴로운 것의 하나임에 틀림없다. 낡은 의복도, 누추한 주거도 빼앗지 못하던 소박한 기쁨들은 이미 어제의 일이 되었다. 허기에 지친 누런 얼굴의 사람들은 약간의 음식을 얻기 위해 무엇이라도 할 것이 분명했다.

관도를 따라 걷고 있는 두 사람의 여행자는 지난 한 달 동안 그런 사람들의 모습을 아주 많이 볼 수 있었다.

낙천적인 성격의 휴케바인도 한숨을 쉬며 고개를 돌릴 정도였다.

"공자님, 올해는 특히 심한데요?"

"그렇군."

레오 역시 그다지 기분이 좋지 않은 것 같았다. 휴케바인은 그런 주군의 심기를 재빨리 읽고는 웃으며 말했다.

"그래도 우리 영지가 살기에 좋은 곳이었나 봅니다."

"그야, 산과 숲을 끼고 있었으니까."

고향 이야기가 나오자 레오의 안색이 조금 밝아졌다. 가이안 영지의 경우, 농사의 소출이 많지는 않아도 산과 숲을 끼고 있어 대체 식량이 많았다. 덕분에 영지민이 굶주림에 시달리는 일은 거의 없었다.

"그렇지요. 전전 영주님이나 전 영주님이나 영주민을 괴롭히는 취미는 없었으니까요. 특히 공자님 밑에 있으면 시시때때로 사냥을 하니 고기도 먹을 수 있고요. 하하하!"

"그때는 철이 없었다."

레오의 말에 휴케바인은 웃음을 멈추고 뻘쭘한 표정으로 뒷머리를 긁었다.

'칫, 그럼 지금은 철이 드셨다는 겁니까? 그 말을 발렌 경이나 유스 경 앞에서 한번 해보시죠? 뒤로 넘어갈 테니.'

왠지 억울한 심정이 된 휴케바인은 주군이 철든다는 건 전혀 어울리지 않는다고 생각했지만 입을 꾹 다물었다. 한참을 속으로만 투덜거리며 걷던 그는 앞쪽에 도시의 외벽이 보이기 시작하자 그쪽을 가리키며 말했다.

"저곳이 바로 란가젤입니다. 저곳을 지나면 호쿠쿠 밀림까지는 더 이상 도시라고 할 만한 곳이 없지요."

"다 왔군."

레오는 알고 있다는 듯 차분한 목소리로 대답했다. 사실 휴케바인은 매일 밤 지도를 보고 지형을 확인하지만, 레오는 지난 10년간 대륙을 돌아다닌 몸이다. 란가젤 시티만 해도 이번이 세 번째였다.

"그럼 일단 저곳에서 밀림으로 들어가는 방법을 조사해 볼까요?"

"없다."

"예?"

"밀림으로 들어갈 방법이 없으니 우리가 온 것 아니냐?"

"아참, 그렇지요. 하하하!"

휴케바인은 손뼉을 치며 감탄한 표정을 지었다. 하지만 속으로는 이 주군이 오늘따라 사람을 무안하게 만든다고 투덜댔다.

대륙 최고의 밀림 지대인 호쿠쿠 밀림은 3백 년 전부터 아무도 들어가지 못했다.

들어가려고 시도한 사람은 무수히 많았고, 심지어는 드래곤에게 요청을 한 자도 있었다고 한다. 그러나 놀랍게도 드래곤조차 지금의 호쿠쿠 밀림에 쳐져 있는 환상 결계는 뚫을 수 없다고 했다.

그도 그럴 것이, 밀림의 결계는 3백 년 전 대륙을 뒤집어엎고 당시 존재하던 3대 제국을 모두 멸망시킨 마신소환자 데미리치 렉토스를 막기 위해 쳐진 것이기 때문이다.

그 넓은 지대에 결계를 칠 수 있다는 것은 믿을 수 없는 일이지만 현실로 나타났으니 어쩔 수 없는 일이었다.

고대의 전설에 의하면 현자의 탑 창시자이자 빛의 마도사인 우스파는 대륙을 가로지르는 하이얀 산맥 전체에 결계를 쳤다고 한다.

마법사들은 아마 그 기적적인 마법진의 비밀이 호쿠쿠 밀림의 대샤먼에게 흘러들어 가지 않았나 하고 조심스럽게 추측할 뿐이었다.

결론만 보자면 그곳에 쳐진 결계는 인간의 상식을 벗어난 것이며, 마족이나 드래곤조차도 풀 수 없는 절대 결계라는 말이 된다.

휴케바인은 다시 한 번 그것을 상기하고는 약간은 불안한 얼굴로 레오를 보았다. 그리고는 조심스럽게 물었다.

"그런데 정말 공자님께서 그곳에 들어가실 수 있을까요?"

"못 들어갔다."

"예?"

"7년 전쯤 한번 들어가 보려고 했는데 안 되더군."

"어헉, 그럼 큰일이 아닙니까?"

큰일도 보통 큰일이 아니다. 하이번은 레오가 밀림에 들어갈 수 있는 것을 전제로 일을 추진하겠다고 말했고, 레오는 그것을 승낙하지 않았던가? 그런데 지금 와서 들어가지 못했습니다! 라는 말로 끝날 일이 아니다. 제국의 운명이 걸려 있다.

"그때는 그때고, 지금은 지금이다. 들어가지 않으면 안 되는 상황이니 들어가야겠지."

레오는 단호하게 말했다. 그게 자신이 해야 할 일이었기에 다른 잡념은 일체 가지지 않았다.

휴케바인 역시 레오의 말에 고개를 끄덕였다. 꼭 들어가야 한다. 누가 뭐라고 해도 해야 한다.

"그건 그렇지요. 그럼 일단 아무 생각 없이 밀림까지 가보지요."

"……."

"란가젤에서 식량을 확보하겠습니다. 당분간은 밀림 속을 헤맬지도 모르니까요."

"그렇게 해라."

"3일쯤 걸릴 겁니다. 지금은 식량이 금처럼 귀한 때이니 말입니다."

"상관없다."

레오는 그런 일은 알아서 하라는 듯한 태도로 고개도 돌리지 않고 대답했다. 휴케바인을 데려온 이유가 바로 그것 때문이 아닌가? 그는 덩치는 커도 결코 미련하지 않기 때문에 편하다.

그때 휴케바인이 고삐를 쥐고 있던 말의 짐 속에서 이상한 소리가 들렸다.

끄와아앙—

"엇, 형수님이 깨셨나 봅니다."

"형수님?"

"아, 아니요. 네로님 말입니다."

휴케바인은 얼른 말을 바꾸고는 뒤쪽을 보았다. 과연 짐 속에 준비된 네로의 침실에서 검은 고양이 한 마리가 기어 나오고 있었다.

야옹—

네로는 말의 등에서 네 다리를 길게 뻗으며 기지개를 켰다.

"일어나셨습니까?"

휴케바인은 고양이를 향해 허리를 90도로 굽히며 정중하게 인사했다. 그러거나 말거나 네로는 이런 저런 자세를 취하며 고양이 특유의 유연성을 발휘하고 있었다.

'역시 간이 침실은 영 불편하다니까.'

네로는 좁은 공간에서 흔들리느라 굳어진 몸을 세심하게 풀고는 바로 옆에서 대기하고 있는 휴케바인 쪽으로 방향을 틀었다.

휘익, 탁.

다음 순간 그녀는 갑자기 훌쩍 뛰어서 휴케바인의 머리 위로 올라갔다.

졸지에 고양이 형수님을 머리에 모시게 된 휴케바인은 그 자세 그대로 굳어버렸다. 그는 감히 고개도 돌리지 못하고 뻣뻣하게 서서 그녀가 편히 설 수 있도록 했다.

'역시 키가 크니 이럴 땐 딱이군!'

거구인 휴케바인의 머리 위에 버티고 서니 사방이 훤히 다 보였다. 그녀는 잠시 주변을 관찰하다가 정면에 보이는 도시를 발견하고는 앞발로 휴케바인의 머리를 툭툭 건드리고는 그쪽을 가리켰다.

그러자 휴케바인의 입에서 마치 기계와도 같은 대사가 줄줄 흘러나오기 시작했다.

"란가젤 시티입니다. 밀림까지의 마지막 도시이고, 인구는 8만, 주요 특산물은 밀림 주변 마물들의 가죽과 약초……."

수행원인 그는 여행 경로의 모든 도시의 정보를 숙지하고 있어야 한다. 레오는 별 신경을 쓰지 않지만, 네로는 아주 꼼꼼하게 그걸 확인했다.

네로는 란가젤에 대한 휴케바인의 설명이 끝나자 곧바로 그의 어깨 쪽으로 내려섰다.

팟, 휘익, 탁!

뒷발로 휴케바인의 어깨를 힘껏 차면서 뛴 네로는 레오의 어깨 위로 사뿐하게 착지했다. 그리고는 방금 전까지와는 전혀 다른 애교스러운 태도로 레오의 볼에 자신의 머리를 비볐다.

야옹—

"깨어났구나. 그래, 오늘은 저곳에서 묵어야 할 것 같다."

레오는 미소를 지으며 손을 들어 그녀의 목을 간질이기 시작했다. 이럴 때 보면 전형적인 애완동물과 주인의 모습이다.

휴케바인은 비로소 몸에서 힘을 빼며 조용히 앞으로 나아가 그들에게 길을 안내하듯 앞장서서 걸었다.

형님과 형수님이 노는데 그걸 구경하듯 바라보고 있을 수는 없었다. 사실 그 둘이 같이 있는 것만 보아도 약간은 몸이 떨리기도 했다. 현재 대륙 최강자인 두 명이 저러고 있으면, 마치 주변이 별다른 세계라도 된 듯한 기분이 든다.

"절대로 마음을 놓으시면 안 됩니다. 저 두 분의 분위기에 휘말리면 상당히 고생하실 수 있으니까요. 휴케바인 경께서는 절대 동요하지 마시고 평범한 인간의 상식을 고수하도록 하십시오."

하이번은 천하제일의 강자라는 칭호를 받는 둘을 호위하게 된 휴케바인에게 몇 번이나 이같이 당부했다. 실제로 휴케바인은 그러한 하이번의 충고가 너무나 정확했다고 생각하고 있었다.

‘그 말이 진리지. 별세계 주민은 사양하겠어.’

휴케바인은 속으로 그렇게 중얼거리며 묵묵히 걸었다.

그러는 사이 그들은 란가젤 안으로 들어가 적당한 위치에 자리한 여관을 찾을 수 있었다.

“어서 오십시오. 숙박을 하실 겁니까?”

일행이 여관 문으로 들어서자마자 한 소년이 환하게 웃으며 싹싹한 어조로 물어왔다. 동작이 재빠른데다가 영업용 미소를 터득한 인상이 그다지 나쁘지 않은 소년이었다.

‘호, 베테랑이군!’

소년을 재빨리 훑어본 휴케바인은 그렇게 생각하며 말했다.

“공자님과 내가 3일 정도 묵으려 한다. 좋은 방은 있나?”

소년은 휴케바인의 입에서 공자님이라는 말이 나오자 레오를 보았다. 점잖게 서 있는 레오의 모습은 과연 보기만 해도 어느 귀족 집의 자손이라는 것을 알 수 있었다.

“아, 귀족가의 공자님과 수행 기사분이시군요. 무사 수행을 하시는 건가요? 염려 마십시오. 마침 특실이 남아 있습니다. 저번에 여행 중이신 자작 분께서 묵으셨을 때에도 칭찬하셨던 곳입니다.”

소년은 자작이라는 작위에 살짝 힘을 주어 말하면서 싱긋 웃었다.

철들 때부터 여관에서 일을 해온 소년은 레오의 모습에서 그가 자작가의 자제일 것이라고 판단했다. 입고 있는 옷을 보면 대충 견적이 나오는데 아마도 자신의 예상이 정확할 것이다.

이러한 소년의 생각을 읽어낸 휴케바인은 피식하고 웃으며 손짓으로 얼른 안내하라는 표시를 했다.

소년의 판단은 맞기도 하고 틀리기도 했다.

사실 지금 레오가 입고 있는 갑옷과 옷은 그가 과거 여행할 때의 옷이니 자작 수준의 하급 귀족의 복장이 맞다. 즉, 소년의 옷에 대한 견적은 아주 정확했다고 할 수 있다.

반면 옷의 견적과 달리 소년의 앞에 선 남자는 대륙에서 가장 높은 신분을 가진 인물이었다. 따지고 보면 레오는 왕도 아닌 황제이지 않은가?

'이놈이 그걸 알면 무슨 표정을 지을까?

휴케바인은 그런 상상을 하며 속으로 음흉하게 웃었다. 물론 그의 생각을 알 리 없는 소년은 레오를 보며 최대한 정중하게 말했다. 어쨌든 간에 상대는 귀족이니 말과 행동에 조심해야 한다는 것을 익히 잘 알고 있었다.

"공자님, 가시지요."

"음."

레오는 순순히 소년이 이끄는 대로 따라갔다. 휴케바인은 다시 속으로 소년의 뒤통수에 대고 외쳤다.

'이놈아, 폐하라고 불러!'

레오를 공자님이라고 부를 수 있는 것은 그와 발렌뿐이다. 물론 지금은 신분을 감추기 위해 그렇게 부르지만, 사실 수도에서도 휴케바인은 레오와 단둘이 있을 때에는 가끔씩 공자님이니 소영주님이니 하며 레오를 부르기도 했다.

이는 그가 마음속에 조용히 감춰두고 있는 조그마한 우월 의식의 발현이기도 했는데, 레오의 최고 심복은 절대로 자신이라는 확신이었다.

물론 소년은 그것을 알 수 없었고, 휴케바인은 내일부터 저 소년을 교육시켜야겠다고 결심했다. 알고 보면 그도 성격이 꼬인 면이 있었다.

*　　　*　　　*

　제국을 세우기 위해 가장 필요한 것은 무엇인가? 하이번은 그것에 대해 레오에게 말했다.

　"전설이 필요합니다. 신화가 될 정도로 경이로운 기적이 일어난다면, 대륙의 모든 사람들이 경외심을 가지게 될 것입니다."

　레오는 하이번의 의도가 무엇인지 이해할 수 없었고, 이를 숨기려 하지도 않았다. 레오가 멀뚱멀뚱한 눈으로 자신을 쳐다보고 있자 하이번은 미소를 지으며 다시 자세한 설명을 시작했다.

　"제국은 스스로 세워지는 것이 아니라 다른 사람들의 인정을 받아야 비로소 세울 수 있는 것이라고 말씀드렸습니다."

　"그렇지."

　"폐하께서는 흑사자라는 이름으로 세상 사람들에게 가장 강한 자로 소문이 난 상황입니다. 그렇기 때문에 폐하께서 황제가 된다고 해도 대륙이 인정을 하는 것이지요."

　"그 말도 들었다."

　레오는 시큰둥한 표정으로 대답했다. 두 번 말하는 것을 싫어하는 성격인 만큼 두 번 듣는 것도 별로 좋아하지 않았다. 속으로 내가 그래도 바보는 아니다, 라고 중얼거렸지만 체면상 하이번이 말을 계속하도록 놔두었다.

　솔직히 레오는 스스로 머리가 좋다고 생각해 본 적은 없었다. 반면 그가 보았을 때 하이번은 천재였다. 하이번은 모르고 있었지만 레오는 번번이 드러나는 그의 천재성에 감탄하고 있는 중이었다.

하이번은 여전히 미소를 거두지 않고 하던 말을 계속했다.

"하지만 그들은 그저 인정을 한 것뿐이지 스스로 폐하의 밑으로 들어오지는 않고 있습니다. 특히 미노 제국이 저렇게 강력하게 세력을 형성하고 있으니, 그에 적대하는 폐하의 편을 드는 것은 결코 쉬운 일이 아니지요."

"그래서?"

"그들에게 이성을 잃게 할 정도의 사건이 필요합니다. 제국의 초대 황제에 어울리는 전설적인 영웅담, 다시 말해서 폐하께서 신적인 존재가 되어야 한다는 것이지요."

"난 인간이다."

레오는 강하게 말했다. 그의 눈빛이 차가워졌다. 스스로의 마음속에 있는 거부감이 앙금처럼 일어났다.

난 정말로 인간일까? 그런 의문은 과거에도 존재했고, 앞으로도 영원히 그의 마음속 일부분을 차지하고 있을 것이다.

하지만 하이번은 그런 레오의 심리적인 상태까지는 몰랐다. 알아도 상관없을지도 모른다. 그는 열렬하게 주장했다.

"건국 황제는 살아 있는 신이 되어야 합니다. 적어도 신에게 인정을 받아야 되지요. 과거 3대 제국을 보면 다 그렇지 않았습니까?"

"으음."

레오도 3대 제국에 대해서는 배운 바가 있었다. 귀족이라면 철들기 전부터 역사에 대해 교육을 받아야 하고, 역사 교육 중 가장 처음 배우는 것이 3대 제국이기 때문이다.

하이번은 그 제국들의 건국에 대해 하나하나 손으로 꼽아가듯 설명을 했다.

"신성제국 할트는 교황이 황제였고, 세습도 자식이 아닌 차기 교황이 했습니다. 그럼으로써 제국의 정통성을 이어갔지요."

"……."

"카라엘 제국의 경우, 초대 황제가 투신의 제자로, 투신과 드래곤 로드의 인정을 받아 제국을 세웠습니다. 고대 제국 이후 가장 오래된 제국인 시얀 제국은 어떻습니까? 호쿠쿠 밀림의 대샤먼이 정령신을 대신해서 그를 인간의 황제로 인정하고, 매년 샤먼들을 동원해 제국 전체에 정령의 축복을 내렸습니다."

"결국 신적인 요소가 끼어야 한다는 것인가?"

"그래야 다른 사람들이 자신의 위에 있는 존재를 인정하지요."

"알았다. 그래서 결론은?"

레오는 여전히 내키지 않는 듯한 표정으로 하이번의 말을 끊었다. 더 이상의 설명은 듣기 싫었다.

하이번의 말은 레오의 마음 한구석에 늘 자리잡고 있는 의문을 아프게 건드렸다. 감정은 상했지만, 이성은 하이번의 말이 옳다고 외치고 있었다. 이러한 상반된 마음은 탐탁지는 않으나 인정하겠다는 결론을 가져왔다.

평소와 같은 흔쾌한 허락이 아니다.

하이번은 레오의 태도에서 이 남자가 마지못해 승낙을 하는 것임을 금방 눈치챌 수 있었다. 그렇다면 말을 길게 하지 않는 것이 좋다.

"결론은 폐하께서 기적을 일으키시라는 것입니다."

"기적?"

“그렇습니다. 제가 조사한 바에 의하면, 현존하는 대륙의 신비 중 가장 놀라운 것은 바로 호쿠쿠 밀림의 결계이지요.”

“으음, 호쿠쿠 밀림이라. 그럼 내가 그 결계를 깨야 한다는 것이군.”

하이번의 말에 레오는 팔짱을 끼고 심사숙고하기 시작했다. 해야 되나 말아야 되나? 쉬운 일이 아닌 만큼 그렇다고 해도 간단하게 대답할 수 없는 문제였다.

오히려 하이번이 말을 꺼내놓고 레오의 눈치를 보았다. 사실 그는 레오가 화를 낼 경우를 생각해서 다른 후보 전설도 몇 개 준비해 놓은 상황이었다.

‘100만 대군은 충분히 막을 수 있습니다. 다른 것은 다 제가 알아서 할 테니 폐하께서는 한 가지만 하십시오’ 라 말해놓고, 그 한 가지가 호쿠쿠 밀림의 결계 파괴라고 하면 황제 우롱죄로 처형을 당해도 할 말이 없는 것이다. 솔직히 그의 주군이 레오가 아니었다면 상상도 할 수 없는 일이다.

이는 ‘네가 신이라고 증명해 보여라, 그럼 내가 100만 대군을 이길 수 있다’ 딱 이런 말이라고 할 수 있었다.

드래곤도 포기한 결계이다. 그걸 깨면 정말로 신이라고 해도 사람들이 믿을 것이다.

레오가 한참을 고민하자 하이번은 조심스럽게 말을 건넸다.

“그게 힘드시면 다른 전설도 있습니다만……..”

“그걸로 하지.”

“네?”

못하겠다는 말을 하기 싫어서 고민하는 것이라 생각했던 하이번의 눈과 입이 크게 벌어졌다. 레오는 그런 하이번의 태도에는 신경도 쓰지 않고 덤덤하게 되물었다.

"어차피 할 거라면 호쿠쿠 밀림 쪽이 가장 효과가 좋겠지? 그래서 말을 꺼낸 것이 아닌가?"

"그건 그렇습니다. 일단 밀림의 결계를 깨기만 하면 밀림의 원주민들에게도, 그 주변 왕국들에게도 크나큰 은혜를 베푸는 것이 됩니다. 단번에 구 시얀 제국의 영토가 모두 폐하를 절대적으로 지지하게 될 것입니다."

"그럼 미노 제국의 세력과도 충분히 싸울 수 있게 되는가?"

"충분하지는 않지만 해볼 만하게 될 겁니다. 무엇보다 결계를 깬 폐하가 있으니까요."

"그럼 됐다. 내가 그 결계를 깨보도록 하지."

"가능하겠습니까?"

하이번은 다시 물었다. 레오는 이상한 놈 다 본다는 표정을 지었다. 하라고 해놓고 한다고 하니까 딴소리를 하다니? 레오는 퉁명스럽게 말했다.

"빠를수록 좋겠지. 내일 떠나겠다."

"아, 알겠습니다. 그럼 그렇게 알고 준비하겠습니다."

하이번은 갑자기 허둥지둥하면서 대충 인사를 하고 방을 나섰다. 그는 혹시 레오가 정말로 신의 사자가 아닐까란 생각을 하기 시작했다.

"뭐라고요? 폐하께서 호쿠쿠 밀림의 결계를 깨신단 말입니까?"

유스는 하이번의 말을 듣고 자신의 귀를 의심했다.

"하신답니다."

정작 당사자인 하이번도 당황스러운 표정을 완전히 숨기지 못한 채 어깨를 으쓱해 보였다. 난 모른다는 의미였다.

발렌과 에고른은 조용히 입을 다문 채 고개를 숙이고 있었고, 휴케바인은 그런 사람들을 두리번거리며 구경하듯 보았다.

"으음, 그게 가능하다면 정말 미노 제국을 상대할 수 있겠군요."

유스는 그게 어떻게 가능한지 생각하지 않으려는 듯 고개를 저으며 중얼거렸다. 이러한 반응은 휴케바인을 제외한 모두가 동일했다.

수하로서 주군이 하겠다고 한 일을 의심하는 것은 충의 정신에 어긋난다. 더군다나 그 말을 한 사람은 바로 레오이다. 그들이 알기로 레오는 단 한 번도 허언을 한 적이 없다.

혹시나 하고 말을 꺼냈다가 졸지에 허락을 받아낸 하이번 또한 혼란스럽기는 마찬가지였다. 혹시라도 누군가 왜 그러한 일을 하게 했는지 물으면 뭐라고 해야 한단 말인가? 정말 하겠다고 할 줄은 몰랐다고 해야 할까?

하이번은 이쪽에도 할 말만 전하는 것이 낫겠다 판단하고 얼른 용건을 말했다.

"일단 일이 그렇게 되었습니다. 폐하께서 내일 떠나신다니 준비를 해야 할 것 같습니다."

"저, 그런데 그 밀림의 결계라는 것을 깨면, 정말 미노 제국을 상대할 수 있는 겁니까?"

휴케바인이 조용히 손을 들고 물었다. 사실 그는 어렸을 때 가이안 영지로 와서 자리를 잡은 이후, 지난 전쟁 때 말고는 왕국 밖으로 나간 적도 없는 시골 기사라고 할 수 있었다.

호쿠쿠 밀림에 결계가 있다는 것은 옛날이야기로만 알고 있을 뿐, 그게 깨지면 왜 좋은지는 전혀 상상할 수 없었다.

그러자 에고른이 눈을 빛내며 말했다.

"휴케바인 경, 구 제국의 역사를 자세하게 공부하지 않은 모양이구려."

"으윽, 그, 그게 말입니다."

걸렸다! 휴케바인의 얼굴에 낭패의 기색이 확연히 드러났다. 그러거나 말거나 일단 시작한 에고른의 태도는 단호하기 짝이 없었다.

"내일부터 역사 공부를 추가합시다. 역사는 곧 교훈. 알면 다 도움이 될 것이오."

"ㅇㅇㅇㅇ."

이 엄중한 선고에 휴케바인은 몸을 부르르 떨며 얼굴에서 식은땀을 흘리기 시작했다.

에고른은 한다면 하는 성격이다. 빠져나갈 길은 없다. 앞으로 한 달 이내에 구 제국의 역사를 통째로 외우게 될 것이다. 그것은 정말 지옥 같은 수업이 될 것이라고 휴케바인은 확신했다.

휴케바인이 사색이 되어 입을 다물고 고개를 숙이자 유스는 그를 동정 어린 눈빛으로 바라보았다. 저런 상태라면 공포가 호기심을 이겨 다시 질문을 할 수도 없을 것이다.

그는 휴케바인의 등을 툭툭 두드리며 말했다.

"호쿠쿠 밀림은 구 시얀 제국의 핵심이라고 할 수 있네. 그곳에 사는 원주민들은 정령을 부릴 수 있지."

"정령 말입니까?"

휴케바인은 기어들어 가는 목소리로 겨우겨우 되물었다.

'그래도 궁금하기는 한 모양이군.'

그의 성격을 잘 아는 유스는 온화하게 미소를 지으며 마법사답게 차근차근 설명을 하기 시작했다.

"정령을 부릴 수 있는 존재는 드래곤과 엘프, 그리고 밀림의 샤먼들뿐이지. 마법사도, 신관도, 정령은 부릴 수 없거든. 그리고 그 정령을 이용해서 인간을 돕는 존재는 대륙 내에서도 오직 하나, 호쿠쿠 밀림의 샤먼들뿐이네."

"그거 좋은 건가요?"

이번엔 고개를 들고 묻는다. 이럴 때의 휴케바인은 정말 순한 곰 같은 표정을 짓고 있어 어찌 보면 귀엽기까지 하다.

"좋은 정도가 아니지. 만약 인간의 왕국에서 엘프를 건드린다면, 엘프는 정령에게 부탁해서 잠시 동안 그 왕국에 곡물이 자라지 못하게 한다네."

"네?"

"엘프의 잠시는 몇십 년이니 자연히 왕국은 그냥 망하게 되지. 반대로 시얀 제국의 경우, 호쿠쿠 밀림의 샤먼들이 정령들에게 부탁해서 축복을 걸어주었지."

"그, 그렇다면?"

휴케바인은 언제 사색이 되었었냐는 듯 눈을 반짝이며 흥분한 어조로 재촉하듯 물었다.

"거의 매년 풍년이 드는 거지. 일단 흉년은 없다고 봐도 되고 말이야. 그래서 시얀 제국은 천 년이 넘게 대륙 최강의 제국으로 군림했다네."

꿀꺽.

휴케바인은 자신도 모르게 침을 삼켰다. 농사를 짓는 데 흉년을 걱정하지 않는다. 그건 정말로 무서울 정도로 꿈같은 소리가 아닌가?

　실제로 호쿠쿠 밀림이 봉인되기 전에는 그 주변 지방들, 즉 구 시안 제국의 영토는 거의 매년 풍년이었다. 밀림의 샤먼들이 정령의 축복을 내려주니 흉년이 들 가능성이 극단적으로 낮았기에 시안 제국은 대륙에서 가장 부유한 제국으로 천 년이 넘는 역사를 지닐 수 있었다.

　대륙 반대편에 있는 슈앙 밀림에도 정령을 부릴 수 있는 샤먼들이 있지만, 그들은 절대로 밀림 외부로 나오지 않는다. 그래서 미노 제국에서도 매년 그들을 회유하러 사자를 보낸다고 한다.

　잠시 멍하니 있던 휴케바인은 갑자기 생각난 듯 휙 하고 고개를 돌리며 물었다.

　"그런데 왜 밀림에 결계가 생겼답니까? 그냥 계속 정령들로 사람들을 도와주면 좋잖아요?"

　이는 누구라도 동감할 생각이다. 유스는 살짝 고개를 끄덕여 보이고 결계가 생긴 이유를 설명했다.

　"그 당시 마신소환자 렉토스가 천 년 만에 부활하여 세상을 자신의 손아귀에 넣으려 했다네. 그때 그가 한 일 중에 하나가 호쿠쿠 밀림에 사는 마물들을 제압하여 마물군을 결성하려 했지."

　"마물군이요? 마물들로 군대를 만들려고 했다는 건가요?"

　"그렇다네. 호쿠쿠 밀림에는 투신과 마신의 전쟁 이후 대륙의 어느 곳에서도 찾을 수 없는 강력한 마물들이 다수 존재한다고 하네. 렉토스는 그것들을 원했다고 하더군."

　"그래서요?"

　"그래서 밀림의 대샤먼이 호쿠쿠 밀림 전체에 결계를 친 거지. 렉토스가 들어오지 못하게 말이야."

“밀림 전체예요? 그거 넓지 않나요?”

휴케바인은 상당히 흥분했는지 황제의 기사로서 사용해야 하는 격식있는 말을 쓰지 않고, 과거 가이안 영지의 기사였을 때의 말투로 돌아가고 있었다.

둘의 대화를 지켜보던 에고른은 가볍게 한숨을 쉬며 언어 교육도 강화해야겠다고 속으로 생각했다.

유스는 잠시 계산을 해보더니 차분하게 대답했다.

“슈란 왕국의 여덟 배 정도의 넓이로군.”

“예? 그걸 어떻게 결계로 칩니까?”

휴케바인은 믿을 수 없다는 표정을 숨기지도 않고 거의 항변조로 물었지만, 유스의 대답은 단호했다.

“실제로 밀림 전체에 결계를 쳤네. 그리고 3백 년을 유지했지.”

“그러니까 어떻게 쳤냐고요?”

“그걸 알면 내가 대마법사라고 불렸을 걸세.”

휴케바인은 답답하다는 듯 물었지만 유스는 오히려 미소를 지으며 되받았다. 말인즉슨, 결국 아무도 모른다는 소리다. 휴케바인은 그것을 깨닫고 입만 벙긋벙긋 거렸다.

그렇게 잠시 말을 잃었던 휴케바인이 갑자기 신이 난다는 표정을 지으며 말했다.

“그럼 폐하께서 그걸 깨면 정말로 대단한 일이 되는 거군요?”

“깨기만 하면 말일세.”

유스는 갑자기 얘가 왜 이러나 하는 표정으로 대답했다. 다른 사람들도 대동소이한 얼굴이었다. 남들의 반응에는 아랑곳없이 휴케바인은 당장이라도 결계가 깨어진 양 흉년없는 풍요로운 대륙을 상상하며 혼자 히죽거리고 있었다.

곧 이야기는 현실로 돌아와 내일 레오가 떠나는 것에 대해 논의를 하기 시작했다. 비밀리에 떠나야 하고, 그가 없는 사이에도 제국을 움직여 여러 가지 일들을 해야 하기 때문이다.

결국 사람들은 결계가 깨어지는 것을 기정사실로 받아들이고 그 뒤에 해야 할 일의 준비에 대해서도 논의하기 시작했다.

한편, 네로는 한쪽 소파에 누워 그런 그들의 모습을 수정구로 보고 있었다. 황궁 내부에서 일어나는 일들은 그녀가 마음만 먹으면 언제든지 살필 수 있었다.

네로는 사람들이 논의하는 내용을 듣다가 아주 가소롭다는 듯이 캭캭대며 웃었다.

'놀고 있네. 그게 괜히 호쿠쿠 밀림의 결겐 줄 아니? 드래곤도 못 깬다는 게 무슨 의민지 모르나 보지?'

정말로 불가능을 인정하지 않으려는 인간들이 우스웠다.

그러나 한참 웃던 네로는 잠시 고민하다가 갑자기 몸을 일으켜 아공간 주머니에서 종이와 마법 펜을 꺼내 편지를 쓰기 시작했다. 편지는 자신을 대신해서 잠시 동안 로엔을 보호할 사람을 부르는 내용이었다.

야옹—

휘익.

네로가 편지를 다 쓰고 창문 밖을 향해 한 번 울자, 바람이 불어 편지를 허공으로 실어 날랐다. 하프 엘프인 그녀의 부탁을 받은 바람의 정령이 편지를 전달하기 위해 날아갔다.

‘그래도 레오니까.’

그녀는 그렇게 속으로 중얼거리고는 다시 소파 위에 웅크리고 앉아 잠을 청했다.

다음날, 레오가 떠나려 하자 그 수행원으로 휴케바인이 붙었다. 그리고 아주 당연하다는 듯이 네로도 따라가기로 했다.

휴케바인은 더 이상 에고른과 유스의 교육을 받기 싫어서 탈출하려는 것이었고, 네로는 혹시 이 미친 남자가 정말로 결계를 깨는 건가 확인하기 위해서였다.

레오는 누가 따라오든 별로 신경을 쓰지 않았다.

*   *   *

란가젤 시내에도 식량은 그다지 풍족하지 않았다. 휴케바인은 상당한 웃돈을 주고서야 밀과 고기 등을 구할 수 있었는데, 그것도 주문을 해놓고 하루 이상을 기다려야 했다.

레오와 그가 둘이서 먹으면 보통 사람의 세 배 이상의 양이 된다. 밀림 안으로 들어가서 결계를 깨는 데 얼마나 걸릴지 모르기 때문에 적어도 한 달은 지탱할 식량이 필요했다.

여기에 네로의 음식을 구하는 것도 쉽지 않았다. 그녀는 많이 먹지는 않지만 정말 좋은 식재료만을 선호했기 때문이다. 휴케바인은 형수님에게 도리를 지켜야 한다는 생각으로 그녀가 아쉬운 대로 만족할 만한 수준의 식량을 세심하게 따로 구했다.

결국 예상했던 3일보다 하루가 더 지체되어서야 한 대의 마차와 그 안에 가득 찰 정도의 식량을 구할 수 있었다.

"준비가 다 되었습니다."

"좋아. 그럼 떠나도록 하지."

레오는 휴케바인의 보고를 받자 즉시 대답했다. 이미 오후가 되어 지금 도시를 벗어나면 얼마 못 가서 해가 질 터였지만, 그는 밤에도 길을 재촉할 생각이었다.

야옹—

네로가 뭐 그리 서두느냐는 표정으로 투정부리듯 한 번 울고는 레오의 손등을 핥았다.

그러나 일단 레오가 말을 꺼낸 이상 별다른 저항 없이 순순히 마차 위에 올라 휴케바인이 마련한 최고급 쿠션 위에 누웠다. 확실히 말 등에 있던 간이 침실보다는 편했다.

레오 역시 마차 위로 올라 적당히 다리를 뻗고 앉아 반쯤 누운 자세를 확보했다. 나는 곧 잠들 테니 깨우지 말라고 강력하게 주장하는 것 같은 모습이었다.

마부석에는 당연히 휴케바인이 앉았다. 알고 보면 그도 귀족의 작위를 받은 몸이었지만, 이 상황에서 그런 것을 따질 수는 없었다. 무엇보다 본인이 귀족이라는 자각이 별로 없었다.

"그럼 출발합니다. 잊으신 물건이 없나 확인해 보십시오."

휴케바인은 다분히 형식적으로 그렇게 말하고는 레오의 대답을 기다리지도 않고 그대로 고삐를 흔들어 두 마리의 말이 끄는 마차를 몰았다.

두 사람과 한 마리의 고양이, 그리고 꽤 많은 식량을 실은 마차는 길을 따라 나아가 곧 도시를 벗어났다. 이대로 3일 정도만 더 가면 밀림의 입구에 도착할 것이다.

란가젤 방벽 출입구에는 몇 명의 남자가 모여 막 도시를 나서는 마차의 뒷모습을 보고 있었다.

모두 여섯 명인 그들은 모습은 제각기 달랐지만 눈에 떠오르는 감정은 모두 같았다. 탐욕! 그들은 레오와 휴케바인이 탄 마차로부터 무엇인가를 원하고 있었다.

약간의 시간이 지나자 마차가 언덕 너머로 모습을 감췄다. 그러자 그중 한 남자가 심각한 표정으로 옆 사람에게 물었다.

"물건을 구입한 자가 상당한 덩치라고?"

"네, 형님. 키가 2m도 넘는 놈입니다. 그런 덩치는 생전 처음 봅니다."

"그 이외에는 누가 있지?"

"평범해 보이는 20대 중반의 청년 한 명입니다. 귀족의 자제로 보이더군요."

"무사 수행인가? 덩치는 가문에서 딸려 보낸 보호자 겸 수행 기사겠군."

"틀림없을 겁니다."

"흐음."

남자는 손가락으로 턱에 난 수염을 쓰다듬으며 진지하게 고민했다. 그리고는 다시 다른 동료에게 물었다.

"뒤탈이 없을까?"

"있겠죠. 귀족 아닙니까?"

그 말에 모두의 안색이 변했다. 하지만 그렇다고 해도 눈앞에 보이는 식량을 포기하기에는 그들과 그들의 가족들의 굶주림이 너무 심했다.

남자는 다시 물었다.

"심각하게 있을까?"

"글쎄요."

그러자 다른 남자가 답답하다는 듯 말했다.

"뒤탈이 문젭니까? 성인 남자 석 달치 식량입니다! 그리고 그걸 금화로 샀다고요. 아무렇지도 않게 말입니다."

꿀꺽.

식량이라는 말이 나오자 남자들은 일제히 침을 삼켰다. 가만히 살펴보면 그들이 모두 말라 있는 것을 알 수 있었다. 적어도 하루 세 끼 식사를 하며 살아온 사람처럼은 보이지 않았다.

형님이라고 불리는 사내는 자신의 동생들의 눈빛을 보고 깨달을 수 있었다.

이판사판! 상대가 귀족이고, 무력을 갖춘 기사라는 것이 마음에 걸리기는 해도 단둘뿐이다. 그리고 그들이 조사한 바에 의하면, 이 왕국 사람도 아니라고 한다. 쉽게 만날 수 없는 봉인 셈이다.

"알았다. 하자."

"역시 형님입니다. 솔직히 우리가 안 해도 저 악랄한 휴케바인 일파가 했을 겁니다."

"그건 그렇군."

사람들은 모두 그 말에 고개를 끄덕였다. 이 정도로 먹음직한 손님이 이곳까지 무사히 올 수 있었던 것이 신기할 정도였다. 어쩌면 천신이 자신들을 구원하기 위해 내려보낸 구호물자일지도 모른다.

"그럼 서둘러 준비하자. 손을 쓰려면 오늘밤이나 늦어도 내일 밤에
는 끝을 내야 하니까."

"로크랑 던밀도 부를까요?"

"불러라. 다른 사람들도 하겠다면 나오라고 해. 다같이 어려운데 나
눠 먹어야지."

"그러지요."

사내들은 서둘러서 도시 안으로 뛰어 들어갔다.

최근에 도시의 빈민가로 흘러들어 온 그들의 동료들을 모두 합하
면 30여 명이나 된다. 그들 대부분은 인근 마을의 사냥꾼들로, 흉년
이 들어 사냥감마저 사라지자 도시로 일거리를 찾아온 사람들이었
다. 그들은 기사 둘 정도는 손쉽게 처리할 수 있으리라 확신하고 있
었다.

이제 남은 사람은 둘이었다. 형님이라고 불린 사내는 마지막 남은
동료에게 다시 한 번 물었다. 그는 무리 중에 가장 말이 적은 사람이었
는데, 그만큼 신중한 성격이라 모두들 그의 말에 귀를 기울이고는 했
다.

"정말 괜찮을까?"

"괜찮기야 하겠지요."

"그 사람들을 죽여야겠지?"

당연한 얘기다. 죽여서 입을 봉하지 않으면 되돌아올 후환이 두려웠
기 때문이다 그러나 솔직히 말해서 죽이고 싶은 마음은 없었다.

그런 동료의 마음을 잘 아는 남자는 조용히 고개를 저었다.

"꼭 죽일 필요는 없습니다. 오히려 안 죽이고 놔주는 것이 좋을지도
모릅니다."

"응? 그게 무슨 소리지?"

그는 놀람과 기쁨이 섞인 얼굴로 얼른 물었다. 재물을 빼앗고, 사람까지 죽이는 짓은 정말로 나쁜 일이다. 아무리 먹고살기 위해서라지만, 가능하면 그렇게까지는 하고 싶지 않았다. 그런데 죽이지 않아도 된다고 한다.

사내는 그런 형님의 모습에서 인간적인 정을 느끼는 듯 희미하게 미소를 지으며 말했다.

"단지 우리를 휴케바인 일파라고 말하기만 하면 됩니다."

"오호! 그것 좋군. 싹 털고 대충 묶어놓은 다음에 우리를 휴케바인 일파라고 말하잔 말이지?"

"그런 거지요."

"나쁘지 않아. 그럼 그자들도 적당히 포기를 하겠지. 누가 뭐래도 그 악명 높은 휴케바인이니 말이야."

"진짜 휴케바인 일파에게 걸리지 않은 것을 감사해야 할 겁니다."

"하하하, 그건 그렇지."

사내는 크게 웃었다. 적어도 자신들이 먼저 그들을 털게 되면 휴케바인 일파에게 걸려 목숨을 잃을 일은 없을 것이기 때문이다.

그 정도면 세상 물정 모르고 돌아다니는 귀족가의 기사에게는 적당한 교훈이 되지 않겠는가? 사내는 마음속의 죄책감이 상당히 줄어드는 것을 느끼며 다시 한 번 웃었다.

＊　　＊　　＊

"여행 중인 기사를 턴다고요?"

크로우는 놀라움을 가득 담은 눈빛으로 눈앞에 있는 사내를 보았다. 커다란 덩치에 덥수룩한 수염으로 얼굴이 뒤덮이다시피 한 그는 크로우와 같은 마을 출신으로, 로크라는 별명으로 불리고 있었다.

"그렇다는군."

"귀족이잖아요."

"외국의 귀족이니 큰 탈은 없을 거라는데? 그리고 탈이 있어도 지금은 식량이 더 급하잖아."

"후우, 그렇지요."

크로우는 한숨을 쉬었다. 식량이 필요하다. 로크도, 그리고 자신도. 로크 역시 그것을 알기에 말을 건넸을 것이다.

"아무튼 나는 간다. 크로우, 너는 어떠니? 여자라 해도 넌 최고의 사냥꾼이니 아무도 반대하지 않을 거다."

그의 말은 큰 유혹으로 다가왔으나 잠시 망설이며 생각에 잠겼던 크로우는 결국 고개를 가로저었다.

"저는 됐어요. 강도 짓을 하려고 해도 이런 모습이면 오래 못 가서 잡힐 거예요."

크로우는 그렇게 말하며 손가락으로 스스로를 가리켰다. 그녀의 손가락 끝이 가리키는 얼굴과 그 손가락은 검은색이었다.

검은 색의 피부, 어렸을 때에는 이것 때문에 주변의 놀림도 많이 받았다. 더구나 부모가 누군지도 모르는 고아였기에 이름도 까마귀를 뜻하는 크로우라고 붙여졌다.

외모를 숨기기 위해 복면을 쓸 수도 있지만, 만에 하나라도 모습이 드러나면 꼼짝없이 잡히고 말 것이다. 그녀가 알기로 검은 피부를 가진 사람은 그녀 이외에는 없었다.

로크도 거기까지는 생각하지 못했는지 아차 하는 표정으로 손뼉을 치고는 말했다.

"그렇지. 너는 빠져라. 염려 마. 성공하면 너에게도 식량을 나누어 주마."

"괜찮아요. 로크 아저씨는 가족이 있잖아요."

"뭐, 아내나 자식 놈들도 먹여 살려야 하지만, 넌 니가 돌봐주는 동생만 6명이잖니? 다들 찬성할 거다."

"알았으니 다녀오세요."

크로우는 미소를 지으며 말했다. 로크는 그런 그녀에게 힘을 내라 말하고는 도시 입구 쪽으로 달려갔다.

"후우, 강도라……."

혼자 남은 크로우는 자신도 모르게 한숨을 쉬었다. 주변에 아는 사람들은 모두 그 일에 가담하러 간 모양이다.

사실 그녀도 가고 싶었다. 아직 나이는 16세에 불과하지만 활과 작은 소검을 쓰는 일은 자신이 있었다. 10세 이전부터 사냥을 다녔는데, 지금은 이 일대에서 최고의 사냥꾼으로 인정받고 있었다.

하지만 최고고 뭐고 간에 사냥감이 씨가 마르면 다 소용이 없다. 혼자라면 어떻게든 산속에서 살겠지만 그녀에게는 딸린 어린 동생들이 있었다.

그녀의 동생들은 모두 고아이다. 사냥꾼으로 성장한 그녀는 다른 마을에 있는 어린 고아들을 데려다가 보살피다 보니 어느새 모두 6명이나 되었다.

"어떻게 해야 하지?"

팍!

그녀는 속이 답답한 듯 애꿎은 벽을 주먹으로 쳤다.

선금을 받고 용병으로 몇 년 동안 일하는 것 이외에는 먹고살 만한 일이 없었다. 하지만 일단 용병이 되면 이곳을 떠나야 했기에 동생들을 보살필 수가 없었다.

아무리 돈이 있다고 해도 아직 어린 그들이 살아남을 수 있을까? 하지만 돈이 없으면 다같이 굶게 된다.

결국 이래저래 막히는 것만 많고 시원한 해결책이 없었다.

＊　　　　　＊　　　　　＊

밀림의 입구에 들어서니 공기가 변했다. 하늘이 거의 보이지 않을 정도로 커다란 나무가 빽빽하게 들어서 있는 그곳은 숲이라면 느껴질 신선한 공기의 상쾌함이 전혀 느껴지지 않았다. 오히려 이유를 알 수 없는 무거운 기운이 대기 중에 섞여 휴케바인의 코와 가슴을 자극했다.

"대단하군요."

휴케바인은 밀림의 안쪽을 바라보며 감탄했다. 땅으로부터 피어오르듯 깔려 있는 안개는 거대한 장막처럼 밀림 전체를 감싸고 안쪽까지 이어져 있었다.

그 막으로부터 느껴지는 기운은 결코 인간이 감당할 수 없는 성질의 것이었다.

꿀꺽.

저런 곳으로 들어가야 한다니? 휴케바인은 자신도 모르게 몸이 긴장으로 굳어진 것을 깨달았다. 맹수의 앞에 무기 없이 서 있어도 이보다 더할 수는 없다.

"간다."

"예?"

옆에서 들려오는 나직하고 힘있는 소리에 휴케바인은 놀라서 레오를 보았다. 그의 주군은 이미 걸음을 옮기고 있었다.

"잠깐만요. 일단 마음의 준비가……!"

휴케바인은 한 손을 들어올리며 그렇게 말을 하다가 곧 고개를 젓고는 얼른 나뭇가지에 말의 고삐를 묶고는 레오의 뒤를 따랐다. 이 주군은 마음의 준비가 뭔지도 모를 것이다.

야옹.

휘익, 탁.

어느새 마차에서 나와 있던 네로도 레오의 어깨에 올라탔다. 그녀의 심장도 평소보다 훨씬 빠르게 뛰고 있었다. 정말로 이자가 저 안으로 들어갈 수 있을까? 3백 년 동안 누구도 하지 못한 일을 할 수 있을까?

어쨌거나 어깨에 매달려 있으면 곧 그 결과를 알 수 있을 것이다. 실패한다면 비웃어주고, 만의 하나라도 성공한다면 같이 안으로 들어갈 것이다.

스으으으—

안개가 살아 있는 것처럼 레오를 감싸기 시작했다. 뒤를 따르는 휴케바인 역시 마찬가지였다. 그러나 레오의 몸에서 미약하게 흘러나오는 기운은 그 안개가 자신의 몸에 닿는 것을 허용하지 않았다. 네로 역시 안개에 닿지 않았다.

'전신을 오러로 감싸다니! 대단한데?'

네로는 레오의 몸에서 나오는 기운이 바로 오러임을 깨달았다. 이런 경지를 보고 있으면 정말로 이 남자가 마스터의 경지를 초월했다는 것을 알 수 있었다.

'그래도 나까지 보호를 해주는군. 암, 당연히 그래야지.'

그녀는 곧 나름대로 지금 환경이 마음에 드는 듯 고개를 끄덕였다. 50년 전에 시도했을 때에는 이 안개를 막기 위해 상급의 방어 마법을 계속해서 시전해야 했다.

마법을 분해하는 데 탁월한 효과가 있는 안개, 확실히 이 안개는 마법사에게는 극독과도 같은 것이다. 반면에 몸 안의 기를 이용하는 검사라면 상대적으로 쉽게 극복할 수 있다.

'하지만 이건 시작에 불과하지. 이봐요, 흑사자. 능력을 보여봐요. 호호호.'

네로는 그렇게 속으로 중얼거리며 레오의 목에 몸을 부볐다. 레오도 그것에 응답이라도 하듯 손을 들어 그녀의 목을 간질였다. 그렇게 둘은 거침없이 밀림 안으로 걸어 들어갔다.

"공자님! 아니, 주군! 그냥 가시면 어떻게 합니까!"

뒤에 남겨진 휴케바인은 애절하게 레오를 불렀다. 안개 속으로 레오의 모습이 사라져 가고 있는데, 자신은 손가락 하나 움직이기도 힘들 정도로 몸이 무거워져 가고 있었다.

그는 당연히 전신에서 오러를 뿜을 수 없는, 말하자면 평범한 기사였다. 마력을 분해하고, 인간의 체력을 흡수하는 안개 안에서는 1분도 버티지 못한다.

'안 되겠다.'

휴케바인은 그렇게 생각하고 억지로 몸을 돌려 자신이 들어온 곳으로 돌아가려 했다. 지금이라도 다리가 풀려 쓰러질 것 같았기에, 살아서 안전지대까지 나가는 것만이 최선이라고 생각했다.

그런데 신기하게도 그가 돌아갈 생각으로 몸을 돌리고 한 걸음을 내딛자 어느새 처음 출발한 밀림의 입구에 서 있었다.

몇 미터 앞에는 자신이 황급히 매어놓은 말들이 왜 벌써 왔냐는 눈으로 뚫어지게 쳐다보고 있었다.

"어떻게 된 거지? 그래도 50m 정도는 들어갔었는데?"

휴케바인은 황당한 표정을 지으며 일단 말들이 있는 곳으로 다가갔다. 그리고 짐 속에서 빵과 고기, 그리고 음료를 꺼내 열심히 먹기 시작했다.

한참이 지나 배가 든든해진 휴케바인은 몸을 이리저리 돌리며 중얼거렸다.

"휴, 이제 좀 근육에 힘이 들어가네. 저 안개, 흡혈귀 아냐? 밥 먹은 지 얼마나 됐다고 이렇게 힘이 빠지지?"

휴케바인은 두 번 다시 안개에 닿기도 싫다는 듯 고개를 절레절레 흔들었다. 그러나 얼마 안 있어 마음이 바뀌었는지 한숨을 쉬면서 안개를 쳐다보았다.

"들어가? 말아?"

주군인 레오가 들어갔다. 따라 들어가야 되지 않을까? 휴케바인은 정말로 심각하게 고민하기 시작했다. 살아남을 수 있을까? 아니면 그냥 이곳에서 죽치고 기다려?

주변을 둘러보니 보이는 것은 오직 나무와 풀들뿐, 새 우는 소리도 들리지 않았다. 기분이 나쁠 정도로 무거운 공기는 그에게 어서 가라고 재촉하는 것 같았다.

"미치겠네. 주군도 그렇지, 어떻게 할지 알려주고 들어가시면 좀 좋아?"

휴케바인은 결국 투덜대기 시작했다. 그런데 세상이 험하니 불평도 함부로 할 수 없었다. 휴케바인은 갑자기 두 손으로 자신의 입을 막았다. 전면에 보이는 안개를 헤치며 레오가 나오고 있었기 때문이다.

"주군! 아니, 공자님!"

그는 반가움에 두 팔을 번쩍 들어올려 쉬지 않고 손을 흔들며 이쪽이라는 듯 외쳤다. 너무 반가워서 황궁을 나오면서 공자란 호칭으로 부르기로 했다는 것도 순간적으로 잊을 정도였다.

레오는 휴케바인을 발견하고는 고개를 갸웃하며 주변을 한 번 돌아보고는 천천히 걸어서 그가 있는 쪽으로 다가왔다.

"안에서 무슨 발견이라도 하셨습니까? 어디까지 들어가셨는지 물어도 될까요?"

휴케바인은 레오가 그래도 자신을 배려해서 도중에 돌아 나왔다고 생각했다. 한 번 앞으로 나가면 목적지에 도착하거나, 표적을 잡을 때까지 결코 뒤를 돌아보지 않는 그가 일부러 돌아 나오다니! 휴케바인은 맹렬하게 감격하고 있었다.

그러나 레오는 별로 좋지 못한 인상을 한 채, 휴케바인이 들고 있던 음료수 주머니를 받아 안에 든 꿀물을 벌컥벌컥 마셨다.

"분명히 직진을 했는데 어느새 정반대로 향하고 있었다니."

레오는 상당히 분한 듯 중얼거렸다.

야옹.

네로가 한쪽 발을 들어 레오의 뒷머리를 쓰다듬으며 울었다. 마치 '다 그런 거야' 라고 말하는 것 같았다.

사실 이 결계의 정말 무서운 점은 안개가 아니다. 안에 들어갔을 때

생기는 공간 왜곡의 현상이 진짜 모든 마법사들을 미치게 만드는 점이
었다.

어떤 마법 체계로도 해석이 불가능한 감지 불가능 공간 왜곡 현상!

이는 전설 속에 내려오는 대마도사 우스파의 환상 마법진과 그 효과
가 비슷하다. 그래서 사람들은 우스파의 마법진이 호쿠쿠 밀림의 대샤
먼에게 전해졌다고 조심스럽게 짐작할 뿐이었다.

"그런 거였군요."

휴케바인은 괜히 감격해서 손해봤다는 표정으로 힘없이 중얼거렸
다. 하지만 레오는 그가 갑자기 왜 이러는 건지 알려 하지 않았다.

왠지 모르게 주군이 야속하게 보이는 휴케바인이었지만, 하루 이틀
겪은 주군도 아니기에 가벼운 한숨으로 아쉬움을 날려 보냈다.

"어떻게 할까요?"

"일단 밥을 먹고 한숨 잔 뒤에 다시 들어가 본다. 정말로 집중을 해
도 방향이 바뀌는지를 시험해 봐야겠지."

레오는 그렇게 말하며 말의 등짐에서 자신이 먹을 식량을 꺼냈다.
알고 보면 레오도 휴케바인과 행동 방식이 비슷하다고 할 수 있지만,
레오도 휴케바인도 그 사실을 자각하지는 못하고 있었다.

밤이 되었다. 나뭇가지 사이로 드문드문 보이는 밤하늘에는 밝은 별
들이 빛나고 있었다.

레오는 식사를 하자마자 그대로 침낭을 꺼내 깔고는 잠들어 버렸지
만 휴케바인은 잠들 수 없었다.

"부탁입니다. 저를 고양이나 쥐로 만들어주세요."

휴케바인은 네로의 앞에 무릎을 꿇고 넙죽 엎드려서 절하고 있었다.

이유는 단 하나, 내일 레오가 들어갈 때 그에게 붙어서 같이 들어가고 싶었기 때문이다.

야옹.

네로는 택도 없는 소리는 하지도 말라는 듯 고개를 휙 돌리며 짧게 울었다. 그러나 휴케바인은 포기하지 않았다.

"밀림 안은 넓다면서요. 그럼 하루 이틀 안에 중앙까지 도착할 수 있는 것도 아닌데, 그사이 누가 밥을 합니까? 안에도 사냥감은 있겠지만, 그걸 요리하고 가죽을 벗기는 게 보통 번거로운 일이 아니라니까요."

체면도 자존심도 없다. 그저 안에만 같이 들어갈 수 있다면 모든 시중은 자신이 도맡아 하겠다고 휴케바인은 애원했다.

내일 레오와 네로가 밀림 안으로 들어가면 휴케바인은 이곳에서 그들이 나올 때까지 기다려야 한다.

도시로 돌아가 기다릴 수도 없는 것이 안쪽에 식량이 없어 레오가 돌아 나오는 경우에 도시까지 돌아갈 수는 없기 때문이다. 다시 말하자면, 휴케바인은 일인 보급부대가 되어야 한다. 하지만 일주일이 걸릴지, 한 달이 걸릴지 모르는 상황에서 도저히 이곳에서 혼자 있고 싶지는 않았다.

네로는 졸린 얼굴로 휴케바인을 보며 이놈의 얼굴을 다시 한 번 긁어줘야 조용히 입을 다물까 하고 고민했다.

밀림 안으로 들어가면 무슨 일이 벌어질지 알 수 없기 때문에 절대로 안심하고 잠들 수 없다. 그렇기 때문에 나름대로 숙면을 취할 기회는 오늘이 마지막이라고 할 수 있었다.

야옹.

스르르륵―

네로의 모습이 점점 커지기 시작했다. 그리고는 어느새 검은 로브를 입은 녹색 머리의 하프 엘프로 변했다.

"앗, 형수님! 아니, 티모라님."

휴케바인은 감격해서 티모라의 얼굴을 보며 외쳤다. 그녀가 제대로 마법을 쓰려면 고양이의 모습이 아닌 본모습으로 돌아와야 한다는 것은 전대 왕인 타카 3세를 치료할 때부터 알고 있었다.

그러나 티모라는 휴케바인을 차가운 눈으로 보며 말했다.

"멋대로 판단하지 마라. 넌 쥐도, 고양이도 될 수 없어."

"네? 왜요?"

"변신 마법이 왜 최소 5서클인지 아니? 만약 보통 정신력을 가진 사람이 쥐나 고양이로 변하면, 그 순간 미칠 확률이 절반이 넘거든. 마음의 준비를 해도 마찬가지야. 몸의 급격한 변화에 영혼이 놀라는 거니까 말이야."

"에엑!"

"그리고 당장 안 미쳐도 하루 이틀만 그 상태로 있으면, 반대로 영혼이 몸에 적응해서 스스로 쥐나 고양이라고 생각하게 돼. 따지고 보면 그것도 미친 거지. 너 정말 쥐나 고양이가 되고 싶니?"

"크흑!"

휴케바인은 놀라서 입을 쩍 하고 벌렸다. 티모라는 그것 보라는 듯 손가락을 들어 좌우로 흔들며 말했다.

"그냥 포기하고 여기서 기다려라. 목숨 걸고, 아니지 정신 걸고 모험을 하겠다면 해줄 수는 있지만, 나를 원망하지는 말아야 한다."

"어헝!"

티모라에게 애원하기 위해 꿇어 엎드려 있던 휴케바인의 자세는 그 대로 절망의 좌절형으로 변했다. 말하자면 그 자세 그대로 고개만 푹 숙였다.

그러나 곧 그는 슬며시 고개를 들어올리며 티모라를 보았다. 혹시나 하는 심정에 울먹이는 목소리로 최대한 비굴한 표정을 지으며 물었다.

"그럼 왜 본모습으로 돌아오셨습니까? 혹시 다른 방법이라도……?"

"아니, 없어. 이게 장난인 줄 아니? 내가 변신을 푼 건 그래도 네 인생이 불쌍해서 설명이라도 해주려는 의도였어. 고양이 상태로는 말을 못하거든."

"크흑, 그런!'

결국 희망은 어느 곳에도 없었다. 티모라는 알았으면 남 자는 데 방해하지 말고 어서 가라는 손짓을 한 후 다시 고양이로 돌아갔다. 그리고는 레오의 머리맡에 가서 네 겹으로 접혀진 최고급 침낭 위에 몸을 웅크리고 엎드렸다.

도르릉, 도르릉.

얼마 안 있어 네로가 가볍게 코를 고는 소리가 들려왔다. 밀림에 들어가는 순간 너무 흥분한 나머지 그것이 피로로 변한 것 같았다.

휴케바인은 거의 날이 밝을 때까지 좌절의 자세를 유지한 채 그 소리를 들었다.

그리고 이윽고 해가 떴을 때, 그는 모든 것을 포기한 사람의 얼굴로 조용히 땅을 파서 간이 오븐을 만들고, 적당한 곳에 말들이 지고 있던 짐들을 내려 정리했다.

"나무가 너무 많아서 햇볕이 잘 들어오지 않는데? 몇 그루만 자를까?"

휴케바인은 그렇게 중얼거리며 주변을 살폈다.

어쨌든 간에 주군인 레오가 돌아올 때까지 이곳에서 혼자 대기해야 하는 운명, 가능한 한 장기 체재를 하기에 쾌적한 환경을 구축하는 데 최선을 다할 생각이었다.

❖ Chap 2 ❖
장기 체째를 위한 준비

날이 밝자 레오는 아침 식사를 든든히 하고, 안개가 흐르는 지점의 바로 앞에 서서 집중을 하기 시작했다.

그는 우선 몸 안의 기를 한줄기 뽑아서 정면을 향해 쏘아 보냈다. 그 기는 마치 실처럼 가늘었지만, 바늘처럼 날카롭게 안개를 뚫고 계속해서 나아갔다.

그리고 그것은 곤충의 더듬이처럼 접촉하는 모든 것의 정보를 레오에게 보냈다.

파파파팍!

앞을 가로막는 것은 모두 꿰뚫었다. 대부분이 나무였는데, 레오의 기는 그 나무들에 아주 조그마한 구멍을 내었다.

"됐군."

얼마나 기를 내보냈을까? 레오는 겨우 만족한 듯 고개를 끄덕이며 걸음을 옮겨 밀림 안으로 들어갔다.

역시 어제와 마찬가지로 안개는 레오를 감쌌다. 아무리 레오라고 해도 이 안개를 뚫고 먼 곳을 볼 수는 없었다.

그러나 어제와는 다르게 오늘은 미리 기의 실로 직선을 그려놓았다. 레오는 그 기의 실을 따라 걸음을 옮겼다.

슈각, 쿵!

앞을 가로막는 나무는 그대로 검을 들어 베어버렸다. 조금도 걸음을 흐트리지 않고 오직 일직선으로 나아갈 생각이었다.

네로는 그런 레오의 어깨 위에서 순간적으로 몸을 떨었다. 엘프의 피를 이은 자신의 앞에서 나무를 자르다니!

'이 인간이 정말!'

네로는 고개를 돌려 레오의 얼굴을 보았다. 앞발을 들어 그의 뺨을 할퀼 생각이었다. 그러나 레오의 옆얼굴을 보자 그녀는 결국 한숨을 쉬며 앞발을 내렸다.

레오의 눈동자는 조금도 흔들림없이 정면만을 보고 있었다. 일직선! 기의 실이 있는 길을 따라간다. 그것만이 머리 속에 가득 담겨 있었다.

네로 역시 몸에 온갖 강화 마법을 다 걸어놓은 상태였기에 레오가 쏘아 보낸 기의 실을 느낄 수 있었다.

어떻게 인간이 이럴 수 있을까 하고 질릴 정도로 긴 기의 실, 그것을 따라가면 어쩌면 이 결계를 통과할지도 모른다!

두근, 두근.

심장이 뛰었다. 가능성이 있을지도 모른다는 생각이 들자 그녀의 마법사적인 호기심이 격하게 부풀어 올랐다.

'참자. 이놈이 무식한 건 원래부터 알고 있었잖아. 결계만 뚫어라.

그럼 내가 다 용서하지.'

어느새 네로는 레오를 마음속으로부터 응원하고 있었다.

턱.

레오의 걸음이 멈췄다.

"놀랍군."

레오는 정말로 놀란 듯 고개를 갸웃거리며 중얼거렸다. 기의 실이 끊겼다. 아니, 마치 흔적도 없이 사라져 버렸다. 이런 일이 어떻게 가능할까? 그는 그 자리에서 한 발자국도 움직이지 않고 그대로 서서 고민하기 시작했다.

그것도 잠시, 원래 고민은 레오가 좋아하는 작업이 아니다. 그는 다시 정신을 집중하고 기의 실을 앞으로 쏘아 보냈다. 그리고는 어느 정도 길이가 되었을 때, 다시 조심스럽게 한 걸음을 옮겼다.

툭.

야옹!

네로가 또냐는 듯 높은 목소리로 짧게 울었다.

'이런 현상은 공간 이동을 해야만 일어난다. 설마 이 안에서는 수시로 공간 이동이 된다는 건가?

믿을 수 없는 일이었다. 마법서에 의하면, 공간 이동은 천족이나 마족 중에서도 가장 고위의 존재에게만 허락된 힘이라고 했다. 실제로 물질계 최강의 존재인 드래곤들조차 공간 이동만큼은 하지 못한다.

'만약 이 마법진의 능력이 단순한 공간 왜곡이 아닌 전이의 힘까지 지나고 있다면, 이건 신의 힘이라고 봐야 해!

네로는 그렇게 생각하며 두 눈을 부릅뜨고 주변을 살폈다. 그런데 그때 레오가 지겹다는 듯 말했다.

"좋아. 알기 쉽게 해보자."

쉬익, 파파파파팍!

까아아옹!

네로는 히스테릭하게 울면서 앞발을 들어 그대로 레오의 뺨을 할퀴기 위해 내리그었다. 레오가 순간적으로 검을 뽑아 정면에 있는 나무 수십 그루를 단번에 잘라냈기 때문이다.

그러나 어느새 레오는 목만을 슬쩍 기울여 그녀의 공격을 피했다.

"네로야, 지금은 놀아줄 여유가 없으니 잠깐만 참아라."

레오는 손으로 네로를 쓰다듬으며 그렇게 말했다. 그 말을 들은 네로의 머리 위쪽 털이 곤두섰다.

놀리는 거냐! 그녀는 속으로 소리치며 레오의 어깨 위에서 한 걸음 앞으로 나가 다른 앞발로 다시 레오의 뺨을 할퀴려 했다. 이번에는 피하지 못할 것이다!

"이상하군."

야옹?

어떻게 이렇게 정확하게 공격 순간을 알 수 있을까? 레오는 완벽한 타이밍으로 고개를 갸웃거리며 중얼거렸다. 네로는 순간적으로 공격을 멈추고 레오가 보는 쪽을 같이 바라보았다. 호기심이 분노를 이긴 것이다.

하지만 아무것도 없었다. 보이는 것은 오직 베어진 나무들의 비참한 모습뿐. 네로는 방금 전의 분노가 다시 떠올라 휙 소리가 날 정도로 고개를 돌려 그를 보았다.

레오는 네로의 태도에는 전혀 상관하지 않고 스스로가 가진 의문에 대해 독백하듯 중얼거렸다.

"나무도 엄연히 생명체인데, 어째서 생물을 벤 느낌이 들지 않지? 고목도 아니고 분명히 살아 있는 나무인데."

야옹?

검으로 벤 것만으로도 산 나무와 죽은 나무의 구별이 가능하단 말인가? 네로는 감탄한 표정으로 레오를 보았다.

그러고 보니 이상했다. 아까도 그렇고, 지금도 나무를 베었는데도 불구하고 드라이어드가 울부짖지 않았다. 살아 있는 모든 나무에는 드라이어드의 숨결이 닿게 되어 있는데, 나무를 통째로 베었을 때 아무런 반응이 없다는 것은 있을 수 없는 일이었다.

'정말 모두 죽은 나무였단 말이야?

있을 수 없는 얘기다. 나무에 달린 저 파릇파릇한 이파리는 무엇이란 말인가? 그때 레오가 다시 중얼거렸다.

"환상이란 말이지? 나무도 땅도 하늘도, 심지어는 내가 쏘아 보낸 기의 실도 모두 구현해 내는."

야옹!

그런 환상은 없어! 오감은 속일 수 있어도 기의 감각은 안 된다고! 네로는 그렇게 말하고 싶었다.

하지만 확실히 레오의 말대로 이 환상은 적절한 공간 왜곡과 기감까지도 속일 수 있는 환상으로 구성되어 있는 모양이었다. 그렇게 생각하니 결과적으로 말이 되었다.

야옹.

네로는 이 결계가 자신의 능력으로는 절대 감당할 수 없는 것이라고 인정했다. 과거에도 그랬지만, 지금 다시 생각해 봐도 이 안은 인간 수준으로는 절대로 손댈 수 없는 곳이었다.

하지만 레오는 그렇게 생각하지 않는 것 같았다. 그는 다시 제자리에 서서 고민하기 시작했다.

생각 같아서는 다 부수고 싶었지만, 그것이 아무런 의미도 없는 짓이라는 것을 안 이상 참았다.

시간이 흘렀다. 하지만 레오는 조금도 움직이지 않고 계속해서 집중했다.

환상을 구별하고 실체를 알 수 있는 방법! 그것을 깨닫기 전에는 절대로 움직일 수 없다고 판단했기에 전신의 감각을 극도로 끌어올렸다.

아무런 움직임도, 소리도 없는 정적의 시간이었지만 레오는 일생의 대적을 만난 것처럼 전력을 다해 환상에 도전하고 있었다.

'흠, 저런 진지한 면도 있네? 의외로군.'

네로는 그런 레오를 다시 봤다는 표정으로 바라보며 묵묵히 결과를 기다렸다.

얼마나 시간이 흘렀을까? 네로는 레오의 옆얼굴을 새삼스럽게 쳐다보았다. 이 남자는 단 한순간도 긴장을 풀지 않았다.

안개는 마치 살아 있는 것처럼 그들을 공격했지만, 레오의 전신을 감싸고 있는 오러는 그것을 허용하지 않았다. 그러면서도 레오의 정신은 안개가 아닌 허상에 집중되어 있었다.

'흐름이 느껴진다. 마치 물과도 같은 흐름.'

레오는 이미 눈으로 사물을 보고 있지 않았다. 귀로 듣지도 않았고, 코로 냄새를 맡지도 않았다. 심지어는 자신이 발하는 오러의 촉각도 믿지 않았다.

무엇인가 알 수 없는 감각이 주변에 흐르는 기운에 반응하고 있었다.

그것은 지금까지 앞을 보지 못했던 사람이 갑자기 눈을 뜬 것과도 같은 상황이라고 할 수 있었다. 아니, 빛이 하나도 없는 동굴에서 살던 사람이 처음으로 동굴 밖으로 나와 자신에게 사물을 볼 수 있는 눈이 있다는 것을 자각했다는 것이 더 비슷한 비유이리라.

하지만 그것뿐이었다. 흐름은 너무나도 자연스러워 조금도 그것을 막거나 끊을 수 없었다.

가장 무서운 대적의 기운을 대하는 것처럼 레오는 전신을 긴장시켰다. 그리고 그 상태를 유지했다.

며칠이 지났는지도 생각하지 않았다. 잠도 오지 않았다. 오직 그의 정신 속에 느껴지는 그 감각에 조금이라도 더 익숙해지기 위해 집중했다.

그러던 어느 순간, 레오의 몸속에 잠들어 있던 힘이 폭발하듯 몸 밖으로 뿜어져 나왔다.

콰콰콰콰!

꺄앙!

네로는 비스킷을 꺼내 먹다가 전신의 털이 곤두서는 기운에 놀라 비명을 질렀다. 그러나 레오의 몸속에서 나온 기운은 그녀를 해치지 않았다. 오직 주변의 안개를 때려 일순간에 수 미터 밖으로 밀어붙였을 뿐이다.

팟—

레오의 몸이 꺼지듯 그 자리에서 사라졌다. 땅이 깊게 파이며, 흙이 하늘로 치솟아 올랐다.

너무 빨라서 주변의 대기가 미처 레오의 움직임을 피하지 못하고 비명을 지를 정도였다. 그리고 레오의 검은 그대로 공간을 갈랐다.

쩡!

글자 그대로 공간이 갈라지며 또 하나의 공간이 나왔다. 레오의 신형이 그 공간으로 빨려들 듯이 사라졌다.

“벗어났군.”

레오는 웃었다. 환상을 베었다. 정확하게 환상의 공간 자체를 베고 나왔다. 그 증거로 지금 주변에는 안개가 없었다.

“이곳은 어디지?”

주변을 둘러보니 뒤쪽으로 안개의 막이 보였다. 자신이 뛰어들어 온 곳이 바로 그곳인 것 같았다.

“결계는 대샤먼이라는 자가 친 거랬지?”

야옹.

네로가 고개를 끄덕이며 대답했다.

그렇다면 대샤먼을 찾아야 한다. 레오는 다시 전신의 기를 사방으로 퍼뜨렸다. 방금 전에 알게 된 감각으로 인해 기의 촉수가 가져다주는 기운을 더욱 예민하게 느낄 수 있게 되었다. 바람의 흐름과 풀벌레의 울음소리까지 느껴지는 것이다.

“음? 마물인가?”

레오는 왼쪽을 보며 중얼거렸다. 느껴지는 수는 약 여섯, 하나같이 거대한 게 오우거 정도인 것 같았다. 그리고 동시에 느껴지는 기운 하나, 사람!

팟—

레오는 달렸다. 사람을 만났으니 이 안의 정보를 얻을 수 있으리라. 마물이 느껴진 곳까지의 거리는 제법 되었지만 공간 왜곡이나 환상은 없었다. 그렇다면 레오에게는 문제가 되지 않는다.

크오오오—

곧 마물의 울음소리가 들렸다. 녹색의 피부에 흐르는 끈적끈적한 점액질로 보아 오우거는 아니었다. 트롤 여섯 마리가 눈에 들어왔다.

"트롤치고는 너무 큰데?"

레오는 살짝 인상을 찌푸리며 그대로 검을 머리 위에서 아래로 내리그었다.

좌악!

키가 3m나 되는 트롤의 몸이 그대로 두 쪽으로 갈라졌다.

크아아, 칵!

부웅~

트롤들은 흥분해 있는 상태인 것 같았다. 밤인데다 달도 떠 있었다. 그리고 먹이를 눈앞에 두고 먹으려는 순간 뒤통수를 맞은 셈이었기에 더욱 분노했다.

하지만 그렇게 이성을 잃은 트롤에게 돌아간 것은 뻔한 결과였다.

탁, 두두둑!

트롤이 내려친 몽둥이를 슬쩍 피하며 그 두꺼운 손목을 한 손으로 붙잡은 레오는 그대로 트롤의 손목을 비틀어 버렸다.

캬아악!

위잉, 퍽!

검이 원을 그리자 비명을 지르던 트롤의 목이 하늘로 날았다. 레오는 그것으로 멈추지 않고 다시 몇 차례나 검을 휘둘러 트롤의 몸을 조각조각 잘랐다.

상대는 단순히 목을 친 정도로는 죽지 않는 놀라운 재생력을 가진 괴물이다. 레오는 덤벼드는 트롤의 가슴을 몸통으로 부딪쳐 부수고,

허리를 두 동강 내는 등 잔혹하게 손을 썼다.

퍽, 퍽, 퍽!

캬악, 캭, 캬—

얼마 안 있어 트롤들은 고깃덩어리로 변했다. 레오의 몸에는 거의 피가 튀지 않았지만, 사방은 녹색의 피로 뒤덮여 버렸다. 그리고 그 앞에는 녹색의 피를 뒤집어쓴 한 명의 소년이 있었다.

"괜찮나?"

드드드드.

대답 대신 이가 부딪치는 소리만 들려왔다.

"이런, 곤란하군."

레오는 혀를 찼다. 트롤을 상대할 때에는 미처 관심을 가지지 않았는데, 일이 끝나고 보니 소년에게는 너무 자극이 심했을 것 같았다. 딱히 걱정을 하는 것은 아니었지만, 지금처럼 상대가 대답도 못할 정도면 곤란했다.

소년은 눈이 풀린 채 몸을 가늘게 떨고 있었는데, 조금도 움직이지 못하는 것이 공포로 정신이 반쯤 풀린 것 같았다.

무리도 아니다. 트롤에게 잡아 먹히기 직전에 더욱 무서운 검은 악마가 트롤의 몸을 분쇄하는 것을 보았다. 거기에 인간의 것보다 훨씬 독한 트롤의 피 냄새가 그의 이성을 마비시킨 것이다.

드드드드드.

소년의 몸은 계속해서 떨리고 있었고, 이가 부딪치며 나는 소리 또한 여전했다. 레오는 그 모습을 보며 어떻게 할까 고민했다.

그때 네로가 갑자기 레오의 어깨에서 뛰어내려 소년의 머리 위에 올라섰다.

야옹!

드드드드득.

네로의 울음소리가 나자 기적처럼 소년의 떨림이 멈추면서 사방이 조용해졌다. 떠는 것을 멈춘 소년은 마치 최면술에 걸린 것처럼 멍한 표정을 짓고 있었다.

야아아앙.

네로가 다시 꼬리를 소년의 눈앞에 흔들거리며 길게 울자 소년은 정신을 잃고 옆으로 기울어졌다.

풀썩.

완전히 잠든 소년의 모습을 보며 네로는 이제 되었다는 듯 고개를 끄덕였다. 그리고는 소년의 머리 위에 앉아서 앞발을 이마 위에 얹었다.

"깨어나기를 기다리면 되는 건가?"

네로가 하는 행동을 지켜보던 레오가 확인하듯 묻자 곧바로 대답이 돌아왔다.

야옹.

"알았다."

레오는 나무 아래에 앉아 그대로 눈을 감았다. 공기를 진동시키는 피 냄새는 전혀 신경 쓰지 않았다.

툭, 툭.

네로는 그런 레오를 뻔히 바라보다가 잠시 그의 옆으로 가서 앞발로 몇 번 건드려 보았다.

야옹(자는군, 역시).

눈을 감은 지 1분도 되지 않았다. 그가 지난 며칠 동안 잠시도 잠들지 않고 안개 속에서 버텼다는 것을 믿을 수가 없었다.

그녀는 고개를 절레절레 흔들며 다시 소년의 머리 위로 가서 정령력으로 소년의 헝클어진 머리 속을 안정시키기 시작했다.

얼마나 시간이 지났을까? 레오는 눈을 떴다. 소년은 아직 잠들어 있는 상태였다. 그러나 곧 밀림 한쪽에서 수풀이 움직이더니 몇몇 사람이 나타났다.

"원주민들인가?"

"카루토! 델카?"

갈색의 피부를 가진 원주민들은 레오를 발견하자 모두 크게 놀라서 뭐라고 떠들기 시작했다. 그들은 급히 무기를 겨누고 아직도 앉아 있는 레오를 경계했다.

"뭐라는 거지? 난 원주민의 말을 모른다."

"스큐라?"

"스큐라? 구 시얀 제국의 수도를 말하는 건가?"

"블랙 제이드!"

"흑옥? 알아듣게 얘기해라."

레오는 짜증을 내기 시작했다. 원주민들은 레오의 기세에 질린 듯 주춤주춤 뒤로 물러나며 계속 뭐라고 떠들어 댔다. 그리고 그중 한 명이 뒤로 돌아 뛰어가는 것이 보였다.

눈치를 보아하니 누군가를 부르러 가는 모양이었다. 레오는 어떻게든 되겠군, 하고 생각하며 다시 눈을 감았다.

한참이 지나자 십여 명의 원주민들과 함께 한 명의 노파가 나타났다. 화려한 새의 깃털로 된 모자를 쓴 노파는 척 보기에도 신분이 높은 자 같았다.

노파는 레오를 보자 잠시 멈추어 서서 주문과도 같은 무엇인가를 읊었다.

시렁.

"응? 이것은?"

정령의 힘, 바람의 정령이 주변에 다가오는 것을 느낀 레오는 인상을 찡그리며 반사적으로 그 정령을 튕겨냈다.

"델카!"

원주민 노파는 크게 놀란 듯 뒤로 물러서며 외쳤다. 순식간에 살기가 높아지며 원주민들이 전투 준비를 하는 것이 보였다.

"하자는 건가?"

기분이 나빠진 레오는 손으로 검을 잡으며 중얼거렸다. 그런데 그 순간 네로가 그들 사이로 끼어들며 울었다.

야오옹.

"실라?"

바람이 움직였다. 고양이의 울음소리에 대답한 것이다. 원주민 노파는 놀라서 손을 들어 주변을 진정시켰다. 그리고는 다시 뭐라고 주문을 외우기 시작했다.

잠시 후, 원주민 노파는 고개를 갸웃하고는 떠듬거리는 목소리로 말했다.

"그대는, 외부에서 온, 자인가?"

"말을 할 줄 아는군. 그렇다."

"외부의, 말을, 배웠지만, 쓰는 것은, 처음이다."

"그런가?"

하기야 3백 년 동안 아무도 들어오지 못했으니 외부의 말을 사용했을 리가 없다. 레오는 이해한다는 듯 고개를 끄덕이자 노파는 어색한 어조로 말을 이었다.

"고양이가, 정령을 통해, 말을 전했다. 그대는, 결계를 깨러, 들어왔나?"

"그렇다. 대샤먼은 어디 있지?"

두 번 말하기 싫었던 레오는 노파가 알아듣기 쉽게 느릿느릿한 어조로 물었다.

"이곳에 없다. 난 툴카로스 부족의 샤먼 툴코크, 이곳은 밀림의 가장 외부에 있는 구역이다."

"구역?"

레오는 대샤먼이 이곳에 없다는 말에 기분이 나빠져서 퉁명스럽게 되물었다. 그의 얼굴에도 그러한 심정이 확연히 드러났다.

예의와는 거리가 먼 이 방문자의 태도에도 샤먼 툴코크는 온화한 태도를 고수했다. 그녀는 연륜과 지혜를 가진 샤먼답게 천천히, 그리고 자세하게 설명을 하기 시작했다.

밀림 안은 안개와 환상의 장막이 마치 거미줄처럼 쳐져 있다. 결국 그 장막에 의해 결계의 안쪽도 여러 구역으로 자연스럽게 나누어진 상태라는 것이다.

"이런 안개와 환상은 그 누구도 통과하지 못하도록 쳐져 있다."

툴코크의 설명에 레오는 심드렁한 어조로 대꾸했다.

"그런가?"

"그렇다. 우리 부족은 이 구역에서 자급자족하며 살고 있다. 마물들 역시 마찬가지, 구역을 벗어날 수는 없다."

“그렇다면 대샤먼은 다른 구역에 있다는 소리군.”

“밀림의 가장 중앙에 계실 것이다. 방향으로 따지자면.”

샤먼 툴코크는 손가락으로 동쪽을 가리키며 말했다.

“이쪽이다. 하지만 일단 안개 속으로 들어가면 방향은 의미가 없다. 돌아서서 나오려면 언제든지 나올 수는 있지만 앞으로 나아갈 수는 없었다.”

“확실히 그렇지. 하지만 나는 그걸 뚫고 지나갈 수 있다.”

“정말인가?”

“실제로 이렇게 들어왔지.”

“오오!”

샤먼 툴코크가 뭐라고 소리를 지르자 원주민들은 모두 경탄한 표정을 지으며 거의 춤을 추듯 몸을 움직였다. 뭔지는 몰라도 그들은 무언가에 상당히 기뻐하고 있는 것이 확실했다.

침착하고 온화한 태도를 유지하던 툴코크 또한 반가운 기색을 숨기지 못하며 확인하듯 물었다.

“그대는 흑옥과 함께 들어왔는가?”

“흑옥?”

레오가 전혀 모르겠다는 표정을 하자 툴코크는 이해할 수 없다는 표정으로 고개를 갸웃거리며 말했다.

“대샤먼이 결계를 치기 전에 흑옥만이 결계를 자유롭게 통과할 수 있다고 하셨다.”

“모르는 일이군.”

무엇인가 안으로 들어올 수 있는 방법이 있다는 것인가? 레오는 잠시 생각에 잠겨 그것이 무엇인지 고민했다.

그 순간 네로 역시 열쇠가 있었다니? 하고 생각하며 왜 그걸 조사해 볼 생각을 못했을까 후회했다.

하지만 이제는 필요가 없다. 흑옥이 없어도 안개를 통과할 수 있으니까. 레오는 그렇게 결론을 내렸다.

"일단 그대의 마을에서 조금 쉬고 싶군. 그 뒤에는 떠나겠다."

레오는 결정했다는 듯 그렇게 말했다. 떠나는 것은 좋은데, 잠은 충분히 자고 가야겠다는 생각이 들었기 때문이다.

일단 안개 속으로 들어가면 또 며칠 동안 잠을 자지 못하고 결계의 빈틈을 찾아야 한다.

"방문자를 환영한다. 부족의 아이를 구했으니 손님으로 인정하겠다."

샤먼 툴코크는 주름이 가득한 얼굴 한가득 미소를 지으며 대답했다.

약 3일 후, 레오는 잠에서 깨어나 다음 구역을 향해 떠났다. 각 구역을 벗어나는 데에는 적어도 하루, 많게는 4, 5일 동안 안개와 싸워야 했지만, 그래도 한 구역 한 구역을 더듬어가며 점차 밀림의 중앙을 향해 나아갔다.

＊　　　　＊　　　　＊

"도대체 어디야?"

"어느 놈이야? 장소 안다고 여유 부린 놈이?"

"그러게, 정보 알아온 놈이 누구였지?"

배고픔을 참아가며 헤매기에 지친 사내들은 흉흉한 눈빛으로 이 고난의 근원을 찾기 시작했다. 그들의 목표가 된 한 남자는 동료들의 험악한 기세에 자신도 모르게 뒷걸음질치며 몇 걸음 물러섰다.

"그, 그게… 일부러 그런 것도 아니고……."

"일부러 그랬으면 네가 지금 살아 있을 것 같아?"

"그, 그러니까……."

서른 명의 남자는 저마다 나름의 생계 도구를 챙겨서 휴케바인 일행의 뒤를 쫓아온 바로 그들이었다.

처음 정보를 알아온 남자가 목적지를 안다고 하기에 동료를 모아 도시에서 멀어진 후 따라잡을 생각이었던 것이다. 하지만 정작 길이 끊어져 호쿠쿠 밀림 근방에 다다라 목적지를 물었을 때 이들은 절망해야만 했다.

"호쿠쿠 밀림의 결계라니, 그걸 장소라고 할 놈 있으면 나와봐!"

그랬다. 남자가 알아온 목적지란 것은 바로 결계에 간다는 것이었다. 도시에서 외곽으로 나와 도달할 수 있는 결계는 성인 남자의 걸음으로도 3일 정도 걸릴 거리로 이어져 있다.

그간의 정리로 꼭 죽지 않을 만큼 두들겨 맞을 상황이 된 사내를 구한 것은 멀리서 들려온 소리였다.

"우하하하하!"

사냥으로 단련된 남자들의 청각은 이 순간 더욱 날카롭게 곤두섰다. 방금 전까지 지쳤다고 투덜거리던 모습은 이미 온데간데없었다. 지금 저 소리를 놓치면 고생길이 훤하다.

그들은 누가 먼저랄 것도 없이 소리가 난 곳으로 뛰어가기 시작했다.

휴케바인은 땅을 파고 있었다. 아무것도 없는 밀림의 초입에서 지내기 위해 해야 할 일은 정말로 많지만 당장 급한 것은 구덩이였다.

히히히힝, 푸륵, 푸륵.

"으윽, 이놈들이 그새를 못 참고!"

휴케바인은 말들이 기묘한 울음소리를 내자 들고 있던 삽을 신경질적으로 던지며 땅 위로 올라갔다. 과연 그가 예상한 대로 공기 중에 미묘하면서도 강렬한 향기가 섞여 있었다.

"이놈들아, 너희들은 어째 먹으면 싸냐?"

휴케바인의 호통에는 처절한 감정의 호소가 깃들어 있었다.

말똥이 질척거리는 곳에서 잠을 잘 수는 없었다. 식사를 하는 것도 쉽지 않았다.

그렇다고 해서 말들을 멀리 떨어진 곳에 묶어놓을 수는 없었다. 근방에 마물이나 맹수가 없는 안전지대라고 확신할 수가 없었기 때문이다.

푸르르르.

하지만 두 마리의 말은 뭐 그리 화를 내냐는 듯 투레질하며 커다란 눈으로 휴케바인을 보았다.

말들의 크고 천진난만한 눈을 본 휴케바인은 잠시 씩씩거리며 숨을 고르다가 결국은 고개를 숙이며 한숨을 쉬었다.

"그래, 너희들이 무슨 죄가 있겠냐."

그는 구덩이 속에 던져 놓은 삽을 꺼내 들어 말들이 방금 싸놓은 똥을 펐다. 그리고 급한 대로 옆쪽에 조그맣게 파놓은 조그만 구덩이 속에 던져 넣었다.

팍, 팍.

"휴, 이제 됐군. 너희들, 양심적으로 앞으로 세 시간 동안은 싸지 마

라. 그 안에 꼭 너희들의 배설물 매몰 구덩이를 완성시킬 테니까.”

똥을 파묻은 휴케바인은 그렇게 선언하듯 말하고는 다시 삽을 들고 구덩이 안으로 뛰어들었다.

약 세 시간이 흘렀을 무렵, 휴케바인이 구상한 배설물 매몰 구덩이가 완성되었다. 휴케바인 자신의 화장실 겸용이었다.

일대를 정리하기 위해 자른 몇 개의 나무로 바닥을 만들고, 그 사이를 진흙으로 메워 빈틈이 없게 했다. 그리고 냄새가 새어 나오지 않게 심혈을 기울여 만든 뚜껑도 있었다.

“우하하하하! 이 정도면 3개월은 버틸 수 있지. 역시 사람은 침대와 화장실이 필요해.”

휴케바인은 만족한 듯 두 손을 허리에 대고 크게 웃었다. 그의 이마와 목에서 흐르는 땀이 신성한 노동의 결과를 증명이라도 하듯 빛나고 있었다.

그때였다.

“저쪽에서 웃음소리가 났다!”

“앗, 저기다. 틀림없이 저놈이야.”

숲 한쪽에서 일단의 사람들이 나타나 휴케바인을 가리키며 달려왔다.

“응? 뭐지?”

휴케바인은 이런 오지에 자신을 아는 자가 있다니? 하고 의아해하며 그들을 보았다.

대충 보아하니 곱게 자란 것 같지 않은 거친 얼굴에 제각기 손에 활이나 창 등의 무기를 들고 있었다. 전력으로 달려오면서도 마치 휴케바인을 포위하듯 주변으로 퍼지는 자들의 눈에선 호의를 찾을 수 없었다.

그것을 깨달은 휴케바인의 안색이 변했다.

"강도인가?"

척.

그는 즉시 한쪽에 걸어놓은 검과 방패를 들었다. 그리고는 급한 대로 투구만 쓰고 망토를 걸쳤다.

기사용 판금 갑옷을 입을 시간은 없었지만, 기본적으로 체인 메일은 항상 입고 지내는 터라 구덩이를 파면서도 벗지 않았다.

"누구냐?"

휴케바인은 적을 맞이한 기사답게 전혀 기죽지 않고 크게 외쳤다.

"알 것 없다. 그냥 땅에 엎드려 두 손을 머리 위로 얹어라!"

남자들 중 하나가 제법 위협적인 목소리로 외쳤다.

"기사에게 무조건 항복을 권유하다니! 너희들, 죽고 싶으냐?"

부웅~

휴케바인은 노한 얼굴로 자신이 들고 있던 검을 허공 중에 세차게 휘둘렀다. 과연 왕국에서도 손꼽히는 기사답게 그의 검은 날카롭게 공기를 갈랐다.

휴케바인을 둘러싼 자들은 나름대로 무기를 쓰는 자들이라 무기가 공기를 가르는 소리만 듣고도 그 수준을 짐작할 수 있었다.

그들은 무의식 중에 뒤로 한 걸음씩 물러났다. 그리고는 손에 든 화살로 휴케바인을 겨눈 채 서로의 눈치를 보았다.

뒤쪽에 있던 나이 든 남자가 옆의 동료에게 조그만 목소리로 물었다.

"어떻게 하지? 일제히 쏘면 저 기사는 죽을 텐데."

별로 죽이고 싶지는 않았다. 식량을 얻기 위해서 강도질을 하고는 있지만 살인까지는 원하지 않았다. 하지만 방금 전의 퍼포먼스로 실력을 가늠하건대 어중간하게 대응하다 빈틈을 보이면 오히려 이쪽에서 사상자가 날 것 같았다.

옆에 있던 털북숭이 동료는 그의 심정을 이해한다는 듯 끄덕이고는 다시 고개를 돌려 휴케바인을 향해 외쳤다.

"우리는 위대한 휴케바인 일파의 형제들이다! 네놈이 아무리 반항을 해도 소용없으니, 순순히 가진 것을 모두 내놓아라!"

이쪽 지방에서 가장 잔인하고 위험한 산적 조직인 휴케바인 일파! 이름 그대로 재앙을 부르는 까마귀가 아닌가?

강도로 변한 사냥꾼들은 동료가 말하는 그 이름만 들어도 등골이 서늘했다. 그렇기에 그들의 상식으로는 아무리 기사라 해도 일단 휴케바인이라는 이름이 나온 이상 뒤도 돌아보지 않고 도망갈 것이라고 생각했다.

만약에 기사가 말 한 필을 타고 도망가려 하면 그냥 놔둔다. 그것이 바로 그들의 예상이자, 바람이었다.

그러나 사람의 예상은 가끔씩 가장 안 좋은 쪽으로 틀어진다.

"위대한 휴케바인 일파?"

휴케바인은 무슨 황당한 소리냐는 듯 인상을 찡그리며 물었다. 그러자 강도 중 한 명이 두목처럼 보이는 자에게 말했다.

"윽, 저놈이 모르나 본데요?"

"저런 촌놈이 있나? 왕국 최대의 흉악범, 아니, 영웅의 이름도 몰라?"

그들은 하나같이 기가 막힌 듯 서로를 보며 속삭였다. 그들에게는 불행히도 오랜 수련으로 오감이 모두 예민한 휴케바인은 그 속삭이는 소리를 충분히 들을 수 있었다.

"뭐? 왕국 최대의 흉악범? 이것들이 나를 뭐로 보고!"

타타탁!

"앗, 저놈이! 쏴라!"

휴케바인이 앞으로 뛰어나오자 놀란 두목은 황급히 소리쳤다. 그러면서 속으로는 이쪽이 죽일 마음이 없어도 상대가 죽겠다는 데야 도리가 없다고 스스로를 위로했다.

슈슈슈슈슝—

"어림없다!"

휘익, 파파파팍!

휴케바인은 방패를 든 손으로 망토를 잡아 몸 전체를 두르듯 감자 투구를 쓴 머리 이외에 모든 부분이 망토에 가려졌다. 그러자 수십 발의 화살은 그 망토를 뚫지 못하고 힘없이 땅에 떨어졌다.

"저건?"

"마법 망토다!"

남자들은 휴케바인이 망토로 화살을 막는 것을 보고 탐욕으로 눈을 번뜩였다. 식량도 식량이지만, 저런 상급의 아이템이라면 엄청난 가치가 있다.

휴케바인은 '마법 망토' 라는 말에 얼굴 한가득 웃음을 지었다. 단단히 화가 나서 혼을 내주려던 마음이 순간적으로 풀어졌다. 조금 전만 해도 몇 군데씩은 부러뜨려 놓겠다는 결심이었지만, 이 순간 적당히 손을 보는 것으로 마음이 바뀌었다.

'으흐흐흐, 레오 공자님의 망토처럼 보였단 말이지?'

의도한 바가 딱 맞아떨어지자 기분이 좋아진 휴케바인은 들으란 듯 크게 소리쳤다.

"으핫핫핫! 공성용 발리스타가 아니면 나를 해할 수 없다!"

레오가 망토를 쓰는 것을 보고 특별히 주문해서 맞춘 오우거 가죽에 안쪽에 금속징을 박은 특제 망토. 웬만한 갑옷보다 무거운 망토라 보통 사람은 도저히 쓸 수 없는 물건이지만, 휴케바인에게는 그걸 두르고도 뛰는 것이 가능했다.

물론 그는 레오처럼 망토에 기를 주입해서 화살이나 투창을 튕겨낼 수는 없었다. 하지만 궁하면 통하는 법, 고심하던 그가 생각해 낸 것은 바로 망토 자체를 강화하는 것이다.

그는 망토를 감고 싸우는 것이 난전에서 의외의 도움이 된다고 생각하며 열심히 수련했다. 실상 더 깊은 속내를 보자면, 망토를 휘날리며 장거리 무기를 막아내던 레오의 모습이 무척 부러웠기 때문이다.

그런데 이 무식한 망토와 그 사용법을 수련한 것이 지금 그 효과를 나타내고 있으니 그가 기뻐할 만도 했다.

위잉, 퍽, 퍽!

신이 난 휴케바인은 신들린 듯한 솜씨로 별수없이 접근하여 공격하려는 적을 향해 검을 휘두르기 시작했다.

"커흑!"

"큭!"

"앗, 한센! 위드! 에잇, 창으로 찔러!"

휴케바인이 휘두른 검을 맞고 두 명이 쓰러졌다. 사람들은 놀라 처절한 비명을 지르며 제각기 무기를 들고 달려들었다.

"호, 상황 판단이 빠르군. 강도들치고는 상당한 수준인데?"

퍼퍽, 빡!

"아악!"

다시 한 명이 머리에서 피를 뿜으며 쓰러졌다. 사실 휴케바인은 검 옆면으로 쳐서 상대를 기절시켰을 뿐인데, 사람들의 눈에는 그의 머리가 두 쪽으로 갈라지는 것으로 보였다.

공포가 주변을 휩쓸었다. 그때서야 상대를 잘못 건드렸다는 것을 깨달았지만 이미 늦은 일이었다.

보통 사람보다 머리 두 개는 큰 거한은 화살이 통하지 않는 망토를 전신에 두르고, 그 큰 몸집을 바람처럼 빠르게 움직여 동료들을 하나하나 쓰러뜨리고 있었다.

"자, 잠깐!"

두목인 듯한 남자가 급히 외쳤다. 강도들은 질린 얼굴로 무기를 겨눈 채 뒤로 물러섰다.

휴케바인 역시 공격을 멈추고 그를 보았다.

"왜?"

"넌 누구냐?"

상대가 공격을 멈추자 한숨 돌린 남자가 떨리는 음성으로 물었다. 반말을 들은 휴케바인은 비꼬듯이 길게 늘여가며 남자의 말을 되풀이했다.

"너언 누구냐아? 어째 말이 짧군?"

광포한 눈빛, 살육에 반쯤 취한 오우거 같은 그 눈은 웃고 있었다. 적어도 강도들의 눈에는 그렇게 보였다.

두목은 황급히 말을 바꿨다.

"그대는 누구십니까?"

"좀 낫군. 내가 바로 휴케바인이다!"

휴케바인은 가슴을 앞으로 내밀며 준비한 대사를 읊었다. 그것은 '내가 흑사자다!' 라고 말하는 레오의 어조를 그대로 닮아 있었다. 이번에도 강도들은 기특하게 아주 바람직한 반응을 보여주었다.

"어헉!"

"그런!"

급조된 강도들은 완벽하게 놀라 버렸다. 생각해 보니 과연 저자는 인간이라고는 생각하기 어려운 거대한 체구에 오우거와도 같은 신력을 지녔다. 그 위에 몸이 빠르니, 과연 소문으로 들려오는 휴케바인 일파의 두목과 똑같았다.

"ㅇㅇㅇㅇㅇㅇ."

두목은 전신을 사시나무 떨듯 떨어 댔다. 무슨 이유인지는 모르겠지만 신분을 감추고 이런 곳까지 왔는데 자신들이 모르고 건드렸으니, 이제 살기는 다 틀렸다는 생각이 들었다.

"도, 도망갈까요?"

옆의 털보가 물었다. 그러나 두목은 그 상황에서도 고개를 저으며 말했다.

"소, 소용없다. 우리가 도망가면 부하들을 끌고 와서 인근 마을과 도시를 샅샅이 뒤질 거야. 그렇게 되면 우리 가족들까지 다 죽어."

"흐윽, 그런!"

확실히 그 악랄한 휴케바인이라면 그럴 수 있다.

그가 일부러 찾지 않아도 이 일이 소문나기만 하면 대부분의 마을에서는 알아서 자신들을 꽁꽁 묶어 그의 산채가 있는 혈목산으로 보낼 것이다.

원래 이름은 청목산이었는데, 사람이 너무 많이 죽어 그 피로 물든

산이라는 뜻으로 이름이 바뀌었다.

"죽을죄를 지었습니다. 살려주십시오!"

일행 중 한 명이 결국 공포를 참지 못하고 무기를 팽개친 채 땅에 엎드려 빌기 시작했다. 그러자 마치 전염병처럼 모든 사람들이 무기를 던졌다.

이미 그들의 머리 속은 공포로 가득 차 휴케바인 일파는 자신들에게 적대한 자를 절대 용서하지 않는다는 사실조차 잊고 있었다.

하지만 레오의 부하 휴케바인은 산적이 아니다. 살육을 즐기는 살인마도 아니다. 그는 눈앞의 강도들을 노려보며 이놈들을 어떻게 처리해야 좋을까 하고 고민했다.

"음, 역시 그냥 놔줄 수는 없군."

그는 결론을 내렸다. 땅에 엎드려 빌고 있던 사람들은 그의 말에 더욱 몸을 떨었다.

"일어나라!"

"으흐흑."

냉혹한 목소리, 살을 파고드는 얼음의 송곳과도 같았다. 마치 사형을 언도받은 죄수처럼 힘없이 일어나는 사람들의 얼굴에는 이미 절망과 좌절밖에 남지 않았다.

"너희들은 지금부터 땅을 파야 한다. 저쪽부터 이곳까지 모두! 깊이는 약 1m 정도면 된다."

"허억! 땅을?"

땅을 파라고 한다. 그 이유는 뻔하다. 강도들은 지금 스스로의 무덤을 파야 하는 신세가 되었다고 생각했다.

'차라리 죽여서 넣어주길 바랄 수밖에……'

'설마 생매장을 하진 않겠지?'

일단 죽음이 정해지자 조금이라도 편히 죽고 싶었다. 산 채로 땅에 묻히는 것만큼은 사양이다. 사냥꾼에서 강도로, 그리고 졸지에 시체가 되게 생긴 남자들은 절망적인 표정이 되어 서로 눈빛을 교환했다.

'만약 생매장되면 서로 죽여주기로 하자. 응?'

'그래, 꼭 그러자.'

'염려 마라. 내가 꼭 너희들을 모두 죽일 테니.'

두목의 역할을 맡았던 남자는 오가는 눈빛들을 받으며 비장한 표정으로 이렇게 다짐했다. 무슨 수를 써서라도 동료들이 당할 잔인한 죽음만은 막겠다고.

휴케바인은 강도들이 움직일 생각을 안 하고 죽을상이 되어 있자 속으로 얘들이 왜 이러나 생각하며 으름장을 놓았다.

"꾸물대지 말고 당장 시작해! 게으름 피우는 놈은 이놈의 맛을 보여주겠다!"

부웅~

휴케바인은 다시 검을 한 번 크게 휘둘러 사람들의 넋을 빼놓았다. 검의 옆면이라고 해도 말하자면 쇠몽둥이가 아닌가? 제대로 맞으면 뼈가 바스러진다.

강도들은 모두 울면서 땅을 파기 시작했다. 휴케바인이 파라고 한 곳은 몇 그루의 나무를 베어 만들어놓은 공터였다.

삽은 단 한 자루밖에 없었기에 사람들은 제각기 자신들의 무기를 이용해야 했다. 도구가 시원치 않으니 더욱 힘들었다.

그 위에서 악마 같은 휴케바인은 사람들이 조금이라도 멈추거나 자신이 정한 사각형의 모양대로 땅이 파여지지 않으면 바로 화를 내며 그들을 발로 차버렸다. 강도들을 잡아 부리는 것이니 손에 사정을 둘 필요가 없었다.

도구의 열악함에도 불구하고 일의 진행 속도는 상당히 빨랐다. 그만큼 인력으로 때우는 것이니 고통이 몇 배나 심했다.

하지만 모든 일에는 시작과 함께 끝이 있는 법, 작업은 예상보다 훨씬 빠르게 마무리 지어져 해가 질 무렵에는 휴케바인이 계획했던 대로 네모 반듯한 깊이 1m의 구덩이가 생겨났다.

강도들은 그 구덩이 앞에 불안한 표정으로 열을 지어 서 있었다. 당장이라도 자신들이 판 구덩이 안으로 들어가라고 할지도 모른다.

"한꺼번에 다 들어가게 할 리는 없어. 흙을 덮을 사람은 남겨두겠지."

로크는 작은 목소리로 동료들을 위로했다. 남은 이가 흙을 덮으면서 알아서 죽여주기로 약속한 남자들은 제발 그것만은 아니기를 속으로 빌고 있었다.

이들의 속을 알 리 없는 휴케바인은 만족스러운 웃음을 지으며 검을 어깨 위에 올려놓고 강도들의 앞을 이리저리 걸었다. 그러다가 갑자기 걸음을 멈추고 검으로 땅을 팍 하고 찌르며 큰 소리로 말했다.

"노동력이 쓸 만하군. 다음 일이다. 저기 있는 저 나무들을 두께 15㎝ 정도로 쪼개라!"

"나무들을 말입니까?"

사냥꾼들은 한쪽에 쓰러져 있는 몇 그루의 나무들을 보았다. 밀림의 나무답게 하나같이 커다란 것들이었는데, 그것들은 원래 방금까지 자신들이 판 땅에서 자라던 나무들인 것 같았다.

땅을 파면서 나무 밑동과 뿌리를 제거하느라 얼마나 힘들었던가? 그런데 이제 나무 윗동을 쪼개라고 한다. 당장 죽을 각오를 했던 남자들은 어리벙벙한 표정으로 휴케바인을 바라보았다.

"그렇다. 목재로 만들란 말이다. 기초 공사를 했으니 기둥을 세우고 지붕을 얹어야 집이 완성되지 않겠나?"

휴케바인이 그것도 모르느냐는 투로 말하자 강도들의 표정은 순식간에 묘하게 변했다.

"어헉, 집?"

"집?"

"사람이 사는 집?"

그들은 갑자기 튀어나온 의외의 단어에 놀라 휴케바인의 얼굴과 자신들이 판 땅을 번갈아 보았다.

그러고 보니 확실히 자신들이 판 땅은 집을 지을 때 바닥을 고르게 하기 위한 기초 공사라고 볼 수 있었다.

"알았으면 어서 움직여! 일부는 남아서 저기 쌓인 흙에 물을 부어 진흙을 개어라. 앞으로 3일 이내에 번듯한 통나무집이 서지 않으면 너희들에게 책임을 묻겠다!"

휴케바인은 단호하게 선언했다. 그는 1개월이 될지, 2개월이 될지 모르는 이곳의 생활을 모포와 침낭만으로 버틸 생각이 없었기 때문에 통나무집을 짓기로 결심한 상태였다.

급한 대로 화장실을 먼저 만들어놓고 흐뭇하여 웃음을 터뜨린 것도 잠시, 앞으로 얼마를 더 고생해야 집을 만들 수 있을까 생각하며 고민하고 있던 참이었다.

'크흐흐흐, 그런데 딱 맞춰서 이렇게 자발적으로 도와주는 일꾼들이 생기다니? 역시 하늘은 날 도와주신다니까!'

속으로 음흉하게 웃던 그는 강도들이 아직도 멍하니 서서 자신을 보고 있는 것을 깨닫고는 즉시 호통을 지르며 사람들을 두드려 팼다.

그 후에 강도들은 나무를 다듬어 목재로 만들고, 땅을 파면서 생긴 흙을 진흙으로 만드는 등 여러 가지 일을 해야만 했다.

평생을 산에서 사냥을 한 자들이라 그 체력이 범인보다 월등했다. 그들의 노동력은 기사들 수준으로 눈높이가 맞춰진 휴케바인이 감탄할 정도였다.

3일째 새벽의 밤하늘이 밝아올 무렵, 휴케바인은 자신의 야영지 위에 새로 세워진 번듯한 통나무집을 감상할 수 있었다.

*　　　*　　　*

"으으윽, 허리야."

"나쁜 놈, 사람을 이렇게 부려먹을 수 있다니?"

"쉿, 조용히 해. 우리는 죽다 살아난 거야. 그래도 저놈이 양심이 있는지 우리를 놔줬잖아."

"이 사람아! 마물이라도 사람을 이렇게 부려먹으면 미안해할 거다."

사냥꾼들은 힘없이 걸음을 옮기고 있었다. 3일에 달하는 중노동은 그들의 힘을 완전히 뽑아버린 상태였다. 흙먼지도 제대로 씻지 못하고 도시로 돌아가는 그들의 모습은 그야말로 난민처럼 처량했다.

무엇보다 가장 억울한 것은 평생을 사용해 온 사냥 도구들을 모두 빼앗긴 것이다. 유일한 밥벌이 도구마저 없어졌으니, 이제는 정말 도시 슬럼가의 주민이 될 수밖에 없었다. 생각하면 생각할수록 스스로의 인생이 처량해 눈물이 나왔다.

"형님, 이제 어떻게 하지요?"

"후우, 희망을 잃지는 말자. 우리는 아직 살아 있고, 도구는 다시 구하면 되니까. 무엇보다 지금 중요한 일은 기다리고 있는 가족들에게 우리가 살아 있다고 알리는 것이야."

"그렇지요. 하기야 이보다 더 나쁠 수가 있겠습니까?"

그들은 그렇게 말하며 계속 걸었다. 숲에서의 생존 능력이 탁월한 사람들답게 간혹 가다가 먹을 것을 발견하면 빠지지 않고 취했다. 아직 이틀은 더 가야 도시에 도착하니, 그동안 어떻게든 체력을 유지해야 했다.

"그런데 그놈이 왜 혼자 신분을 감추고 이런 곳까지 왔을까요?"

한 남자가 이유를 알 수 없다는 듯 물었다. 사실 지난 며칠 동안은 휴케바인의 눈치를 보느라 제대로 대화도 나누지 못한 그들이었다.

그 악마는 정말로 귀신같아서 잠을 자다가도 자신들이 조금만 이상한 행동을 하면 벌떡 일어났다.

지옥의 고문과도 같은 시간이었지만, 이제 풀려나 대화도 마음대로 나눌 수 있으니 다시 살아난 것 같았다.

"글쎄, 나름대로 이유가 있겠지."

"처음 도시에 왔을 때에는 혼자가 아니었잖아요?"

"그렇지."

"그리고 같이 있던 청년은 귀족으로 보였고, 저 남자가 존댓말을 썼었지요."

"으음."

남자는 어두운 안색으로 고개를 끄덕였다. 왕국 최고 최악의 산적 두목이 굽실거린 청년의 정체는 무엇일까? 또 그런 거물들이 이곳까지 온 이유는?

남자는 더욱 심각한 표정을 지으며 무거운 목소리로 중얼거렸다.

"비밀인가……."

"예?"

"그들이 이곳까지 온 것이 비밀이라면, 우리를 왜 놔줬지?"

"예? 그, 글쎄요."

"혹시?"

"무슨 생각이 있으십니까?"

"아니다. 어서 도시로 돌아가자."

남자는 갑자기 불안한 표정을 지으며 걸음을 빨리하기 시작했다. 그리고 일행들에게 잠도 줄여가며 가능한 한 빨리 도시로 돌아가야 한다고 말했다.

불안한 생각이 머리 속에 떠올라 버렸지만, 그것을 다른 사람들에게 말하지는 않았다. 어차피 예상이 맞는다면 피할 수 있는 방법은 없었다.

그는 천신에게 제발 살아서 도시에 도착할 수 있게 되기를 빌었다.

사람들이 이틀 밤낮을 꼬박 걸어서 드디어 도시 근방까지 도착했을 때였다. 이미 해가 져 들판은 어둠으로 덮여 있었지만, 일행을 이끄는 남자의 재촉으로 그들은 계속 걷고 있었다.

"형님, 조금 쉬었다 갑시다."

"이제 다 오지 않았나? 날이 밝기 전에 가족에게로 돌아가는 것이 좋다."

"그거야 그렇지만, 너무 힘듭니다."

"죽을 것 같아요."

“그래도 걸어. 정말로 쓰러지면 내가 업어줄 테니까.”

“쳇, 아가씨도 아니고 형님 등에 왜 업힙니까?”

사람들은 끊임없이 투덜대면서도 걸음을 멈추지 않았다. 체력은 거의 남아 있지 않았지만 가족에게로 돌아간다는 마음이 두 다리에 힘을 주었다.

그러나 불길한 예상이 맞아떨어지는 것은 우연이 아닌 필연인가? 그들이 도시에 거의 도착할 무렵, 일단의 무리들이 소리없이 그들을 포위했다.

달빛에 반사되어 번뜩이는 무기들을 보며 일행은 벌벌 떨었다. 어두운 그늘 사이로 보이는 상대의 얼굴은 하나같이 흉악하고 살기가 흐르고 있었다.

“누구요? 우리에게 무슨 볼일이 있소?”

용기를 내서 한 사람이 물었다. 하지만 겨우 말을 하는 것이 한계인 듯 떨리는 목소리는 감출 수 없었다.

그러자 둘러싼 사람들이 일제히 낮은 목소리로 웃기 시작했다.

“흐흐흐흐흐.”

“누구냐고 물었지 않소? 강도라면 그냥 가시오. 보다시피 우리는 아무것도 가진 것이 없소.”

“잘 아는군. 우리는 강도지. 암, 위대한 휴케바인 일파의 정규 멤버니까 말이야.”

“앗! 휴케바인 일파!”

남자는 놀람과 절망의 감정에 자신도 모르게 소리를 질렀다. 그의 목소리에 담긴 감정은 너무나도 솔직하여 일행 모두를 같은 감정에 빠지게 했다.

휴케바인 일파의 사람들은 그런 상대를 비웃었다. 그리고는 더욱 흉악한 표정을 지으며 음산하게 말했다.

"너희들은 우리 조직에 죄를 지었다. 그것도 죽을죄지."

"으으으으."

일행들은 그때서야 지금 상황을 알 수 있었다. 자신들은 알아서는 안 되는 일을 알고 있다.

그 자리에서 살아 나온 것이 무슨 이유인지는 모른다. 아마 휴케바인이라는 자가 그곳에서는 살인을 하지 못하는 상황이었을지도 모른다.

그래서 일을 시키는 척하면서 시간을 끄는 동안 부하들을 동원하여 함정을 판 것이다.

'지독한 놈, 어차피 죽일 거면 고통이나 주지 말지. 3일간 그런 중노동을 시키다니!'

이가 갈렸다. 마물보다 더한 놈이라는 생각이 들었다. 그러나 다시 생각해 보면 그런 짓을 태연하게 하니 악명이 하늘을 찌르는 것이 아니겠는가? 사람들은 하나같이 눈물을 뚝뚝 흘리며 절망했다.

산적들은 그 모습을 보고는 오랜 경험으로 이미 일이 다 된 것이나 다름없다는 것을 깨달았다.

산적 중에 우두머리로 보이는 자가 들고 있던 도끼를 위협하듯 들어 올리며 외쳤다.

"순순히 잡혀라. 반항하면 어떻게 되는지 알지?"

"살려주십시오!"

"말만 잘 들으면 살아날 수도 있지. 너무 겁먹지는 말아라. 흐흐흐."

너무나도 판에 박힌 대사를 주고받으며 산적들은 정해진 매뉴얼대로 사람들을 밧줄로 묶었다. 무기도, 체력도 남아 있지 않은 사람들은 더 이상 저항을 할 여력도 없었기에 순순히 잡힐 수밖에 없었다.

산적들 중 소두령에 해당하는 철 도끼 커크는 그 모습을 보면서 여전히 음흉한 미소를 지었다. 그러자 옆에 있던 고참 부하 중 한 명이 아부성 미소를 지으며 그에게 말했다.

"그냥 싹 묻어버리지 왜 귀찮게 산채까지 잡아가려 하십니까?"

"내 명령에 불만이 있나?"

"헉, 그럴 리가 있겠습니까? 저는 단지 혹시 오늘이 소두령님 생일이라던가⋯⋯."

"내 생일도 기억 못한단 말이지? 기억하고 있겠다."

"으윽, 그럴 리가 있겠습니까?"

고참 산적은 생각없이 말을 꺼냈다가 본전도 못 찾았다고 속으로 투덜댔다. 하지만 철 도끼 커크는 나름대로 농담을 한 모양인지 곧 미소를 지으며 말했다.

"별것 아니다. 저놈들이 비록 우리를 사칭해 영업을 하려고 했지만, 사실 근방에서 이름난 사냥꾼들 아니냐?"

"그렇지요."

"그러니까 일단 산채로 데려가서 견습으로 쓰려고 그런다."

"오! 견습. 그거 좋군요. 확실히 인재라고 할 수 있지요."

"응. 산에서의 움직임도 좋을 거고, 무기도 잘 쓰고, 맹수나 마물과의 싸움에도 익숙하니 일단 충성을 맹세하면 곧 정조직원으로 올라갈 것이다."

"소두령님 말씀대로입니다."

"너도 곧 조장이 될 테니 기억해 둬라. 인원 모집은 일 년 365일 절대로 쉬는 날이 없이 항상 진행해야 한다.”

“그렇게 하지요.”

고참 산적은 그때서야 소두령의 의도를 이해하고는 옆에 있던 자신의 후배에게 포로들이 알고 보면 자신들의 형제가 될지도 모르는 몸이니 너무 험하게 다루지 말라고 일렀다.

“다 됐으면 출발한다!”

철 도끼 커크는 포로들의 포박이 모두 끝난 것을 확인하고는 도끼를 번쩍 들어 올리며 외쳤다.

곧 그들은 굴비 줄기처럼 줄줄이 엮인 사람들을 양옆에서 감시하며 산채로 돌아가기 시작했다.

대규모로 사람을 잡아가는 일이다. 아무리 휴케바인 일파라고 해도 혹시 이곳의 영주가 알게 되면 군대를 동원할지도 모른다.

그들은 날이 완전히 밝기 전에 산악 지대로 들어가기 위해 끊임없이 사람들을 핍박했다. 사냥꾼들의 수난은 아직 끝나지 않았다.

❖ Chap 3 ❖
소녀와 거한

소녀와 거한

　

"뭐라고요? 휴케바인 일파에게 아저씨들이 모두 잡혀갔다고요?"

크로우는 너무 놀라 자신도 모르게 벌떡 일어나며 언성을 높였다.

"그래, 그들이 휴케바인 일파를 사칭하려 했다는 사실이 알려진 모양이야. 사실, 이 슬럼가에도 휴케바인 일파의 밀정들이 있잖아."

"아! 그럼 어떻게 되나요?"

"모르지. 거의 죽었다고 봐야……."

늙은 요한은 입에서 나오는 대로 말을 하다가 크로우의 눈빛이 기묘하게 변하는 것을 보며 얼른 말을 끊었다.

사냥꾼들 사이에서 크로우는 특별한 존재였다. 처음엔 쓸모도 없는 고아에 불과했던 그녀는 피부색이 검은 것만이 두드러졌었다.

하지만 자라면서 그 재능을 인정받아 어엿한 사냥꾼이 되기까지 걸린 시간은 덩치 좋은 남자들에 비할 바가 아니었다.

현재 이 소녀는 열여섯 살의 어린 나이에도 불구하고, 인근에서 최고의 사냥꾼으로 인정받고 있었다.

지금 그녀의 초록색 눈동자는 화났을 때 특유의 보석 같은 빛을 발하고 있었다. 이럴 때 그녀의 눈빛을 정면으로 받으면 감당할 수 없는 맹수의 눈빛을 대한 양 주눅이 드는 것이다.

"아, 죄송해요."

크로우는 자신도 모르게 눈빛에 살기를 실었음을 깨닫고는 늙은 요한에게 사과의 말을 건넸다. 하지만 그녀의 가슴속에는 참을 수 없는 분노의 불길이 치솟고 있었다.

고아였던 자신을 키워주며 지금까지 살 수 있게 해준 것은 사냥꾼 양아버지였다. 크로우는 남다른 외모의 그녀를 동료로 받아들여 준 사냥꾼들 모두를 형제나 아저씨로 생각하고 있었다.

그녀는 요한이 겁먹지 않게 가능한 한 가슴속의 불길을 겉으로 드러내지 않으려 노력하면서 물었다.

"그들이 어느 쪽으로 갔는지 아세요?"

"그거야 알지. 혈목산으로 가는 산길은 몇 개 되지 않거든. 로센 능선 쪽으로 갔다고 하더군."

"고마워요."

탁, 다다닥.

크로우는 그 말을 듣는 즉시 자신의 소검과 활을 가지고 밖으로 뛰어나갔다.

늙은 요한은 그의 늘어진 신경으로는 감당하기 힘든 그녀의 재빠른 움직임에 잠시 어안이 벙벙해져 무의식 중에 한 손을 들어올렸지만 그녀를 말리지는 못했다.

열려진 문 사이로 시원한 바람이 들어와 늙은 요한의 몸을 떨게 만들었다.

"허억, 허억."

크로우는 달렸다. 도시를 나선 다음에도 산을 향해 달리던 걸음을 멈추지 않았다. 다행히도 바람이 등 뒤로 불어와 체력의 소모가 적었다. 하지만 보통 사람이라면 이렇게 몇 시간에 걸쳐 계속 뛸 수는 없을 것이다.

얼마나 달렸을까? 날이 어두워지기 시작했다. 그녀는 노을을 받아 붉어졌다가 다시 어두워지는 하늘의 구름과 서서히 모습을 드러내는 두 개의 달을 보면서 일단 멈춰 섰다.

"후우, 후우."

숨이 가빴다. 그러나 어렸을 때부터 양아버지가 가르쳐 준 호흡법에 따라 호흡을 조절하니 곧 격하게 뛰던 심장도 안정되었다.

"이쪽인가?"

크로우는 늙은 요한이 말한 산등성이를 바라보며 중얼거렸다. 어느새 그녀의 눈이 녹색으로 투명하게 빛나고 있었다.

마치 고양이와도 같은 눈빛, 검은 피부와 더불어 그녀에게 크로우라는 이름을 가지게 한 눈이다. 그 눈은 어둠 속에서도 사물을 보게 해주는 능력이 있었다.

'난 정말 까마귀의 요정인지도 모르지.'

그녀는 능선을 따라 오르면서 쓸쓸하게 웃었다. 하지만 어두운 밤에 산속에서 낮과 거의 같은 속도로 움직일 수 있다는 것은 정말로 대단한 일이다. 그녀는 지금 이 순간 자신이 그런 능력을 가진 것을 다행으로 생각했다.

하루가 꼬박 지나서 해가 떴다가 다시 졌을 때, 크로우는 봉우리 저쪽 편에 있는 일단의 무리들을 발견했다.

따라잡았다! 크로우는 지쳐 가는 몸을 억지로 움직여 계곡 아래로 내려가기 시작했다. 날이 밝으면 저들도 자신을 발견할 것 같았다. 일단 바람의 방향과는 반대쪽으로 움직여 저들이 자신의 냄새를 맡지 못하게 해야 한다.

계곡 아래로 내려와 나무 그늘에 숨으니 일단 안심이 되었다. 차가운 계곡 물에 얼굴을 씻자 정신이 번쩍 들며 기운도 회복되는 것 같았다.

그녀는 하늘에 떠 있는 달을 보았다.

"아직 날이 밝으려면 두 시간 정도 남았군."

사냥꾼은 해와 달의 위치로 거의 정확한 시간을 알 수 있다. 크로우는 서두르지 않고 그 자리에 편하게 몸을 눕혔다. 그리고는 곧 잠에 빠져들었다.

검게 뒤덮인 하늘의 색이 조금씩 흐려지기 시작할 무렵, 크로우는 눈을 떴다. 사람들의 경계심이 가장 풀어지는, 바로 날이 밝기 직전의 시각이 되었다.

그녀는 소리없이 움직여 계곡을 오르기 시작했다. 수풀 하나에도 신경을 집중했다. 풀벌레 소리가 멎으면 안 된다. 상대는 산적, 벌레 소리가 멎는 순간 누군가 접근하고 있다는 것을 눈치챌 것이다.

그림자에서 그림자 속으로 그녀는 움직였다. 계곡풍의 흐름에 파고들어 움직이는 그녀의 기척은 가장 예민한 동물들이라고 해도 쉽게 알아차릴 수 없는 것이었다.

하물며 밤새 졸음을 참아가며 보초를 서느라 멍해진 산적들이 그녀를 발견할 리는 없었다.

이윽고 크로우는 보초들 사이를 파고들어 사냥꾼들이 되는 대로 누워 잠들어 있는 곳에 도착했다.

툭툭.

"으음? 흡."

털보 로크는 누군가가 자신을 건드리자 잠에서 깨다가 작은 손에 입이 막히자 놀라서 눈을 크게 떴다. 눈앞에서 크로우가 사냥꾼 특유의 손짓으로 조용히 하라는 표시를 하고 있었다.

끄덕끄덕.

알았다는 표시를 하자 손은 조심스럽게 입에서 떨어졌다. 그리고 크로우는 로크의 귀에 대고 속삭였다.

"무기는 어디에?"

크로우는 바로 본론으로 들어갔다. 이제 해가 뜰 때까지는 얼마 남지 않았다. 그 안에 대화를 끝내고 다시 빠져나가야 한다.

로크도 그것을 아는지 누운 채 조심스럽게 고개를 들어 그녀의 귀에 대고 속삭였다.

"없어. 놈들에게 잡히기 전에 이미 다 빼앗겼지."

"잡히기 전에요?"

"응. 휴케바인 놈에게 직접 빼앗기고, 죽도록 고생하다 풀려났는데……."

"아니, 그 휴케바인이 직접 왔다고요?"

크로우는 너무나도 놀라 순간적으로 기척을 드러낼 뻔했다. 그녀는 얼른 호흡을 안정시키고 주변을 살폈다. 다행히도 산적들은 눈치를 채지 못한 듯했다.

로크는 다시 그녀의 귀에 대고 말했다.

"우리가 노렸던 일행 중에 그 덩치 큰 기사가 바로 휴케바인이었어. 비밀리에 변장하고 온 거지."

"그럼!"

"그래, 뭔가 비밀이 있어. 그래서 우리를 잡아가는 거야. 입을 막으려고 말이야."

"그렇군요."

처음 들은 것과는 약간 다르다. 하지만 과연 그자가 휴케바인이 틀림없다면, 로크 아저씨의 말이 사실일 것이다.

크로우는 잠시 고민했다. 하지만 시간이 없었다. 사실 잡힌 사냥꾼들의 수는 30명이나 되기 때문에 무기만 있으면 충분히 산적들과 싸울 수 있다고 생각했다. 그래서 비밀리에 무기를 훔쳐 그들에게 쥐어주면 어떻게든 될 것이라는 게 크로우의 계산이었다.

조용히 도망을 가든, 이곳에 있는 자들을 처치하든 간에 일단 사냥꾼들을 풀려나게 하는 것이 급선무라고 생각했다.

그렇게만 되면 나중에야 어떻게 되든 당장은 사는 것이 아닌가? 단지 이름을 사칭한 정도로는 그렇게까지 집요하게 뒤쫓지는 않으리라고 생각했다.

그런데 대두목 휴케바인이 직접 왔고, 일행이 잡힌 이유가 살인멸구에 있다면 절대 쉽게 끝이 나지 않을 것이다. 크로우는 결국 결단을 내리고 로크에게 말했다.

"휴케바인이 어디에 있지요?"

"밀림의 초입 부분에. 어쩌려고?"

“그자를 잡아야지요.”

“뭐? 흡.”

목소리가 약간 커진 모양이다. 로크는 다시 입이 막혔다.

크로우는 그 상태로 로크의 귀에 대고 속삭였다.

“그 수밖에 없어요. 두목을 인질로 잡아서 아저씨들과 교환할게요. 교환 장소는 국경으로 하고, 풀려난 다음에는 무조건 왕국 밖으로 도망가는 거예요.”

“으음, 가능하겠니? 그자는 우리 모두가 덤볐는데도 감당하지 못했던 자야. 화살도 소용없더라고.”

“정면에서야 힘들겠지만, 밤에 기습해서 입속에 이걸 쑤셔 넣으면 되겠지요.”

크로우는 그렇게 말하며 자신의 소검을 들어 보였다. 그러면서 안심하라는 듯 씨익 웃었다.

그러나 속으로는 극도의 긴장으로 인해 계속해서 떨고 있었다. 전국에 이름을 날린 흉악범을 혼자 힘으로 제압해야 한다고 생각하니 가슴속에 숨어 있던 공포가 뭉게구름처럼 피어올랐다.

‘그래도 할 수밖에 없어. 맹수라고 생각하자. 가장 사나운 맹수!’

크로우는 그렇게 생각하며 로크의 수염으로 뒤덮인 턱을 툭툭 치고는 조용히 그곳을 빠져나갔다. 로크 이외에는 아무도 그녀가 왔다 간 것을 알지 못했다.

*　　　*　　　*

휴케바인은 오늘 의자를 만들었다. 탁자는 어제 완성했는데, 생각해 보니 의자가 없는 탁자는 아무런 소용이 없는 물건이 아닌가?

"음, 좋군."

그는 의자에 앉아 커피를 마시며 만족스런 웃음을 지었다. 방 안을 둘러보니 한쪽 구석에 놓여 있는 침대와 짐들을 걸어놓은 벽걸이가 보였다. 모두 손수 만든 것들이다.

"이러다가 목공이 되는 것 아냐?"

그는 그렇게 스스로에게 농담을 걸며 즐겼다. 요 며칠 동안 혼자 지내다 보니 혼자 말을 하는 습관이 생긴 것 같았다.

"다 좋은데, 이 집은 창문이 없군."

결국 흠잡을 곳을 발견했다. 휴케바인은 혀를 끌끌 차며 일어나 문을 열고 밖으로 나갔다. 나무로 가득 찬 밀림의 초입이라고는 믿을 수 없을 만큼 무거운 공기였지만, 이제는 익숙해진 듯 전혀 개의치 않았다.

휴케바인은 크게 기지개를 한 번 켜고는 몸을 이리저리 비틀어 의자를 만드느라 뭉쳐진 근육을 풀었다. 그리고는 곧 허리에 찬 검을 뽑아들고는 노래를 부르며 검을 휘두르기 시작했다.

"베고 찌르고 막고 피하니 이 단순함에 무적의 강함이 숨어 있노라~"

결코 좋은 목소리는 아니었지만 기가 실려 있어 나름대로 힘이 느껴졌다. 그리고 그와 박자를 맞춰 휘둘러지는 검에는 날카로운 기세가 모여 어느새 흐릿한 색을 띠기 시작했다.

보통 사람이라면 평생을 수련해도 도달하기 어려운 경지에 휴케바인은 서른 살 이전에 도달한 셈이다. 이제 바로크 백작의 말대로 10여 년만 더 열심히 수련하면 마스터의 경지에 도달할지도 모른다.

하지만 휴케바인 본인은 그런 것에 연연하지 않았다. 어차피 마스터가 되어도 주군인 레오에게는 상대가 되지 않는다. 그냥 맘 편하게 수련을 하면서 꾸준히 강해지는 것만을 느끼면 그것으로 족했다.

위이이이잉—

검에 실린 기운은 그런 주인의 마음처럼 자유롭게 허공을 갈랐다. 마음이 편하니 검 또한 편했다. 베고 찌르는 연결 동작에는 조금의 빈틈도 없고, 피함과 동시에 자연스럽게 반격이 가해졌다.

파파파팍!

검은 점점 날카롭게 변해갔다. 노랫소리는 이미 멎었다. 가볍게 시작한 검무가 시간이 흐름에 따라 점점 진지하게 변해갔다.

어느새 휴케바인의 눈에는 바로크 백작의 모습이 환상처럼 보이고 있었다.

"에잇, 정말 강하군!"

휘익, 슉—

오러를 사용하지 않아도 바로크 백작은 정말 강하다. 그리고 휴케바인이 상상으로 만들어낸 바로크 백작은 실물보다 강하면 강했지, 결코 약하지 않았다.

"질 순 없지요, 백작!"

휴케바인은 그 큰 몸을 순간적으로 좌우로 움직이며 연달아서 세 번을 찔렀다. 한 손으로 검을 휘두르면서 삼단 찌르기를 하는 것은 불가능하다고 알려져 있는데, 휴케바인은 스스로의 괴력으로 검을 젓가락처럼 다룰 수 있기에 가능했다.

이제는 바로크 백작에게도 뒤를 보이지 않는 그였다. 오러의 힘이 아닌 검술만의 대결에서는 레오에게만 승복할 수 있다.

그의 그런 자부심은 검끝에서 흘러나오는 기세를 더욱 강하게 만들었다.

알고 보면 지금 휴케바인은 밀림에서 혼자 외롭게 검 수련에 매진하는 셈이었다. 나무를 깎아 가구를 만들고, 검을 휘두르는 것 이외에는 할 일이 없으니 하루가 다르게 실력이 늘었다.

파라라락.

검이 마치 새의 날개처럼 파닥였다. 날카로우면서도 거친 기세에서 갑자기 파생된 변화는 무서울 정도의 위력을 보였다.

"하하하하! 어떻소, 바로크 백작?"

드디어 환상 속의 바로크 백작에게 승리를 거두었다. 상대는 방금 전의 변화를 막지 못하고 어깨에 그의 일격을 허용했다. 휴케바인은 마스터를 꺾었다는 기쁨에 크게 웃었다.

정신이 들어보니 전신이 땀에 젖어 있었다. 그는 그 자리에서 갑옷을 벗어 던지고는 옆쪽에 흐르는 물가로 갔다. 그리고는 바로 물속에 몸을 던졌다.

풍덩.

"우와! 시원하군."

그는 뜨거워진 몸을 송곳처럼 찌르는 차가운 물에 비명에 가까운 환성을 지르고는 곧 몸 이곳저곳을 씻었다.

그런데 언제부터인지 휴케바인이 수련하는 모습을 몰래 지켜보는 두 개의 눈동자가 있었다.

크로우는 휴케바인이 갑자기 검을 멈추고 옷을 벗는 것을 보고는 살짝 얼굴을 붉혔다. 그러나 시선을 돌리지는 않았다.

표적의 정보는 자세할수록 좋다. 벗은 몸을 보면 근육의 상태를 알 수 있고, 어느 부분이 덜 단련되었는지도 쉽게 파악할 수 있다.

"완벽하게 단련된 몸."

크로우는 한숨을 쉬었다.

방금 전의 검무를 봐도, 그의 근육 상태를 봐도 상대는 무서울 정도로 단련된 자가 틀림없었다. 그 위에 마치 날카롭게 벼려진 검과도 같은 기운이 저 덩치가 커다란 남자의 몸에서 느껴졌다.

"악명이 높은 걸로 짐작은 했지만, 저 정도의 실력이라니!"

저절로 몸이 떨려왔다. 거대한 산과도 같은 자, 저런 전사는 아직까지 한 번도 본 적이 없다.

크로우는 상당한 정신적 압박감에 한참 동안 멍하니 있다가 겨우 정신을 차리고는 이를 악물었다.

"정면 대결로는 절대로 승산이 없어. 역시 계획대로 잘 때 기습하는 수밖에."

그녀는 자신의 은신술에 모든 것을 걸기로 했다. 아무리 강한 자도 입속에 들어간 단검을 무시할 수는 없다. 설령 마스터라고 해도 목구멍 안쪽에 오러를 모아 검을 막을 수는 없을 테니까!

크로우는 몇 번이나 그렇게 중얼거리며 자신의 소검을 꾸욱 쥐었다.

"룰루랄라."

시원하게 목욕을 마친 휴케바인은 물에서 나와 적당히 몸을 닦고는 집 안으로 들어갔다. 집도 있고, 목욕할 곳도 있고, 화장실까지 있으니 이 정도면 혼자 검 수련을 하기 위한 환경으로는 과분하다고 할 수 있었다.

탁.

문을 닫고 안으로 들어가 불붙은 화덕에 장작을 몇 개 더 넣었다. 그리고는 그 위에 올려져 있던 냄비에 담긴 쇠고기 스튜를 한 그릇 가득 퍼서 와인과 함께 먹으니 하루 일과가 모두 끝난 셈이다.

"그럼 자볼까? 웃샤, 내일도 무사히!"

휴케바인은 그렇게 취침 구호를 외치며 침대 안으로 들어갔다. 그리고 5분도 되지 않아 완전하게 잠에 빠져들었다.

어떤 상황에서든지 숙면을 취할 수 있어야 전장에서 버틸 수 있는 법이다. 휴케바인은 그런 가혹한 전장을 이미 경험했기에 언제 어디서든지 잠들고, 또 깨어날 수 있었다.

얼마나 시간이 지났을까? 휴케바인은 잠든 모습 그대로 조용히 눈을 떴다.

숨소리도, 심장의 박동도 방금 전까지와 같으니 몸은 여전히 잠든 상태라 할 수 있었다. 그러나 의식만은 현실로 돌아와 집 바깥쪽으로 접근하는 자의 기척을 살폈다.

'그놈들이 마음을 비우지 못하고 또 온 건가? 아니지. 딱 한 명이면 강도라기보다는 암살자잖아?'

그런 생각이 들자 그는 몸 전체를 깨웠다. 그리고는 소리없이 일어나 검과 방패를 들고는 문 쪽으로 향했다.

문틈에서 하나의 가는 철심이 파고들어 오는 것이 보였다. 조잡한 통나무집의 빗장이니 철심을 이용하여 위로 들어 올리기만 해도 문이 열린다. 휴케바인은 다행이라는 듯 고개를 끄덕였다.

자는 척하지 않고 일어난 이유는 간단했다. 밖에서 불을 지르거나 기둥에 손을 써 집을 통째로 무너뜨리면 곤란하기 때문이다. 그런데 이렇게 섬세하게 손을 쓰는 것을 보니 정통파 암살자인 것 같았다.

‘마음에 드는군. 적당히 손만 봐주자. 두 번 다시 오고 싶지 않을 정도로만.’

전문 암살자가 표적을 포기하려면 스스로 목숨을 끊어야 한다. 하지만 휴케바인은 상대가 자살하면 자살했지, 자신에게 다시 오지는 못하게 만들겠다고 스스로에게 다짐했다.

그는 마음이 정해지자 그대로 발을 들어 문을 박찼다.

쾅!

“까악!”

문밖에서 열심히 작업을 하던 크로우는 갑자기 문이 터지듯 부서져 나가자 피하지 못하고 그대로 문짝에 얻어맞아 튕겨 나갔다. 고통과 당황스러움에 순간적으로 의식을 잃을 뻔했지만 그녀는 급히 호흡을 가다듬으며 땅에 몸을 굴려 피해를 최소화했다.

“여자인가? 쩝, 그냥 기다릴걸.”

휴케바인은 그렇게 약간은 진담이 섞인 농담을 던지며 몸을 날렸다. 땅에 처박힌 암살자를 기절시킨 뒤에 꽁꽁 묶어놓고 교육을 실시할 생각이었던 것이다.

위잉—

휴케바인의 검이 그녀의 머리를 노리고 휘둘러졌다. 옆면이지만 맞으면 버틸 수 없을 정도의 힘을 넣었다.

그러나 암살자는 땅에 떨어지자마자 몸을 둥글게 말아 옆으로 굴렀다. 검은 간발의 차이로 그녀의 머리카락 몇 가닥을 스쳤을 뿐이다. 그리고는 땅에 쓰러졌던 자라고는 믿을 수 없을 정도로 빠르게 일어나 반격을 시도했다.

“차앗!”

숙—

캉, 휘익!

예상이 어긋나기는 크로우 역시 마찬가지였다. 완벽한 기습이라고 생각했지만, 상대는 아주 손쉽게 슬쩍 몸을 틀어 방패로 그녀의 소검을 막아냈다.

'땅에 쓰러졌던 자가 이렇게 빠르게 일어날 수 있다니, 기대 이상이군!'

'내 공격을 이렇게 쉽게 막아내다니!'

둘은 서로의 실력에 감탄했지만 그 속내는 전혀 달랐다. 휴케바인의 생각이 '제법이다!' 정도라면, 크로우의 경우에는 절박한 마음이 앞섰다.

그러는 동안에도 방패에 잠시 막혔던 크로우의 검은 잠시도 멈추지 않았다. 그녀는 마치 처음부터 이것을 예상했다는 듯 갑자기 허공 중에 몸을 뒤집어 머리를 땅으로 향하게 했다.

소검은 더욱 빠른 속도로 휴케바인의 왼쪽 발목을 노리고 들어갔다.

"대단한데?"

휴케바인은 예상을 뛰어넘는 상대의 몸놀림에 경탄성을 발하면서 자신의 가슴 쪽까지 올라온 상대의 두 다리를 검 옆면으로 때렸다.

퍽!

"으윽!"

사람의 몸은 하나인지라 다리를 가격하면 그 진동이 팔에까지 전해진다. 크로우는 몸 전체의 균형을 잃고 그대로 땅바닥에 떨어졌다. 다리가 고통으로 마비되어 이번에는 몸을 굴릴 수도 없었다.

그러나 휴케바인 역시 크게 놀라 뒤로 훌쩍 뛰었다.

“이런, 상처가?”

휴케바인은 자신의 발목에서 흘러나오는 피를 보았다. 암살자의 소 검에 상처를 입었다!

그는 급하게 통나무 집 안으로 뛰어들어 가 짐 속에서 해독 포션을 꺼내 발목에 부었다. 그러고 나서 피의 색을 살펴보니 평상시와 다름 없는 붉은색이었다.

“독을 안 쓰나? 엽기 암살자로군.”

휴케바인은 그렇게 중얼거리며 다시 집 밖으로 나갔다. 암살자가 다 리를 절룩거리며 도망가는 것이 보였다.

“올 때는 몰라도 갈 때는 허락을 받아야 한다!”

그는 그렇게 말하며 상처 난 멧돼지처럼 무시무시한 속도로 돌격하 기 시작했다.

“아, 저자가?”

크로우는 뒤에서 들리는 소리에 황급히 뒤를 돌아보고는 이를 악물 고 몸을 날려 나뭇가지 위로 올라갔다. 한쪽 다리는 아예 말을 듣지 않 는 상황이다. 차라리 나무 위로 올라가면 저 덩치 큰 자는 쉽게 움직이 지 못하리라!

그러나 그것이야말로 크로우 최대의 판단 미스였다. 휴케바인은 레 오와 함께 산과 숲, 그리고 도시를 주름잡으며 온갖 일을 벌인 장본인 이 아닌가?

“나무 타기로 승부를? 하하하하!”

휴케바인은 가소롭다는 듯 웃으며 그대로 몸을 날려서 가지 위로 뛰 어올랐다.

그는 손으로 가지를 잡지 않고 두 발로 가지 위에 서서 뛰어다니는 수련까지 한 몸이다. 방해가 되는 가지는 가차없이 검으로 베어버렸다. 그리고 크로우가 놀라서 반대편 가지로 몸을 날리자 같이 뛰어서 크로우가 잡으려던 가지마저 잘라 버렸다.

팍!

"꺄악!"

쿵!

크로우는 결국 나무 위에서 떨어졌다. 그리고는 몸이 부서지는 것 같은 충격에 그대로 정신을 잃었다.

"훗, 훗, 훗. 아가씨, 도망갈 수 없다니까."

휴케바인은 그야말로 음흉한 미소를 지으며 땅에 떨어진 크로우를 밧줄로 묶기 시작했다.

두 개의 달이 걱정스러운 얼굴로 한밤중에 남자가 정신을 잃은 여자를 묶고 있는 모습을 지켜보고 있었다.

촤악.

"푸훗, 하악!"

크로우는 갑자기 자신에게 쏟아진 차가운 물에 번쩍 정신이 들어 급히 고개를 흔들며 거세게 숨을 내쉬었다.

"아!"

눈앞에는 거대한 체격의 남자가 흉악한 미소를 지으며 서 있었다. 이마로부터 왼쪽 눈에 걸쳐 뺨까지 이어진 세 줄기의 흉터는 그의 인상을 더욱 험악하게 보이게 했다.

"정신이 들었나?"

"죽여욧!"

크로우는 도발적으로 외쳤다. 그러나 휴케바인은 그건 아니라는 듯 물통을 내려놓으며 손가락을 들어 좌우로 흔들었다.

"그렇게 쉽게 일이 끝날 수야 있나? 남의 집에 방문을 했으면 소속과 이름을 말하고, 찾아온 용건을 말하는 게 예의가 아닐까?"

"흐윽."

크로우는 숨이 탁탁 막히는 위압감에 말도 제대로 할 수 없었다.

머리 속이 하얗게 변하면서 지금이라도 이성을 잃고 발광할 것만 같은 기분이었다. 하지만 그녀는 마음을 억눌렀다. 겁에 질려 상대가 묻는 것에 대답을 하면 안 된다.

천하의 악당인 휴케바인은 자신을 해하려 한 자를 결코 용서하지 않는다고 한다. 철저하게 뒤를 캐서 그 가족까지 모두 처형한다고 하지 않던가?

"제발 그냥 죽여줘요."

동생들의 얼굴이 떠오르자 그녀는 진심으로 애원하는 투로 말했다. 지금은 자존심 따위를 지킬 때가 아니었다. 자신의 가족이라고 할 수 있는 6명의 동생들까지 이 일에 말려들게 할 수는 없었다.

"아, 글쎄, 일에는 순서가 있다니까!"

휴케바인은 오히려 답답하다는 듯 소리쳤다. 그의 말은 크로우를 더욱 공포에 빠지게 만들었다. 상대는 결코 자신을 순순히 죽여줄 생각이 없어 보였다.

"이 악마! 내가 말할 것 같으냐?"

이제는 악에 바친 크로우는 이를 갈면서 외쳤다. 자신의 실수로 동생들이 잘못된다는 생각만으로도 심장이 찢어지는 듯했다. 다음 순간 볼이 축축해지면서 그녀는 자신이 울고 있음을 깨달았다.

‘울면 안 돼! 일단 흥분하면 저자의 의도대로 될 수도 있어. 침착하자, 크로우!’

그녀는 애써 감정을 가라앉히고 다시 호흡을 조절했다. 그러는 사이에도 냉정하고 악독한 상대의 눈빛이 그녀를 유심히 관찰하는 것이 느껴졌다.

“이상한데? 암살자가 눈물을 흘리다니?”

휴케바인은 무언가 잘못되었다고 느끼기 시작했다.

분명히 눈앞의 여자는 상당한 수련을 쌓은 암살자다. 기척을 죽이는 것도 그렇지만, 몸놀림이나 검을 쓰는 것을 보아도 웬만한 기사를 상회하는 실력을 지녔다.

무엇보다 그녀의 속도! 그것은 휴케바인이 가장 크게 놀란 것인데, 지금까지 레오를 제외한 그 누구보다 빠른 것 같았다. 그렇지 않다면 완벽한 타이밍으로 반격을 가한 자신이 발목에 상처를 입을 리가 없다.

그게 가능하려면 검의 속도에서 그보다 거의 두 배가 빨라야 한다. 그런데 휴케바인 스스로가 왕국에서 손꼽히는 쾌검이 아닌가?

솔직히 지금 휴케바인이 가장 궁금한 것은 그녀가 무슨 수련을 했기에 그렇게 빠른 검을 구사할 수 있는가였다.

‘직접 물어봐? 아무래도 그건 체면이 서질 않겠지? 슬쩍 떠본 후에 뇌주고, 확 임시 스승으로 삼아버려?’

배우기 위해서라면 체면 따위는 언제든지 버릴 수 있다. 특히 저 정도의 빠른 움직임을 터득할 수 있다면, 어린 소녀를 스승으로 삼는 것쯤이야 휴케바인에게는 일도 아니었다.

“험험, 이봐, 내가 꼭 널 죽이겠다는 것이 아니야. 아무리 암살자라고 해도 목숨은 소중한 거니까. 하지만 나도 살아야 하지 않겠어? 정보를 불면 놔주지. 하지만!"

휴케바인은 순간적으로 살기를 내뿜어 그녀의 안색을 더욱 어둡게 만들었다.

"난 여자를 괴롭히는 취미는 없지만 암살자는 예외지. 암살자에게는 여자도 무기이니까 말이야."

"으으으, 가증스러운 놈!"

크로우는 휴케바인의 말에 전신에 소름이 돋는 것을 느끼며 욕을 했다. 살려준다고? 그런 거짓말에 넘어갈 정도로 어수룩한 사람이 있을까? 그녀는 절대로 입을 열지 않겠다고 굳게 다짐했다.

휴케바인은 그런 크로우의 반응을 유심히 살피며 정말로 뭔가 잘못됐다는 것을 알 수 있었다.

'이게 정말로 연기라면, 얘는 암살자가 아니라 세계 최고의 연기자라고 봐야겠지?'

암살자는 기본적으로 감정을 죽이는 훈련을 하기 때문에 감정이 메마르게 된다. 그런데 눈앞의 아가씨의 표정과 행동은 지나치게 감정적이었다. 곧바로 기를 운용하여 감정을 조절하기는 해도 흥분을 한다는 자체가 전문적인 암살자가 아니라는 증거라 할 수 있었다.

"그러고 보니……."

휴케바인은 새삼스럽게 크로우의 피부를 보았다. 보는 것만으로는 확신할 수 없기에 손을 들어 그녀의 볼을 만져 보았다.

"묻어나지 않는다?"

밤에 잠입하기 쉽게 검은 염료를 몸에 바른 거라고 생각했었다. 그런데 지금 보니 피부색 자체가 원래 검은 것 같았다.

"흐음, 검은 피부라……."

그는 신기하다는 듯 중얼거렸다.

그의 말에 크로우는 다시 두 눈에서 눈물을 뚝뚝 떨구며 고개를 푹 숙였다. 야행을 위한 변장이 아닌 원래 검은 피부임을 저자가 알아버렸다! 이제 그녀의 정체는 들통 난 것과 다름없었다.

검은 피부를 가진 사람은 세상을 다 뒤져 봐도 자신뿐이다. 이제 이 자는 아주 쉽게 자신의 이름과 가족을 알아낼 것이다.

"제발 제 동생들은 살려주세요. 저만 죽이면 되잖아요."

그녀는 모든 것을 포기하고 애원하기 시작했다. 가능성이 없는 얘기라는 것은 알고 있었지만, 그래도 말하지 않고는 참을 수 없었다.

일을 해결하기는커녕 동생들까지 위험에 빠뜨린 자신의 경솔함이 저주스러울 정도였다.

정작 돌변한 그녀의 태도에 더욱 당황한 것은 휴케바인이었다.

"동생? 음."

뭔가 잘못되었다. 그런데 문제는 잘못된 것이 뭔지를 모른다는 것이다. 그는 울고 있는 크로우를 그대로 놔두고 팔짱을 낀 채 걸음을 옮기며 궁리하기 시작했다.

잠시 후, 다시 크로우 앞에 선 휴케바인은 혹시나 하는 마음으로 물었다.

"내 이름은 휴케바인이다. 너, 날 죽이려 한 것 맞지?"

혹시 표적이 틀린 것인가? 그것부터 확인해야 한다.

"아니에요! 단지 저는 당신을 사로잡아서 위협만 할 생각으로……."

"노린 게 나라는 건 맞군. 음……."

그럼 뭘까? 휴케바인은 다시 크로우에게 물었다.

"왜 날 노렸지?"

크로우 또한 휴케바인의 태도에 어이가 없었다. 사람들을 구하려고 한 것이 가소롭다는 것일까? 처음엔 그렇게 생각했지만, 지금 이 남자의 태도는 정말 아무것도 모른다는 빛이 확연했다. 그녀는 될 대로 되라는 듯 솔직하게 말했다.

"그러니까 당신을 인질로 잡아서 사람들을 구할 생각이었다니까요."

"사람들? 인질?"

뭔 소린가? 이제는 정말로 뭔가가 잘못됐다는 것을 확신할 수 있었다.

"자세하게 설명해 봐. 처음 보는 사람에게 설명하듯 말이야."

"그러니까 당신 부하들이 아저씨들을 잡아갔잖아요. 당신 명으로 말이에요."

"부하라… 너 틀림없이 나를 노린 거 맞아? 내 이름은 휴케바인이라니까. 난 이 근처에 부하 따윈 없다고."

"대산적 휴케바인에게 부하가 없다고요?"

"대산적!"

휴케바인은 드디어 상황이 어떻게 된 것인지 대충 파악하고는 기가 막혀서 입을 꾹 다물고 팔짱을 끼었다.

'뭐야, 그러니까 이 동네에 나랑 같은 이름을 가진 산적 두목 놈이 있다는 거야?'

생각해 보니 저 어설픈 강도들이 처음에 자신의 이름을 댔던 것도 같았다. 그 이후의 흉악한 어쩌구에 화를 내느라 까맣게 잊기는 했지만.

크로우도 말을 하다 보니 마음에 걸리는 것이 있는지 울음을 멈추고 휴케바인의 눈치를 봤다. 둘은 서로를 보며 잠시 침묵했다.

결국 좀 더 마음이 급한 크로우가 먼저 조심스럽게 물었다.

"저, 혹시 혈목산에 있는 휴케바인 파의 대두령 데빌크로우 휴케바인이 아니신가요?"

"아닌데."

"휴케바인이라면서요!"

"내 이름은 분명히 휴케바인이야. 이래 봬도 정식 기사고, 귀족 작위도 있다고!"

"웃기지 말아요. 무슨 귀족 이름이 휴케바인일 수가 있어요? 그건 가장 흉한 흉악범들도 붙이기 싫어하는 별명이라고요!"

"으윽, 너 정말로 남의 아픈 데를 찌를래?"

휴케바인도 크로우의 말에 상처를 받은 듯 씩씩대며 말했다.

솔직히 재앙을 부르는 저주받은 까마귀라는 뜻을 가진 휴케바인이라는 단어를 정식 이름으로 가진 사람은 역사상 그 혼자뿐이라 생각하고 있었다.

어머니가 자신을 낳다가 죽자, 용병 출신이었던 아버지는 그에게 그런 이름을 붙였다. 철들기 전까지 그는 불우했고, 그 바람에 마을을 돌아다니며 싸움도 많이 했었다.

여섯 살 때 용병을 그만둔 아버지와 함께 가이안 영지로 와서 대장간을 하게 된 이후에도 그의 앞에서 직접 그 이름을 부르는 자는 결코 무사하지 못했다. 하지만 레오에게 충성을 맹세한 이후, 그는 오히려 이 이름을 즐기게 되었다.

어쩌면 자신은 전장에서 적에게 불행을 부르기 위해 태어난 존재일지도 모른다는 상상을 했다.

레오의 밑에서 있다 보면 황당한 꿈을 꾸게 되는데, 휴케바인의 꿈은 바로 전장의 절대자라고 할 수 있었다. 물론 레오를 빼고 하는 말이다.

그런데 갑자기 여자 아이에게 정면으로 그곳을 찔리자 어렸을 때의 감정이 되살아났다.

"그래, 내 아버지가 날 휴케바인이라고 이름지었다. 넌 이름이 뭔데? 그렇게 잘난 이름이냐?"

손가락을 크로우의 바로 눈앞까지 들이대며 외치는 휴케바인은 마치 놀림받은 어린아이와도 같았다.

크로우는 그런 휴케바인의 감정을 느낄 수 있었다. 상대의 슬픔과 분노가 피부를 통해 스며드는 것 같았다. 그녀는 고개를 폭 숙이고 말했다.

"죄송해요. 제 이름은 크로우예요. 이 피부 때문에……."

"흥, 너도 별거 없잖아! 응? 크로우?"

휴케바인은 흥분해서 말하다가 크로우라는 이름을 듣고는 놀라 두 눈을 휘둥그렇게 떴다.

"이름이 크로우? 별명이 아니고?"

"어렸을 때 아버지가 절 주워 길렀는데, 사냥꾼 아저씨들이 모두 크로우라고 불렀어요. 아저씨들 이름 중에도 동물 이름이 꽤 많아요."

휴케바인은 알았다는 듯 고개를 끄덕였다. 사냥꾼들은 기본적으로 평민이라 성도 없고, 대부분 산속에서 혼자 사는 경우가 많으니 그냥 되는 대로 이름을 정했을 것이다.

하지만 곧 고개를 저었다. 아무리 그래도 여자 아이의 이름을 까마귀라고 짓다니.

"그래도 크로우는 심했다."

휴케바인의 말에는 진심이 어려 있었다. 다른 이라면 지나가는 말처럼 들렸겠지만, 그 자신이 더 심한 이름의 소유자인지라 그 감정은 절실하게 상대에게 전해졌다.

"흑, 저도 별로 기분이 좋지는 않아요."

크로우 역시 고개를 세차게 저으며 말했다. 이미 몇 번이나 흥분하고, 놀라고, 절망하는 등 감정의 기복이 심했던 그녀는 어느새 마음의 안정을 잃고 속에 있는 말을 그대로 꺼내고 있었다.

"그래, 에휴~ 그깟 이름이 뭔지. 그거 하나 때문에 사람 여럿 고생하는구나."

휴케바인은 그렇게 말하며 문득 아직도 그녀가 묶여 있음을 깨닫고 서둘러 밧줄을 풀었다. 나무에 꽁꽁 묶여 있던 밧줄이 풀리자 크로우는 기운이 하나도 없는지 그대로 땅바닥에 주저앉았다.

"천천히 기를 움직여. 아까부터 호흡이 흐트러졌더라."

휴케바인은 약간 미안한 표정을 지으며 힘없이 앉아 있는 크로우에게 충고했다.

"아! 잊고 있었어요."

크로우는 화들짝 놀라며 즉시 자세를 바로 하고 호흡을 가다듬었다. 휴케바인은 그런 그녀를 보호하듯 서서 기다려 주었다.

시간이 흘렀다. 두 개의 달 중 하나는 이미 나무 아래쪽으로 숨어버렸다. 얼마 안 있어 다른 달도 땅 밑으로 내려가 날이 밝을 것 같았다.

크로우는 완전히 기운을 차린 후 휴케바인과 함께 통나무집 안으로 들어가 그가 타준 커피를 마시고 있었다.

"흐음, 그랬단 말이지? 그러니까 내가 손봐준 사람들이 굶주린 사냥꾼 출신의 초보 강도단이고, 영업 구역 침범과 명칭 도용의 죄목으로 기존의 산적단에게 잡혀갔다고?"

"강도가 아니에요! 아, 그게……."

크로우는 발끈해서 외쳤다. 그러나 생각해 보니 강도가 맞았다. 그녀는 조용히 커피 잔에 입을 댄 채 고개를 숙였다. 휴케바인은 어떻게든 그 사냥꾼들 편을 들어보려는 크로우의 태도가 마음에 들었다.

"괜찮아. 3일 굶고 담 안 넘는 사람 없다고 하잖아. 그래도 그 사람들은 내가 덤비기 전까지 살기를 보이지 않았지. 내 물건을 노린 건 괘씸하지만, 목숨을 빼앗을 생각은 없었으니 특별히 봐주지."

"고마워요."

"그런데 그 휴케바인이라는 산적 두목이 그렇게 흉악한 놈이야?"

"악마 같은 놈이래요. 자기에게 거슬린 자는 잔혹하게 죽이고, 수틀리면 당사자뿐만 아니라 가족까지 잡아와 처형한다고 그래요. 세력이 워낙 강해서 대부분의 영주들은 그자가 영지 내에서 산적질을 해도 못 본 척할 정도예요."

크로우는 고개를 번쩍 들면서 빠른 어투로 말했다. 그자를 생각하니 잡혀간 아저씨들도 머리 속에 떠올라 버렸다. 순간 그녀는 걱정으로 안절부절못하기 시작했다.

휴케바인은 신경질적으로 탁자를 탁 하고 치며 외쳤다.

"하필이면 내 이름과 같은 별명으로 불리다니! 이거, 가뜩이나 호감 못 받는 이름에 완전 피 칠을 하자는 거 아냐?!"

그는 정말로 억울하게 누명을 쓴 기분이었다. 흉한 이름의 딜레마에서 겨우 벗어났다고 생각했는데, 이번엔 같은 이름의 악당이 설친다니!

"내가 어렸을 때도 말이지……."

지나간 억울함까지 다시 생각난 그는 어렸을 때 이름 때문에 겪었던 일들을 이것저것 말하기 시작했다. 그 상대가 크로우였기에 그것은 그저 남의 말이 아니었다.

다른 때라면 크로우는 그의 말에 마음껏 맞장구를 쳐주었을 것이다. 하지만 지금은 그럴 때가 아니다. 아무리 공감이 가는 말이라도 다른 이의 한탄을 들어주고 있을 시간이 없었다.

"놔주신다고 그랬죠? 저는 이만 가볼게요."

그녀는 휴케바인에게 그렇게 말하면서 자리에서 일어났다.

"어디 가려고?"

"아저씨들을 구해야지요."

"시간적으로 늦은 거 아니야?"

그녀의 설명대로라면 이미 사냥꾼들은 산적 소굴로 잡혀가 처형당했을 시간이었다. 그러나 크로우는 다시 고개를 저었다.

"제가 생각해 봤는데, 아저씨가 산적 두목이 아니라면 사냥꾼 아저씨들이 잡혀간 이유는 딱 하나예요. 이름을 도용하려 했다는 것."

"그렇지."

"그런데 잡힌 즉시 처형하지 않고 그냥 살려서 잡아가는 것으로 보아 죽이려는 것이 아니라 동료로 삼으려는 것 같아요. 사냥꾼 아저씨들은 다들 활도 잘 쏘고, 무기도 잘 다루니까요."

"오, 그건 그렇겠는데? 크로우 양은 머리가 좋군."

크로우는 갑자기 휴케바인이 자신에게 양이라는 칭호를 붙이며 칭찬하자 얼굴이 약간 붉어졌다. 그러나 곧 소검과 활을 들고 문을 향해 걸어가며 말했다.

"그자들은 동료를 삼을 때 우선 사람을 죽이게 해요. 사냥꾼 아저씨들을 살인 강도로 만들 순 없어요."

"좋은 소리야. 가자고."

"네?"

크로우는 갑자기 들려온 말에 놀라 걸음을 멈췄다. 뒤쪽에서 검과 방패를 든 휴케바인이 그녀를 스치듯 지나 문밖으로 나갔다.

"뭐 해? 어서 가자고."

"예? 아저씨도 가려고요?"

"그 짝퉁 얼굴 좀 봐야겠어. 감히 신성한 내 이름을 더럽히다니!"

휴케바인은 정말로 화가 난 것처럼 말했다. 크로우는 그런 그를 멍하니 보았다. 그러다가 다시 호통을 치듯 재촉하는 휴케바인의 목소리에 화들짝 놀라 얼른 그의 뒤를 따르기 시작했다.

휴케바인은 걸어서 말이 있는 곳으로 갔다. 그리고는 말 위에 안장을 얹어 고정을 시키고는 뒤를 돌아 통나무집을 보았다.

'보름 정도 비워도 되겠지? 역시 난 혼자 수련하는 것보다 실전 수련이 어울려, 암.'

속으로는 그렇게 말하면서 휴케바인은 슬쩍 고개를 돌려 옆에 있는 크로우를 보았다.

사실 그녀 혼자 산적 소굴에 가서 사람들을 구한다는 것은 말도 되지 않는다. 분명히 잡힐 것이다. 그 후에 일어날 일을 휴케바인은 별로 상상하고 싶지 않았다.

레오와 함께 마을의 왈패들을 상대할 때부터 휴케바인은 자기 목숨을 위험에 던지는 것에 대해 아무런 거리낌이 없었다.

지금 그의 감성은 이 어린 아가씨를 도우라 말하고 있었다.

‘뭐, 이름값도 받을 겸 저 아가씨도 도우면, 그게 바로 수련의 연장 아니겠어? 그야말로 일석이조지!’

그야말로 늘 그렇듯이 제 편한 대로 결론을 내린 휴케바인이다.

곧 두 필의 말은 거한과 소녀를 태우고 산을 향해 나아가기 시작했다.

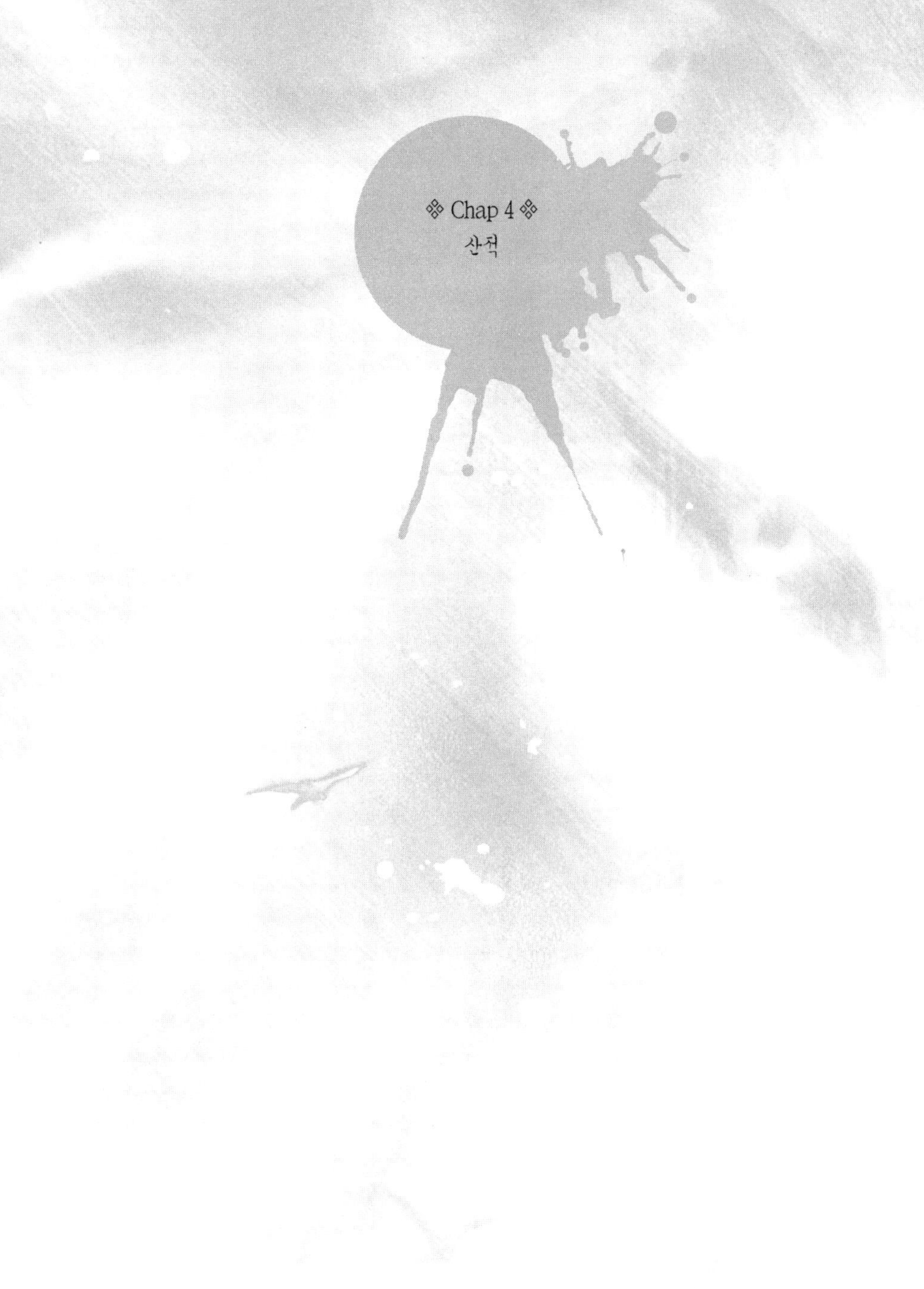

❖ Chap 4 ❖
산적

대륙을 가로지르는 하이얀 산맥의 동쪽 끝에 위치한 청목산, 상록수가 많아 겨울에도 눈이 쌓이지 않으면 산이 제법 푸르게 보이기 때문에 그런 이름이 붙었다.

그러나 10여 년 전부터 사람들은 이곳을 혈목산이라고 부르며 접근하기를 꺼려했다. 청목산을 혈목산으로 불리도록 만든 것은 바로 10년 전 이 산에 자리를 잡은 산적 일당이었다. 일단의 산적 무리들 때문에 대륙의 남부를 잇는 제법 중요한 관문 중 하나가 막혀 버린 셈이다.

혈목산 산적들의 위세는 아주 당당하여 그 수가 천 명이라고도, 이천 명이라고도 했다.

물론 처음에는 근방의 영주들이 토벌대를 조직하여 보내고는 했다. 하지만 혈목산의 산적들은 그때마다 무척 영악하게 대처하며 조금도 굴하지 않았다.

이 산적들은 토벌대의 수가 많으면 산맥을 따라 이동하여 몸을 숨겼다. 반면 토벌대의 숫자가 적으면, 오히려 그들을 공격하여 보급품을 빼앗았다.

시간이 지나면서 산적들의 세력은 더욱 강해졌고, 결국 토벌대의 파견에 보복을 하기에 이르렀다. 그들은 토벌대가 동원되면서 약해진 마을을 약탈하고, 도시에 보복을 감행했다.

급기야 왕국에서도 거의 포기를 하고 혈목산의 관도를 방치한 채 서쪽으로 일주일 정도 더 가야 나오는 또 다른 관문을 통해 교역을 행하고 있었다.

혈목산의 산적들은 더욱더 세력을 키워 인근 영지 중 작은 곳을 협박하여 비밀리에 자금을 얻고 있다는 소문까지 있었다.

우는 아이도 이름만 들으면 그친다는 혈목산의 산적들, 사람들은 그들을 두목의 이름을 따서 휴케바인 일파라 불렀다.

"저 산이야?"

"네."

"과연 여기서 봐도 산 전체에서 살기가 풀풀 풍겨오는군."

휴케바인은 이를 드러내며 씨익 웃었다. 반대편 봉우리에서 보니 혈목산 전체가 산적들의 소굴이라는 것을 알 수 있었다. 비밀 초소가 적어도 100여 개는 될 것 같았다.

"어떻게 하지요?"

"글쎄."

휴케바인은 경거망동하지 않았다.

'나는 주군이 아니지. 상대에 따라 다르지만, 산에서 훈련된 자들을

산에서 상대하면 2, 30명도 장담할 수 없어.'

정면 돌파가 어렵다고 생각한 그는 천천히 혈목산의 지형을 살피며 고민을 하기 시작했다. 크로우는 휴케바인이 산적들의 본거지를 유심히 관찰하는 것을 보고 긴장한 어조로 물었다.

"날이 어두워지면 잠입할까요?"

"저길?"

휴케바인이 황당하다는 표정으로 되묻자 크로우는 약간 기가 죽은 목소리로 말했다.

"안 될까요?"

무안한 기색을 보이는 그녀를 보며 휴케바인은 싱긋 웃고는 칭찬에 가까운 말을 덧붙였다.

"네 잠입 실력은 잘 알겠는데, 그래도 안 돼."

휴케바인의 말에 크로우는 순순히 인정할 수밖에 없었다. 실제로 이 남자는 자면서도 그녀가 집 밖에서 접근하는 것을 눈치채지 않았던가?

생각해 보면 이런 일에 단 두 명이 나선 것 자체가 자살 행위나 다름없었다. 크로우는 괜히 자신의 일에 끼어든 휴케바인의 목숨까지 위태롭게 만든 것 같아 미안한 마음이 들었다.

'도와준다고 했으니 지금 물러서기도 힘들겠지. 기사들은 자신의 말에 목숨을 건다고 들었는데……'

크로우 본인이야 혈육 같은 이들을 위해 나선 일이다. 거기에 상대를 착각하여 암살을 시도했다가 실패했으니 이미 한 번 죽었다고 봐도 무방했다.

"저, 아무래도……."

크로우는 포기하자고 말하려 했다. 자신도 포기한 것처럼 보인 뒤

나중에 다시 혼자 오면 된다고 생각했다. 하지만 그녀가 말을 제대로 하기도 전에 휴케바인이 손가락을 튕겨 소리를 내고는 가벼운 어조로 말했다.

"역시 그 수밖에 없겠군."

"방법이 있나요?"

크로우는 방금 전까지의 결심도 잊고 다급하게 물었다. 약간의 가능 성이라도 있다면 무슨 일이든지 하리라고 결심한 터였다.

"응, 산적을 상대하는 방법은 단 하나야. 근데 목숨을 걸어야 돼."

어찌 보면 겁을 주는 것 같은 말이지만, 크로우가 대답을 하는 데는 일 초도 걸리지 않았다.

"목숨은 걸어도 돼요. 동생들에게 여파만 미치지 않으면."

휴케바인은 기다렸다는 듯 튀어나오는 대답에 콧잔등을 과장되게 찡그려 보이고는 고개를 힘차게 좌우로 저었다. 그리고는 진지한 표정 으로 엄하게 말했다.

"어린 아가씨가 그렇게 자신을 함부로 하면 안 되는 거야."

크로우는 이 거인의 마음을 이해할 수 없었다. 정작 그 자신은 생면 부지였던 자신의 일에 끼어들어 목숨을 걸 상황에 처해 있지 않은가? 그러면서도 정작 당사자인 그녀에게는 스스로를 함부로 한다고 걱정의 말에 가까운 충고를 한다.

그녀가 무슨 말을 해야 할지 몰라 망설이는 동안 휴케바인은 제법 폼을 잡고 잔소리에 가까운 설교를 해 댔다. 그 말의 내용은 어쩐지 에 고른의 설교를 닮아 있었다.

한참을 침이 마르게 '나를 소중히 하자!' 라는 주제로 떠들어 대던 휴케바인은 크로우의 다짐까지 받고 나서야 만족한 표정을 지었다.

그리고 나서 자신이 가지고 있던 짐에서 무언가를 꺼내기 시작했다.

"지금은 사람이 없으니 어쩔 수 없군. 이거 들어라."

"예?"

크로우는 놀라서 휴케바인이 턱턱 내려놓은 물건들을 보았다. 그것은 정식 기사가 사용하는 인마 살상용 대형 석궁과 그냥 들고 있기만 해도 힘들 것 같은 보통의 두 배 정도 커 보이는 할버드였다.

"크로스 보우는 등에 메고, 할버드는 양손으로 들어서 어깨에 메면 돼."

휴케바인은 크로우가 무기들을 보고만 있자 드는 방법까지 설명해 주었다.

크로우는 난감한 표정으로 무기와 휴케바인을 번갈아 보다가 미안함을 역력히 드러내며 솔직히 고백했다.

"이런 무거운 무기는 못 써요."

빠르기에 있어서는 성인 남자 누구에게도 지지 않을 자신이 있었지만, 근력은 그만큼 키우지 못했다.

그녀는 휴케바인이 자신이 습격했을 때의 실력을 보고 이 무기들을 준 것이라고 지레짐작하고는 그의 기대에 미치지 못하는 것을 무척 미안해하고 있었다.

"누가 쓰래? 그건 전시용이야."

휴케바인이 당연하다는 듯 말하자 막 자책감에 빠지기 시작하던 크로우는 멍하니 되물었다.

"예?"

"일단 들어."

"알았어요."

막무가내라고 할 수 있다. 하지만 별 뾰족한 수가 없는 크로우는 휴케바인의 말을 듣기로 했다. 적어도 그가 자신의 편이라는 것은 알고 있었기에.

"가자."

휴케바인은 손가락으로 크로우의 이마를 탁 튕기며 은신해 있던 수풀 밖으로 걸어 나갔다.

"앗, 나가면 안 돼요. 산적들이 이쪽 봉우리도 감시하고 있다고요!"

"응, 그러니까 나가는 거야. 뭐 해? 빨리 나와. 저놈들이 우리를 수상하다고 생각하면 곤란하잖아."

"음."

크로우는 반신반의하면서도 휴케바인이 말하는 대로 그를 따라 걸었다. 휴케바인은 아주 당당한 걸음걸이로 산길을 따라 내려가기 시작했다.

대낮이었기에 분명히 산적들은 자신들을 발견했을 터이다. 그런 만큼 조금도 행동에 부자연스러운 점이 있어서는 안 된다.

"잊지 마. 넌 지금부터 내 시종이야. 기사 견습생 말이야."

휴케바인은 정말 종자를 딸린 기사처럼 앞을 똑바로 보고 걸으면서 말했다. 기사와 종자가 다정하게 이야기하는 것처럼 보여서는 안 되기 때문이다.

"아, 알았어요."

크로우는 그때서야 그가 자신에게 무기를 들린 이유를 알 수 있었다.

하지만 단지 그것뿐, 기사와 종자가 되어 무얼 어쩌려는 것인지는 이해할 수 없었다. 실제로 신분을 속이는 것은 그녀뿐이고, 휴케바인은 원래 기사가 아닌가?

"이름이 크로우면 이상하니까, 크로티아라고 하자."

휴케바인의 말에 크로우는 정신을 집중하고 새로운 이름을 중얼거려 보았다.

"크로티아, 크로티아."

"그래, 실수하지 마. 비슷한 이름이니까 갑자기 이름이 불려도 쉽게 반응할 수 있을 거야."

"주의할게요."

그들은 그렇게 고개도 돌리지 않은 채 말을 주고받으며 혈목산의 입구로 향했다.

'흐흐흐, 주군도 이런 기분이셨을까?'

계획을 실행에 옮기면서 아무 설명 없이 무엇을 하라고 명령만 내리는 것은 원래 레오의 방식이다. 휴케바인은 평소 레오의 입장에서 그가 자신에게 한 것과 똑같이 크로우에게 하고 있었다.

그러면서도 자신을 믿고 순순히 따라오는 크로우의 모습이 재밌기도 하고, 귀엽기도 했다.

휴케바인의 이러한 마음을 알 리 없는 크로우는 애써 긴장한 기색을 감추면서 기사의 시종다운 모습을 보이려고 노력했다.

어느 정도를 갔을까? 휴케바인은 갑자기 앞쪽의 수풀을 보며 외쳤다.

"나는 엘레온 영지의 영주님이신 티마로트 엘레온 백작님의 기사 휠리온이다! 너희 두목에게 할 이야기가 있으니 날 안내하라."

어느새 그의 얼굴은 딱딱하게 굳어진 교만한 귀족의 모습을 하고 있었다.

크로우가 보기에 그것은 한두 번 해본 솜씨가 아니었다. 어쩌면 이게 진짜 이 남자의 본모습이 아닐까 하고 의심이 갈 정도로 자연스러운 분위기가 전신에서 뿜어져 나오고 있었다.

부스럭.

숲의 나무 뒤쪽에서 몇 명의 산적들이 모습을 드러냈다. 하나같이 전문적인 산적용 무기를 든 자들로, 녹색과 갈색이 어우러진 가죽 옷을 입고 있었다.

그리고 그중에서 가장 나이가 많아 보이는 한 남자가 휴케바인을 향해 물었다.

"엘레온 백작령의 기사가 어째서 혈목산까지 행차하신 것이오?"

상당히 조심스러운 질문, 그러나 휴케바인은 거만하게 팔짱을 끼며 말했다.

"그대가 감당할 수 있는 얘기가 아니다. 휴케바인 대두령과 만나고 싶다."

"뭐라고? 잭슨 소두령님을 무시하는 거냐?"

"소두령님, 일단 저놈을 꽁꽁 묶어서 고문을 합시다."

수하들이 난리를 치기 시작했다. 소두령이 모욕을 받으면 그 소산채 전원의 체면이 깎인다. 그리고 한 번 깎인 체면은 쉽게 회복되지 않는다. 목숨을 걸고 모두가 놀랄 만한 일을 해야 겨우 인정받을 수 있다.

그런 만큼 이들은 자신들이 칼을 맞으면 맞았지, 체면이 손상되어 다른 소산채의 비웃음을 사지 않으려 했다.

휴케바인은 높아져 가는 사람들의 살기를 느끼면서도 여전히 거만하게 팔짱을 낀 채로 자신만만한 미소를 지우지 않았다.

이 정도 인원이라면 다 덤벼도 충분히 감당할 수 있다. 실력 행사는 어느 상황에서나 즉각적인 효력을 발휘하지 않던가?

그러나 잭슨이라고 불린 소두령은 그렇게 성질이 급한 사람이 아니었다. 오히려 눈치가 빠르고, 상황에 따라서는 자신의 목숨 이외에는 모든 것을 미련없이 던져 버릴 수 있는 용감한 사람이었다. 그렇지 않았다면 산의 입구에서 영업을 하도록 허락받지 못했을 것이다.

"잠깐."

잭슨은 손을 들어 자신의 수하들을 저지했다. 그리고는 한 걸음 앞으로 나아가 자신의 도끼를 거꾸로 들어 예를 취했다.

"대두령에게 볼일이 있다고 하셨는데, 혹시 선약을 하셨습니까?"

"아니, 영주님과 휴케바인 대두령이 과거에 접촉이 있었다는 소리는 들은 적이 없소."

"으음, 그럼 바로 안내해 드리기가 곤란합니다만……."

"흥, 나는 명을 받은 몸. 소란을 피우고 싶지는 않지만 그대가 막겠다면 어쩔 수 없군."

휴케바인은 여전히 약함을 보이지 않았다. 그는 코웃음을 치며 팔짱을 품과 동시에 허리의 검과 등 뒤쪽에 걸린 방패를 들었다.

일단 휴케바인이 무기를 꺼내 들자 산적들도 얼른 경계 태세를 취했고, 순식간에 장내에 살기가 높아졌다.

잭슨은 순간적으로 망설였다. 일촉즉발의 상태, 방아쇠는 자신이 쥐고 있는 셈이다. 칠 것인가, 말 것인가? 그는 휴케바인의 눈과 자세를 보았다.

'고수다.'

상대는 실력을 숨기려 하지 않았다. 전신에서 느껴지는 기세는 완벽한 고수의 그것이었다. 그는 슬쩍 눈을 돌려 자신들의 부하들을 보았다.

'잘 훈련되어 있군. 역시 내 부하들이야.'

상대의 기세에도 불구하고 별로 기죽지 않고 싸울 준비를 하는 부하들의 모습은 잭슨에게 상당한 신뢰감을 주었다.

하지만 싸우면 다 죽는다. 물론 뒤에 버티고 있는 다른 소산채에게 눈앞의 남자도 죽겠지만, 그전에 자신들이 당하는 것은 불을 보듯 뻔하다.

잭슨은 아까운 부하들과 자신의 목숨을 헛되이 소모할 수 없다고 판단했다.

"잠깐, 성질이 급하시구려. 일단 대두령을 찾아온 손님이니 이 잭슨이 모시겠소."

그는 그렇게 말하며 얼른 도끼를 자신의 허리에 찼다. 상대는 기사다. 무기를 집어넣은 상대를 치지는 않으리라.

잭슨은 휙 하고 고개를 돌려 상대의 기량도 눈치채지 못하는 부하들에게 말했다.

"뭐 하냐? 어서 달려가서 산채에 손님이 왔다고 전해. 우리 혈목채가 손님 대접도 못한다고 소문이 나서야 되겠어?"

"예? 옛."

부하는 놀라서 반문했다. 그러나 본능적으로 여기서 1초만 더 지체하면 잭슨의 도끼 뒷면으로 두들겨 맞게 된다는 것을 깨닫고는 즉시 말을 바꾸어 대답하고는 산채 위로 뛰어가기 시작했다.

잭슨은 속으로 혀를 끌끌 차고는 얼른 고개를 돌려 휴케바인과 크로우를 보며 말했다.

"자, 산채로 오르시지요. 위쪽에 올라갈 때쯤이면 아마 손님을 맞이

할 준비가 다 되어 있을 것입니다."

"그럼 안내하시오."

휴케바인은 거만한 목소리로 말했다. 상대가 말하는 준비가 무엇을 뜻하는지 모르는 것은 아니지만 이판사판, 작전이 먹히지 않으면 어차피 살아남을 가능성은 없기에 오히려 마음이 편했다.

한참 길목을 따라 올라가다 보니 어느 순간 산적들은 길을 벗어나 옆쪽의 언덕으로 올랐다. 그러자 숨겨진 길이 또 하나 나타났다. 잭슨이 그 길을 손가락으로 가리키며 말했다.

"이 길을 따라 주욱 가면 두 번째 관문에 도착할 것입니다. 여기까지가 저희 구역이라 더 이상은 안내해 드리지 못하겠군요."

"그렇소? 그럼 우리끼리 가야 하겠군."

"길을 따라 가셔야 합니다. 자칫 잘못하면 다른 곳으로 갈 수도 있고, 또 오해도 살 수 있으니 조심하십시오."

"알겠소. 그럼."

휴케바인은 능숙한 동작으로 품 속에서 하나의 작은 주머니를 꺼내 잭슨에게 건넸다.

짤랑, 주머니 속에서 금속이 부딪치는 소리가 들리자 잭슨은 사람 좋은 미소를 지었다. 이렇게 수고비까지 주는 것으로 보아 적은 아닐 것이란 판단이 들자 괜히 건드리지 않은 것이 다행으로 여겨졌다.

'손님인지 아닌지는 위에서 알아서 판단하겠지.'

그는 그렇게 생각하고는 휴케바인에게 정중히 인사를 하고 산을 내려갔다. 휴케바인은 다분히 귀족다운 태도로 거드름을 피우면서 고개만 까딱하여 그의 인사를 받았다.

잭슨 일당이 언덕 아래로 내려가자 휴케바인은 크로우를 돌아보며 말했다.

"가자."

"예."

크로우는 상당히 불안한 표정으로 약간 고개를 숙인 채 그를 따랐다. 산적의 소굴에 들어온 것도 그렇지만, 급변한 휴케바인의 모습에 일이 어떻게 돌아가는지 알 수가 없어 더욱 불안한 모양이었다.

휴케바인은 웃었다. 그래도 필사적으로 자신의 행동에 맞추려는 크로우가 귀엽게 보였다.

"듣기만 해."

"……."

"적은 수로 많은 수를 상대하는 방법 중 가장 효과적인 것은 같은 편이 되는 거야."

"……."

"그 다음이 머리를 부수는 거고."

"……."

"염려 마. 내가 옛날에 주군하고 같이 둘이서 많이 해본 수법이니까. 솔직히 말해서 단둘이서 산적 천여 명이 있는 곳에 당당하게 걸어 들어가는 것 자체가 미친 짓이잖아."

"……."

크로우는 약간 놀란 표정으로 휴케바인을 돌아보았다. 스스로가 하고 있는 일을 미친 짓이라고 표현하다니? 그러나 휴케바인은 크로우를 보며 의미심장한 웃음을 지었다.

"그러니까 산적들도 미친 짓이라고 생각한단 말이지. 그래서 이 작전은 보통 실행하기는 어려워도 일단 할 배짱만 있으면 잘 먹혀."

크로우는 당당하게 산 위를 보며 말하는 휴케바인의 옆모습을 보았다.

대답은 하지 않았지만, 그의 말을 듣고 있으니 불안했던 마음이 안정되어지는 것을 느꼈다.

주군과 단둘이 적을 치러 본거지에 잠입하는 일을 많이 해봤다니? 이 사람은 누구인지 알 수는 없지만, 이것 하나만큼은 확실하다. 그가 이번엔 자신을 위해 목숨을 걸었다는 것이다.

크로우는 조용히 고개를 돌려 산 위쪽에 보이는 산채를 보았다. 저곳에 아저씨들이 잡혀 있으리라.

'기다려요. 곧 이 남자가 아저씨들을 구해줄 거예요.'

경황 중이라 스스로도 잘 알지 못했지만, 어느새 그녀는 이 거인을 믿고 있었다.

몇 개의 관문을 통과하며 산줄기를 따라 계속 오르니 드디어 산채의 정문에 도달했다. 산적들의 소굴이라고는 믿기 어려울 정도로 튼튼한 방벽이 그들의 앞을 가로막고 있었다.

문은 당당하게 열려 있었고, 그 문의 양쪽에는 두 명의 문지기가 서 있었다.

그중 한 명이 휴케바인을 위아래로 훑어보더니 정중하게 말했다.

"과연 기사님이시로군. 들어가 보시오. 대두령께서 만나신다고 하셨으니, 일단은 안전할거요."

"호의에 감사드리오. 가자, 크로티아."

휴케바인은 말의 내용과는 전혀 다르게 당연하다는 표정을 보이며 뒤도 돌아보지 않고 발걸음을 옮기려 했다. 하지만 그가 채 두 걸음도

디디기 전에 문지기가 앞을 가로막았다.

"잠깐!"

휴케바인은 못마땅한 표정으로 미간을 찌푸리며 물었다.

"무슨 일이오?"

"그 아가씨는 들어갈 수 없소."

"그녀는 내 견습 기사이오만."

"대두령께서 산채로 들어오는 것을 허가한 사람은 그대뿐이오, 휠리온 경."

문지기의 말에 순식간에 휴케바인의 눈에 차가운 빛이 감돌았다.

"기사는 혼자 움직이지 않는 법. 내 무기의 절반은 크로티아가 들고 다니는데, 그대는 나에게 무장을 해제하라고 하는 것인가?"

거인 남자가 쏘아보는 것만으로 서늘한 기운을 느낀 문지기는 흠칫 놀라며 크로티아를 보았다.

과연 그녀는 손에 할버드를 들고, 등에는 커다란 크로스 보우를 메고 있었다.

자고로 견습 기사란 기사의 시종이나 마찬가지이다. 주인의 무기를 들고 다니며 필요에 따라 무기를 건네는 역할을 한다. 그리고 전투 시에는 주인의 뒤를 막아 적들이 빈틈을 노리지 못하도록 도와야 한다.

그 외에도 주인이 말을 타고 갈 때 말의 고삐를 잡고 달리며, 주변에 달려드는 적들을 상대하는 등 아주 힘든 직위라고 할 수 있다.

그러나 지금 이 기사처럼 여자 견습 기사를 데리고 다니는 자들은 조금 다른 용도로 쓴다. 말하자면 밤 시중을 드는 애인의 역할이다.

하지만 그것만이라면 구태여 견습 기사로 데리고 다닐 이유가 없다. 체면상 남의 눈을 피하기 위해서? 그런 것을 신경 쓸 정도면 여자 견습 기사를 데리고 다니지도 못한다.

위세 높은 가문의 기사 중에서는 엄격한 훈련을 받은 여자 암살자를 견습 기사로 데리고 다니며 밤에 자신을 보호하게 하는 자가 있다.

문지기가 보기에 크로티아라는 이름의 여자 견습 기사는 몸놀림이 범상치 않고, 피부를 검게 물들인 것이 아무래도 그런 류의 쓰임새로 쓰이는 것 같았다. 영주의 명을 받고 오기는 했는데, 산적 소굴에 혼자 오려니 불안해서 호위를 데려온 모양이다.

'웃기는군. 이런 말라빠진 여자 암살자 한 명이 목숨을 유지하는 데 도움이 될 것 같은가?'

문지기는 속으로 웃었다. 하지만 겉으로는 어쩔 수 없다는 듯 어깨를 으쓱하며 말했다.

"그럼 잠시만 기다리십시오. 다시 물어보겠습니다."

그리고는 다른 한 명의 문지기에게 눈짓을 했다. 규칙은 규칙인지라 안으로 들어가는 사람은 확실하게 보고하고 허락을 받아야 했다.

잠시 후, 안에서 나온 사람이 고개를 끄덕이는 것을 확인한 문지기는 휴케바인에게 말했다.

"다행히도 휠리언 경도, 견습 기사인 크로티아 양도 들어가실 수 있습니다. 그럼 편안한 시간 되십시오."

"흠, 수고하시오."

'편안한 시간 같은 소리하네. 여기가 무슨 영업집이냐?'

겉과 속이 전혀 다른 소리를 동시에 하는 것도 휴케바인이 가진 숨은 능력 중 하나라고 할 수 있다. 그는 가볍게 고개를 끄덕이며 안으로 들어갔다.

"대단하군."

안으로 들어가자마자 휴케바인은 걸음을 멈추고 그렇게 중얼거렸다. 다분히 의도적인 칭찬이기는 했지만 어느 정도 진심이 들어 있었다.

산채의 외벽이 산봉우리를 둘러싸는 형태로 되어 있어서 잘 몰랐는데, 안쪽은 봉우리가 아닌 움푹 파여 있는 분지였다. 상당히 넓은 분지였는데, 가운데 쪽에 커다란 호수가 보였다.

그리고 그곳으로부터 사방으로 뻗어 있는 큰길의 주위로 수십 채의 건물들이 번듯하게 늘어서 있었다.

통나무로 되는 대로 만든 집들이 아니라 기초 공사를 철저히 한 후 기둥을 세우고, 돌 판으로 벽을 만들어 2층이나 3층까지 쌓아 올린 정식 건물이었다. 이 정도면 웬만한 도시의 중심지와 비슷하다고 할 수 있다.

휴케바인과 크로우는 감탄한 표정으로 그것들을 훑어보았다. 그러자 안내를 하던 산적이 어떠냐는 표정을 지으며 웃었다.

"2천 명이 상주하고 있는 산채입니다. 식수는 가운데에 있는 호수에서 충분히 보급되고, 안쪽에는 술집과 도박장마저 있지요."

"2천 명? 듣던 것보다 많군."

"하하하, 세상에는 기껏해야 1천 명 정도라고 알려져 있지요. 한 번에 출정하는 인원도 그 정도로 제한한답니다. 그런 만큼 휠리언 경과 크로티아 양도 비밀을 지켜주셔야 합니다."

"알겠소."

휴케바인은 굳은 표정으로 고개를 끄덕였다. 안내인의 말에는 만약 대두령과 만나서 하는 이야기가 좋은 방향으로 흐르지 않으면, 절대로 이곳에서 살아서 나갈 수 없다는 것을 암시하고 있었기 때문이다.

‘쩝, 이놈들도 보통이 아니네. 견적을 다시 뽑아야 하려나?

휴케바인은 속으로 혀를 끌끌 찼다. 그러나 어차피 1천 명이나 2천 명이나 그게 그거라고 할 수 있다. 흑사자가 아닌 마당에야 단신으로 그들을 당할 수는 없지 않은가?

마음을 다잡은 휴케바인은 다시 당당한 걸음으로 걷기 시작했다. 마치 어차피 우리는 한식구이니 사람은 많을수록 좋다고 주장하는 것 같았다. 크로티아는 묵묵히 그를 따랐다.

한참을 가다 보니 호수가 있는 곳에 도착했다. 그곳에서 보니 호수의 중앙에 하나의 섬이 있고, 그 섬까지는 사람 네 명 정도가 나란히 서서 걸어 들어갈 수 있을 정도의 다리가 놓여 있었다.

다리는 하나가 아니라 사방에 모두 있었는데, 산채의 대로가 모두 그 다리와 연결되어 있는 것 같았다.

안내인은 말했다.

“이 다리를 건너서 저 섬으로 가십시오. 저기 보이는 7층 탑이 바로 대두령의 거처입니다.”

“오, 과연 대두령답게 경치 좋은 곳에서 사시는군.”

휴케바인은 손으로 안내인의 어깨를 가볍게 치며 감탄성을 발했다. 겉보기에는 가벼운 그 손짓에 안내인의 무릎이 픽 하고 꺾였다.

그는 신음 소리를 내며 속으로 온갖 욕설을 다 했지만, 한편으로는 이 거구의 기사가 천생신력을 타고났다는 것을 깨닫고는 어느 정도 경외심이 생겼다.

“여기서부터는 저도 들어가지 못합니다. 탑의 입구에 따로 사람이 나와 있을 터이니 어서 가시지요.”

“알겠소.”

과연 용의주도한 자들이라고 휴케바인은 감탄하며 다리를 건너기 시작했다. 다리 위에서 호수 아래쪽을 보니 파란 하늘과 구름이 물에 비쳐 맑고 상쾌한 기운을 자아냈다.

"이놈들은 산적 주제에 상당히 잘해놓고 사는군."

휴케바인은 괜히 질투심이 나는지 조그마한 목소리로 투덜댔다.

그러나 크로우는 그런 호수와 하늘의 경관이 전혀 눈에 들어오지 않았다. 탑이 가까워 올수록 불안감이 더욱 커져 티 나지 않게 하는 것만 해도 힘들었다. 그녀는 결국 참지 못하고 휴케바인에게 말했다.

"어떻게 하지요? 아저씨들이 저곳에 갇혀 있을 것 같지는 않아요."

"응. 나도 이 정도일 줄은 몰랐는데, 아무래도 일이 꼬일 것 같다."

"그럼?"

"어떻게든 되겠지. 정 안 되면 두목의 목줄을 움켜잡고 도망가자고."

"그게 가능할까요?"

"가능이고 뭐고, 그거라도 안 하면 끝장이잖아."

"그렇지요."

크로우는 가볍게 한숨을 쉬며 대답했다. 결국 살 가능성이 별로 없는 것이다.

"한숨 쉬지 마라. 막상 일이 닥치면 생각보다 일이 잘 풀릴 테니까."

"어떻게 그렇게 태연하게 장담할 수 있죠?"

"내 인생은 원래 그랬어."

"……."

왠지 모르게 사기에 말린 것 같은 느낌까지 들었다. 하지만 그의 말을 듣고 나니, 오히려 체념의 정도를 지나 될 대로 되라는 심정이 되었다. 그렇게 긴장이 풀어지자 주변 경관이 눈에 들어오기 시작했다.

“고마워요.”

“응?”

“실패해도 원망 안 할게요.”

“실패는 무슨? 살아남는 것은 우리야. 산적들에게는 미안하지만, 나는 불행을 부르는 재앙신이거든.”

“……”

그는 끝까지 호언장담이었다. 크로우는 그런 그에게 자신의 목숨을 맡기기로 결심했다.

＊　　　　＊　　　　＊

대두령이란 자는 호랑이 가죽으로 뒤덮인 의자에 비스듬히 기대어 앉은 채 한 손으로 술잔을 들고 있었다.

그는 휴케바인에게 뒤지지 않을 정도의 거한이었는데, 대충 키는 휴케바인보다 약간 작고 몸통은 조금 더 커 보였다.

대전 안은 상당히 넓고 적지 않은 사람들이 있었는데, 두 명의 휴케바인은 군계일학이라고 할 만큼 다른 자들보다 최소 머리 하나씩은 컸다.

대두령은 자신과 필적할 만큼 덩치가 큰 자가 나타나자 상당한 호기심을 느끼는 듯 단숨에 술잔을 들이키고는 물었다.

“엘레온 백작령의 손님이라… 그래, 무슨 일로 오셨소?”

휴케바인은 대두령의 물음에 대답하지 않고 주변을 보았다.

“이자들은 모두 신용할 수 있는 자들이오?”

“물론! 내 형제들은 나와 생사를 같이하지. 말하시오.”

휴케바인은 짐짓 감탄한 눈으로 대두령을 보면서 속으로는 전혀 다른 생각을 했다.

'지랄한다. 꼴에 의리를 찾는군?'

오면서 크로우에게 들은 휴케바인 일파의 만행은 그야말로 눈뜨고 볼 수 없는 극악한 것이었다.

그런데 이런 자들이 서로를 형제라고 칭하며 의리를 찾으니 이걸 웃어야 할지, 울어야 할지 고민이 되었다.

하지만 어디까지나 지금은 그와 음모를 꾸미며 일을 성사시키기 위해 온 것이 아닌가? 휴케바인은 즉시 자신이 온 이유를 말하기 시작했다.

"사실 우리 영주님은 충성을 맹세하고 계신 분이 있소."

"음?"

휴케바인은 약간 목소리를 낮추어 다시 말했다.

"문제는 그 충성의 대상이 이 왕국의 왕인 페트라 2세가 아니라는 것이오."

휴케바인은 그렇게 말하고는 입을 굳게 다물고 상대를 보았다. 어떠냐? 이런 이야기도 형제들과 공유할 수 있을까? 말하자면 반역 음모의 냄새가 풀풀 나는 비밀을 터놓을 수 있는 진정한 생사의 동반자가 이 중에 있는가?

휴케바인의 눈을 그렇게 말하고 있었다.

대두령은 잠시 휴케바인의 눈을 보다가 슬쩍 한 손을 들어올렸다. 그러자 안에 있던 사람들 중 대두령의 바로 옆에 있는 세 명을 제외하고는 모두 밖으로 나갔다. 넓은 대전 안에는 휴케바인과 크로우, 그리고 대두령과 세 명의 소두령만이 남았다.

휴케바인은 엄지손가락을 치켜세우며 말했다.

"믿을 수 있는 동료가 세 명이나 있다? 과연 전국의 산적들 위에 선 대두령답구려."

"흥, 그대의 뒤에 서 있는 여자는 믿을 수 있소?"

"그녀는 이미 알고 있소."

"좋소. 이야기해 보시오. 그대가 가져온 말을 속 시원히 털어놓는 것이 좋을 거요."

대두령이 턱을 치켜 올리며 재촉하자 그때서야 휴케바인은 한 걸음 앞으로 나가며 말소리가 밖으로 새어나가지 않게 하려는 듯 조심스럽게 말했다.

"사실 우리 영주님은 가이안 제국에 소속되어 있소."

"뭐라고? 그 흑사자가 세웠다는 제국에?"

"그렇소이다."

"으음."

대두령은 생각보다 일이 심각하다는 것에 쉽게 대답을 하지 못했다.

사실 그는 엘레온 백작령에서 사람이 왔다고 했을 때, 소위 말하는 영주들 간의 암투라고 생각했다. 그러다가 상대가 충성의 대상 운운하자 왕자들 간의 후계자 싸움이라고 판단했다.

그런데 알고 보니 엘레온 백작은 제국의 첩자라고 하지 않는가?

휴케바인은 상대가 놀라는 표정을 감상하며 계속해서 말했다.

"사실 위대한 흑사자께서는 과거 십 년에 걸쳐 당신의 추종자를 만들어오셨소. 이제 제국을 선포했으니, 그분께 충성을 맹세한 자들이 모든 것에 우선하여 흑사자의 이름에 힘을 보탤 것이오."

"으음, 그런 것인가? 그런데 왜 이 산적을 찾은 것이오?"

"엘레온 백작령은 작은 영지가 아니오. 하지만 흑사자께 바치기에는 결코 크지 않소. 어떻소? 힘을 합하여 인근의 영지를 손에 넣는 것이?
그대도 알다시피 흑사자께서는 부하의 영지를 소유하려 하지 않소. 그
분께서 원하시는 것은 오직 하나, 바로 충성의 마음뿐이오."

"그 말의 뜻은?"

"그대가 손에 넣은 영지는 모두 그대의 것이 된다는 뜻이오."

"흐음."

영지를 소유하게 된다. 다시 말하면 영주가 된다는 뜻이고, 귀족의
작위를 얻을 수 있다는 말이었다.

물론 그렇게 할 경우 왕국은 갈기갈기 찢겨지고, 흑사자의 군대가
이곳을 거점으로 해서 침략을 시작할 것이다.

내부에 벌레가 있으니 얼마 버티지 못하고 왕국 자체가 무너질 가능
성이 높다.

그것이 무슨 상관인가? 왕국에 대한 충성심 따위는 조금도 없다. 대
규모 토벌대가 오면 옆 왕국으로 도망가기도 하는 몸이다.

대두령은 거기까지 생각하고는 눈앞의 기사를 보았다. 보통이 아닌
자다. 무엇보다 저 덩치가 그것을 증명해 준다. 과연 가능할까?

"귀영지의 병력은 얼마나 되오?"

대두령은 일단 상대의 전력을 알아보기로 했다. 휴케바인은 그런 대
두령의 질문이 당연한 절차라는 듯 바로 대답했다.

"정규군 2천, 암살대 30."

"그게 전부요?"

"엘레온 영지의 병력은 틀림없이 그것뿐이오. 하지만!"

"하지만?"

"설마 흑사자께 충성을 맹세한 사람이 우리 영주님뿐이라고 생각하

는 것은 아니겠지요?"

"그럼!"

"나도 그 이상은 모르오. 하지만 영주님께서 맡으신 구역은 인근의 세 영지뿐이고, 동시에 다른 세력이 국경 수비군을 급습하기로 되어 있다는 것만 들었소."

"국경 수비군을 급습한다라……."

"대두령께서 좋은 판단을 하시기를 빌겠소. 만약 마음에 들지 않다면, 우리를 묶어서 수도로 보내도 좋소. 그럼 아마 왕궁에 대한 그대의 충성심을 인정받아 죄를 면제받고, 잘하면 귀족의 작위도 받을 수 있을 것이오."

"호? 과연 그렇군."

"하지만 그럴 경우 흑사자께서 오셨을 때 어떻게 변명할지는 미리 생각해 두어야 할 것이오."

휴케바인은 아주 나직한 목소리로 말했다. 그 마지막 한마디에 후끈 달아올랐던 대전의 온도가 싸하게 가라앉았다.

"험, 험."

대두령은 의표를 찔렸는지 급히 헛기침을 하며 술잔을 기울여 안에 담긴 술을 한 모금 마셨다. 그러면서 그의 머리는 쉬지 않고 돌았다.

'흑사자가 과연 올까? 오면? 이 왕국 정도는 단번에 망하겠지?

아무리 생각해도 승산이 없었다. 왕권은 미약하고, 가뭄이 들어 식량도 없었다.

식량이 없으니 병사들도 그 수가 줄어 이제는 국경 수비군 이외에는 제 기능을 하지 못하고 있는 실정이다. 그래서 자신들 같은 산적이 절호의 성수기를 맞이하게 된 것이 아닌가.

이런 상황에서 적국이, 그것도 흑사자의 제국군이 밀고 들어온다면 한 달도 버티기 힘들다는 생각이 들었다.

사실 나름대로 머리를 쓴다고 자부하는 대두령이지만 국제 정세에 그렇게 밝지는 못했다.

단지 소문으로 대륙 최강의 검사인 흑사자가 황제가 되어 제국을 세웠고, 주변 왕국을 침략할 것이라는 말만을 들어 알고 있을 뿐이었다.

그런 만큼 휴케바인이 하는 말은 정말로 실감나게 들렸기에 그는 쉽게 대답하지 못했다.

하지만 대두령은 곧 생각을 정리한 후 안색을 바꾸며 자리에서 벌떡 일어나 외쳤다.

"무슨 소리인가? 아무리 내가 산적이라고 해도 이 왕국의 출신! 왕을 배신하고 타국에 나라를 팔 거라 생각하다니!"

대전 안이 쩌렁쩌렁 울릴 정도로 큰 목소리였다. 그는 어느새 술잔을 바닥에 던지고 옆에 있는 거대한 대검을 잡고 있었다.

"대두령! 그대가!"

휴케바인은 한 걸음 뒤로 물러나며 비장한 목소리로 외쳤다. 뒤쪽에 있던 크로우도 안색이 변하여 허리에서 소검을 꺼냈다. 그러나 양손으로 들고 있던 할버드가 너무 무거워서 몸을 빠르게 움직일 수 없었다.

'버려 버릴까? 작전은 실패한 모양인데……'

그녀는 순간적으로 그렇게 생각했지만 그래도 휴케바인이 말이 없으니 할버드와 석궁을 버릴 수는 없었다.

이미 대전 바깥쪽에서 대두령의 호통 소리를 들은 자들이 뛰어들어 왔다. 그들은 제각기 자신의 무기를 들고 흉악한 표정을 짓고 있었다.

대두령은 한 손으로 자신이 대검을 부웅 하고 휘두르며 외쳤다.

"형제들, 이놈이 나에게 반역을 권했다. 즉시 이놈들을 묶어서 감옥에 쳐 넣어라! 며칠 내로 이자들을 왕에게 보내기로 하자."

"와아아!"

"대두령! 그대가 시세를 모르고 경거망동하다니!"

휴케바인은 정말로 억울한 듯 외쳤다. 그러면서도 체념한 듯 무기를 뽑아 바닥에 던졌다. 크로우 역시 휴케바인의 눈짓에 얼른 할버드와 소검, 그리고 석궁을 바닥에 버렸다.

산적들은 경계를 풀지 않은 채 서둘러 그들을 묶었다. 산적들은 밧줄에 묶이면서도 당당하게 서 있는 휴케바인의 태도에 약간은 기가 질렸지만, 대두령의 분노를 산 자가 살아남은 경우는 없다는 것을 잘 알고 있었다.

대두령은 상황이 정리되자 검을 놓고 다른 술잔에 술을 따라 목을 적신 후 냉혹한 목소리로 말했다.

"지하 감옥의 가장 안쪽에 가두고 철저하게 감시해라."

"옛!"

이렇게 되니 꼼짝없이 끌려갈 수밖에 없었다. 크로우는 울고 싶어졌지만 앞에서 당당히 걸어가는 휴케바인의 등을 바라보며 애써 참았다.

탑의 지하로 내려가니 그곳에는 철문이 달린 방들이 줄을 지어 늘어서 있었다. 각 감방의 문과는 별개로 지하의 입구와 복도 끝에도 각각 다른 두꺼운 철문으로 막혀 있어 척 보기에도 무척 견고해 보였다. 휴케바인과 크로우는 바로 그 두 개의 문을 지나 가장 안쪽으로 끌려갔다.

일단 안으로 들어가자 좁은 공간에 몇 개의 감옥이 있었는데, 과연 이곳은 바깥쪽보다 훨씬 두터운 쇠창살로 막혀 있어 중죄인들만을 가두는 곳이라는 인상이 강했다.

그들을 끌고 온 자들 중 한 명이 비웃는 표정으로 말했다.

"흥, 결국 그대들도 대두령의 분노를 피하지 못했군. 외부인 중 산채 안으로 들어와서 몸 성히 나간 자는 열에 하나도 안 되지. 그러니 너무 억울하게 생각하지 말라고."

"그런가? 과연 혈목채는 만만한 곳이 아니군."

"후후후, 그야 이를 말인가? 내일부터 그대에게 가해질 고문도 만만 치 않을 걸세."

"꼭 경험해 보고 싶군."

휴케바인은 여전히 냉정한 표정으로 말했다. 마치 자신이 고문을 당 하다 왕에게 끌려가 반역죄로 처형될 운명이라는 것을 모르는 사람 같 았다.

사람들은 놀려도 소용이 없다고 생각하자 쳇, 하고 혀를 차며 그들 을 감옥 안에 가두었다.

쿵!

문이 닫히고 발자국 소리가 점점 멀어져 갔다.

감옥 안은 상당히 어두웠는데, 빛이라고는 천장에 있는 작은 구멍에 서 흘러나오는 희미한 불빛이 전부였다. 구석 쪽은 아예 보이지도 않 을 정도였다.

휴케바인은 차분하게 방 안을 둘러보았다. 그러면서 정신을 집중하 여 누군가가 주변에 있는가를 살폈다. 안쪽의 감옥은 모두 비어 있는 지 인기척이 전혀 없었다.

그때서야 휴케바인은 안심을 하며 한쪽에 있는 나무 침대에 걸터앉 았다.

"안전한 것 같군. 수고했다, 크로티아."

“이제 어떻게 되는 거지요? 죽는 건가요?”

“응? 무슨 소리야?”

“작전이 실패해 감옥에 갇혔잖아요. 철문이 3중으로 쳐져 있으니 빠져나갈 수 없을 거예요.”

“푸하하하하!”

크로우의 울음 섞인 말을 들은 휴케바인은 터져 나오는 웃음을 참지 못하겠는 듯 크게 웃었다. 막혀진 감옥의 공간 안이 휴케바인의 웃음소리에 쩌렁쩌렁 울릴 정도였다.

크로우는 두 눈을 커다랗게 뜨고 그 광경을 보았다. 왜 웃지? 뭐가 그리 우스운 걸까? 영문을 알 수 없으니 따라 웃을 수도 없었다. 왠지 모르게 화가 나기 시작한 그녀였다.

“웃지 말아요.”

“응, 안 웃을게. 설명하면 들어줄 거지?”

마치 토라진 어린아이를 달래는 듯한 말투에 크로우는 더욱 화가 났지만, 그보다는 호기심이 더욱 강했다.

“말해봐요.”

“그러니까, 우리 작전은 완벽하게 성공한 거야. 이보다 더 좋을 수는 없을 정도로 말이야.”

“네?”

무슨 소리인가? 이 남자가 감옥에 갇히더니 미쳤나? 크로우는 갑자기 불안해지기 시작했다.

미친 남자와 밀폐된 공간에 단둘이 갇혀 있는 것은 한 번도 경험해 보지 못한 공포였다.

그러나 휴케바인은 애교있는 미소를 지으며 손가락을 좌우로 까닥

거렸다.

"그러니까 그 대두령이라는 놈이 내 이야기를 열심히 듣다가 갑자기 태도를 바꿨지?"

"음, 그랬지요."

"이게 알고 보면 나라를 팔아먹는 이야기잖아. 옆에 있는 세 명의 소두령도 믿을 수가 없거든."

"아!"

"알겠지? 무엇보다 확실한 증거는 우리가 이렇게 같은 감옥에 갇혀 있는 거야. 뭐가 이쁘다고 남녀를 같은 방에 가두겠어? 따로따로 가둬야 도망갈 확률도 줄어드는데."

"그런……."

휴케바인의 말을 들은 크로우는 갑자기 얼굴이 뜨거워지기 시작했다. 상대가 미친 것이 아니라는 것은 알았지만, 갑자기 남자와 단둘이 밀폐된 공간에 있다는 것을 깨달은 것이다.

지난 며칠간 같이 노숙을 해가며 이곳까지 온 그들이었지만, 외부에서 노숙하는 것과 이렇게 어두운 방 안에 있는 것은 느낌이 전혀 달랐다.

하지만 휴케바인은 전혀 그런 것을 의식하지 않는 듯 침대를 살피며 혀를 끌끌 찼다.

"이왕에 배려를 해주려면 좀 더 편한 침대를 놔둘 것이지. 완전 나무 침대잖아."

투덜대면서도 쌓여 있는 먼지를 털고 방 안을 정리하는 휴케바인의 손길에서는 마치 주부와도 같은 세심함이 보였다.

30년을 혼자서 생활하다시피 한 남자의 경륜이 그의 동작 하나하나에 배어 있었다.

"크로티아, 이리 와서 누워."

"예? 옛?"

"아마 대두령이라는 놈은 새벽쯤에나 나타날 거야. 부하들이 대충 잠들었을 때 말고는 남의 시선을 피하기 어려우니까. 피곤하지? 그때까지 쉬도록 해."

"쉬지 않아도 돼요."

"억지로라도 조금 쉬어. 일단 일이 벌어지면 산을 벗어날 때까지 쉬지 않고 움직여야 하니까."

"……."

크로우는 잠시 입을 다물고 휴케바인을 보다가 가볍게 한숨을 쉬며 침대로 가서 누웠다. 그리고는 자신의 망토를 이불처럼 덥고 눈을 감았다.

휴케바인 역시 한쪽 구석에서 망토로 몸을 감싸고 편안한 자세로 휴식을 취하기 시작했다. 두 사람이 눈을 감고 있자 감옥 안은 정적에 휩싸였다.

시간이 흐르자, 크로우가 갑자기 고개를 돌려 휴케바인을 보며 말했다.

"휴케바인 경."

"휠리언 경이라고 불러. 적어도 이 산을 나갈 때까지는 말이야."

"알았어요, 휠리언 경."

"왜?"

"경은 겉모습과는 다르게 머리가 좋군요."

"당연하지. 세상을 지배하는 것은 바로 머리야. 힘으로 그게 되는 사람은 딱 한 명밖에 없지.”

“딱 한 명? 누군데요?”

“흑사자.”

휴케바인은 그렇게 말하며 몸을 돌려 벽 쪽을 향했다. 더 이상 대화를 하다가는 충분한 휴식을 취할 수 없으니, 이쯤에서 그녀의 수다로부터 벗어나야 했다.

크로우는 그런 휴케바인의 태도에 불만이라는 듯 혀를 날름 내밀고는 그녀 역시 휙 하고 몸을 돌려 눈을 감았다.

방금 전까지 있었던 긴장감은 사라지고 어느새 편안하게 잠에 들게 된 그녀였다.

*   *   *

얼마나 시간이 흘렀을까? 크로우는 누군가가 자신의 어깨를 살짝 두드리는 것을 느끼며 잠에서 깨어났다.

“누군가가 오는군.”

휴케바인은 마치 조금도 잠들지 않았던 것처럼 맑은 목소리로 말했다. 그러면서 갑자기 침대 위로 올라와 크로우를 안쪽으로 밀었다.

“이런 곳이니 관계는 가지지 않아도 되지만 따로 잘 이유는 없지. 좀 참아.”

당연하다는 듯 말하는 휴케바인의 말에 크로우는 자연스럽게 몸을 움츠리며 벽에 붙었다. 오히려 한쪽 팔을 휴케바인의 허리에 두르며 상대가 자신들에게 의심을 품지 않도록 적극적으로 연기하기로 했다.

"열어라."

철컹!

바깥쪽 자물쇠가 열리는 소리가 들리며 문이 열렸다. 과연 휴케바인이 장담했듯 들어온 자는 대두령이 틀림없었다.

"오셨구려."

"역시 보통이 아니군. 그렇소, 내가 왔소."

대두령은 의미심장한 웃음을 지으며 말했다. 그의 뒤에는 가면을 쓰고 검은 로브를 뒤집어쓴 자들이 둘 있었다. 스산한 살기가 자연스럽게 몸에서 흘러나오는 것이, 전문적인 암살 훈련을 받은 암살자임에 틀림없었다.

휴케바인은 그들을 보고는 대두령에게 말했다.

"뒤에 있는 자들이 대두령이 신뢰하는 힘인가 보구려."

"하하하, 그렇소. 나는 이래 봬도 야망이 있거든. 드러난 힘도, 숨겨진 힘도 그대와 그대의 주군이 생각하는 것보다는 클 거요."

"믿음직스럽군. 그럼 주군께 그렇게 전하겠소."

"근 시일 내에 따로 사람을 보내겠소. 그때 자세한 이야기를 나누어 봅시다. 아무래도 이곳은 귀가 많아서 불편하다오."

"대두령이 이렇게 신중하니 주군께서도 크게 신뢰하실 것이오."

휴케바인이 웃으면서 손을 내밀자 대두령도 잘해보자는 듯 휴케바인의 손을 잡았다. 그렇게 악수를 마친 두 사람은 같이 통로로 나왔다.

"비밀 문이군."

"물론 이럴 경우를 대비해서 만들어두었지. 지하 감옥의 가장 깊은 곳은 귀빈을 위한 특실이니 전용 통로가 필요하지 않겠소?"

"과연 손님 대접에 빈틈이 없으시군요. 하하하하!"

휴케바인은 웃으면서 주변을 둘러보았다. 크로우가 가면을 쓴 남자로부터 무기를 건네받고 있었다.

다른 사람은 없었다. 감옥지기는 외부의 문 바깥쪽에서 지내며 식사 때마다 식사를 나를 뿐이다. 그리고 이 안은 방음 처리가 되어 있는 것 같았다.

"이 통로를 따라가면 산채 바깥까지 바로 나갈 수 있소. 이거 만드느라 상당한 힘을 들였는데, 처음 사용해 보는구려."

"호수 밑으로 통로를 뚫었구려? 1, 2년에 할 수 있는 공사가 아닌데 용케도 비밀리에 진행했나 보구려."

"적지·않은 희생이 있었다오."

마치 친한 친구끼리 자신이 꾸민 음모를 자랑하는 분위기였다. 덩치가 비슷하니 묘한 친밀감이 생기는 듯했다.

휴케바인은 대두령의 말에서 비밀 통로가 대두령의 방과 외부에 모두 이어져 있다는 것을 알 수 있었다.

"아주 좋군."

그는 만족한 듯 고개를 끄덕였다.

언제나 그랬다. 작전을 짜면 적이 오히려 그걸 도와준다.

특히 레오와 함께 가이안 영지를 주름잡을 때에는 아무도 그들을 막지 못했다.

레오의 신분이 알려진 것은 영지를 완전 장악하고 2년이 지난 후였는데, 그때 그의 나이가 23세였고, 레오의 나이는 14세에 불과했다.

그때까지 끊임없이 발생하는 도전들을 레오의 힘과 휴케바인의 머리로 극복했다. 그들의 뒤에는 항상 승리의 여신이 전속 계약을 맺은 듯 따라다녔다.

“그럼 조금 힘들겠지만 서둘러 빠져나가시오. 날이 밝으면 그대가 도망갔다는 것을 수하들이 알게 될 것이오.”

“감옥지기만 불쌍하게 되겠구려.”

“그거야 어쩔 수 없는 일이 아니겠소?”

“아무래도 그렇지요.”

휴케바인은 그렇게 말하며 비밀 통로로 걸어 들어갔다. 그러다가 갑자기 걸음을 멈추고 몸을 돌려 대두령을 보았다.

“무슨 일이 있소?”

대두령은 혹시 이자가 아직 전하지 못한 말이 있는 건가 하고 물었다. 그러나 휴케바인은 입에 미소를 띤 채 조용히 오른손을 내밀었다. 다시 악수를 하자는 모양이었다.

대두령은 씨익 웃으며 손을 내밀었다. 두 사람은 서로의 오른손을 잡았다.

“우리는 정말 서로 닮은 것 같소. 체구도 그렇고.”

휴케바인의 말에 대두령도 동의한다는 듯 고개를 끄덕였다.

“그러고 보니 그렇구려. 나와 비슷한 체격을 가진 자는 처음 보는데.”

“정말 거인 기사 휴케바인의 이름에 어울리는구려.”

그 말을 하면서 휴케바인은 왼손으로 크로우가 들고 있던 자신의 검을 잡아 뽑았다.

챙, 슈각.

“앗! 무슨 짓이냐?”

대두령은 경악해서 외쳤다. 단칼에 가면을 쓰고 있던 자의 목이 베어져 천장으로 피와 함께 치솟아 오르고 있었다.

챙, 챙!

다른 한 명의 암살자가 반사적으로 검을 뽑아 휴케바인을 찔렀다. 그러나 쏜살같이 튀어나간 크로우의 소검에 의해 저지되었다.

대두령은 크게 분노하여 기합성과 함께 등에 멘 자신의 대검을 뽑으려 했다. 그러나 오른손이 잡혀 있는 상황이라 왼손만으로는 쉽게 대검을 뽑을 수 없었다.

대두령의 무기가 양손 검이기에 한 손 검인 롱 소드를, 그것도 왼손으로도 능숙하게 쓸 수 있는 휴케바인이 일부러 악수를 한 것이다.

"반항하지 마라. 한두 번 해보는 것도 아닌데, 설마 네놈이 무기를 뽑게 하겠냐?"

휴케바인은 그렇게 말하면서 발로 암살자의 무릎을 찼다. 퍽! 하는 소리와 함께 암살자의 다리가 평소에는 구부릴 수 없는 방향으로 꺾였다.

크로우가 그 틈을 타고 날카롭게 상대의 목을 찔렀다. 맹수와 싸우는 것에 익숙한 그녀는 상대가 빈틈을 보이는 순간 반사적으로 그 틈을 파고들게 단련되어 있었다.

"끄윽!"

암살자는 목에 소검을 꽂은 채 비명도 지르지 못하고 쓰러졌다.

"이놈!"

대두령은 검을 뽑으려던 것을 포기하고는 오히려 왼손으로 휴케바인의 검을 든 손을 잡으려 했다.

과연 평범한 솜씨가 아니어서 휴케바인이 검을 휘두르는 틈을 완벽하게 찔렀다. 왼손으로 휴케바인의 손목을 잡은 그는 전신의 힘을 집중하여 상대를 벽으로 밀어붙였다.

방심을 하다 적의 비열한 수에 당해 두 부하를 잃게 되자 두 눈에 핏발이 섰다.

"힘으로 하자고? 좋지."

휴케바인은 살짝 검을 놓고는 상대의 힘에 반항하지 않겠다는 듯 순순히 벽 쪽으로 밀렸다. 그러다가 한쪽 발을 뒤로 하여 벽을 차며 몸의 중심을 급격히 이동하여 앞으로 날아올랐다.

빡!

"크악!"

휴케바인은 투구를 쓰고 있었다. 거기에 벽을 차고 공중에 떠서 위에서 아래를 향하는 형태로 행한 박치기에는 전신의 체중과 갑옷의 무게까지 실려 있었다.

대두령은 비명을 지르며 그대로 무릎을 꿇었다. 두개골에 금이 갔는지 피가 분수처럼 쏟아졌다.

"으으으, 네놈이… 왜?"

"알아서 뭐 하게? 다 이 바닥이 그런 거잖아. 그럼 잘 가라고."

일단 기선을 제압한 휴케바인은 조금도 손에 사정을 두지 않았다.

대두령을 인질로 잡으려는 생각도 없었다. 처리할 놈은 기회가 있을 때 처리해야 나중에 일이 꼬여도 후회를 하지 않는 법이다. 그것이 휴케바인의 인생 철학 중 하나였다.

팍!

대두령의 목이 몸에서 떨어졌다. 휴케바인은 힘없이 옆으로 쓰러지는 그의 몸을 무표정한 얼굴로 지켜보았다.

옆에서는 크로우가 질린 얼굴로 그를 힐끔힐끔 보고 있었다. 사실 사람을 죽인 것은 이번이 처음이었기에 그녀는 겁에 질려 있었다.

휴케바인은 롱 소드에 묻은 피를 닦고는 그녀에게서 방패를 받아 들고 말했다.

"됐다. 이제 가자고."

"가자고요?"

"난 짝퉁을 보러 온 거야. 그러니 볼일 다 본거지."

"아저씨들은요!"

"어? 아, 맞다. 넌 사냥꾼 아저씨들을 구하러 온 거였지?"

"이봐요!"

"그래, 알았어. 그러니까 아직 마음을 놓지 마. 사람을 처음 죽이면 몸이 저절로 떨리는 건 아는데, 지금은 그럴 상황이 아니잖아."

"아!"

크로우는 어느새 자신이 몸을 떨고 있지 않다는 것을 깨달았다. 이 남자는 이런 상황에서도 자신을 배려해 준단 말인가?

"알았어요. 어차피 산적은 맹수나 다름없으니. 살려면 싸워야겠지요."

"어이어이, 너무 적응이 빠르잖아. 귀엽지 않다고."

휴케바인은 웃으면서 그렇게 말하고는 손가락으로 크로우의 이마를 탁 하고 튕겼다.

크로우는 인상을 쓰며 손으로 머리를 문댔다. 어느새 휴케바인은 통로를 통해 밖으로 나가고 있었다.

❖ Chap 5 ❖
밀림 속으로

밀림 속으로

비밀 통로를 통해 가다 보니 위로 올라갈 수 있는 사다리가 보였다. 고개를 들어 위를 보니 끝이 잘 보이지 않는 것이 7층 탑의 꼭대기까지 뻗어 있는 것이 틀림없었다.

"좋았어."

휴케바인은 그렇게 말하며 사다리를 오르기 시작했다.

"어디 가요?"

"짝퉁 방으로. 그냥 나갈 거야? 산채 밖으로?"

"그렇군요."

"시간이 없으니까 일일이 묻지 말고 일단 따라와. 날이 밝기 전에 이 탑에 있는 놈들을 쓸어버려야 되니까."

"혼자서 이곳에 있는 사람들을 모두 상대한다고요?"

"아니, 너랑 둘이서 할거야."

휴케바인과 크로우는 대화를 하면서도 계속해서 사다리를 올랐다. 한참을 기어올라 가니 대두령의 방으로 이어질 만한 비밀 문이 보였다.

그그그궁―

힘을 주어 문을 밀어젖히니, 과연 그곳은 넓고 화려한 방이었다. 그들이 밀고 들어온 것은 벽에 있는 병기걸이였는데, 바깥쪽에서는 전문가도 발견하기 어려울 정도로 교묘하게 위장되어 있었다.

"다행히 아무도 없군. 시중을 드는 여자라도 있으면 곤란한데 말이야."

휴케바인은 그렇게 말하며 옷장으로 가서 대두령의 옷을 꺼내 입기 시작했다.

덩치가 비슷하니 한밤중에 거리를 두고 본다면 누가 봐도 대두령으로 보일 것이다.

잠시도 머뭇거리지 않고 자신의 할 일을 하는 휴케바인의 모습은 정말로 숙련된 정보원이나 암살자처럼 보였다.

"당신 정말로 기사 맞아요?"

"작위도 있어. 이래 봬도 자작이라고!"

휴케바인은 그렇게 말하고는 거울을 보며 머리 모양을 다듬었다. 그리고는 약간 작은 목소리로 덧붙였다.

"18세까지는 평민이었지만, 줄을 잘 서서 그런지 요 근래에 출세를 했거든."

"그렇군요."

크로우는 겨우 납득했다는 표정이었다. 그녀도 얼굴에 가면을 쓰고 암살자가 입고 다니던 검은 망토를 걸치고 있었다.

"그럼 가자. 내가 공격하면, 넌 보조해. 여러 놈이면 가장 뒤쪽에 있는 놈을 노려. 몸놀림이 빠르니까 가능할 거야."

"알았어요."

콰당!

문을 박차고 뛰어나간 휴케바인은 바깥에 서 있는 두 명의 경비병을 단숨에 베었다.

파팍!

"끄, 끄윽! 대두령, 어째서?"

그들은 죽을 때까지 자신을 벤 자가 대두령이라고 생각하는 것 같았다.

"누구냐? 앗, 대두령님!"

복도 저쪽에도 경비병이 있었다. 그러나 휴케바인이 달려오는 모습에 기겁하면서도 서둘러서 경례를 하려 했다.

휘익, 퍽!

롱 소드는 빠르고 날카롭게 움직여 눈에 보이는 자를 베고 있었다. 그들이 누군지는 알 필요도 없었다. 복도로 나오는 자들도 되는 대로 베면서 벽에 걸린 등잔을 넘어뜨려 사방에 불을 붙였다.

"대두령, 어떻게 된 것입니까?"

아래층에서 누군가가 외치는 소리가 들렸다. 휴케바인은 반쯤 갈라진 목소리로 목이 찢어져라 외쳤다.

악에 바친 절규와도 같은 소리는 누구나 비슷하다. 휴케바인은 그것을 노리고 그야말로 실감나게 소리를 질렀다.

"반란이다! 몇몇 소두령들이 낮에 온 자들과 결탁했다!"

"그런! 두령님들이 외인과 결탁을?"

"모두 경거망동하지 말고 내부를 지켜라! 혹시라도 무기를 들고 덤비는 자들은 가차없이 쳐라. 그들은 형제가 아니다!"

휴케바인은 마치 상처 입은 맹수와도 같았다. 위층으로 올라오려는 자는 용서하지 않고 쳤다.

그의 옷과 얼굴은 피로 얼룩져 있었는데, 밑에서 얼핏 그를 본 자들은 대두령이 암습을 당했다고 생각했다.

이럴 때 함부로 위로 올라가면 반역자들로 오해를 받을 수 있다. 그들은 모두 복도로 나와 그대로 서서 서로를 경계했다.

그사이 휴케바인은 7층의 다른 방에 있는 자들을 하나하나 처리했다. 비명 소리가 끊이지 않고 울려 퍼졌지만 잠시도 멈추지 않았다.

이윽고 7층에 있는 모든 사람들이 죽었다.

"주군이 없어도 어떻게든 되는군."

휴케바인은 한숨 덜었다는 듯 고개를 흔들며 중얼거렸다. 일을 벌이기는 벌였지만 적의 수가 너무 많고, 이쪽은 힘이 모자랐다.

사방의 벽에 붙은 불길이 점점 퍼져 복도에는 연기로 가득 차버렸다. 이제 저들은 대두령의 생사를 확인하기 위해서 올라올 것이다.

"자, 다시 내려가자."

"그래요."

크로우는 이제 완전히 휴케바인에게 승복한 듯 두말없이 그를 따랐다. 수천의 적들 사이에 단신으로 들어와 대두령을 제거하고는 태연하게 행동하는 휴케바인의 모습은 마치 싸움을 위해 태어난 자처럼 보였다.

하지만 휴케바인으로서는 단지 약간 무리해서 주군의 흉내를 내본 것이다. 다행히 지금까지는 성공했지만, 이대로 한 층 한 층 내려가면서 만나는 자들을 모두 처리할 자신은 없었다.

“일단 산채 밖으로 나갔다가 다시 들어와야겠어.”

“다시 들어온다고요?”

“응, 생각해 보니 두목 복장을 하고 있으면 문지기들이 문을 열어줄 것 같아. 그럼 그놈들에게 사냥꾼들이 어디 있는지를 묻자고.”

“그게 좋겠어요.”

일단 작전이 정해지자 그들은 서둘렀다. 적어도 호수 외부의 사람들이 상황을 알게 되기 전에 바깥으로 빠져나갔다가 다시 돌아와야 했기 때문이다.

위쪽에서 누군가가 함성을 지르는 소리가 들렸다. 불길이 점점 심해지자 결국 사람들이 올라와 불을 끄기 시작한 것 같았다.

“뛰어!”

사다리를 다 내려온 휴케바인은 그렇게 외치며 스스로도 전력을 다해 뛰었다. 통로는 길었지만 일직선으로 뻗어 있었기에 10분 정도를 뛰자 반대편 문이 있는 곳까지 도달할 수 있었다.

“에잇!”

쾅!

달리는 기세 그대로 문을 박차고 나간 휴케바인은 급하게 주변을 둘러보았다. 산채 외벽이 있는 약간 아래쪽 언덕의 경계 초소였는데, 아마 위장용인 듯 아무도 없었다.

“좋았어. 가자!”

휴케바인은 달렸다. 주변에서 몇몇 보초들이 그들을 발견하고 소리를 질렀지만 멈추지 않았다.

순식간에 산채의 외벽 입구까지 도달한 휴케바인은 입구의 경비병을 보자 예의 찢어진 목소리로 외쳤다.

"문을 열어라!"

"누구냐? 앗, 대두령님!"

문지기들은 어둠을 가르고 나타난 자가 대두령 특유의 옷을 입고 있는 것을 확인하자 놀라 외쳤다.

그렇지 않아도 안쪽에 보이는 탑에서 불길이 일어나 놀라고 있던 참이다. 그런데 대두령이 산채의 바깥쪽에 나타나다니?

"탑에서 반란이 일어났다! 어서 문을 열고 사람들을 모아라!"

"그런! 문을 열어라!"

그그그긍—

그들은 서둘러 문을 열었다. 아마 대두령은 사태가 위급해지자 숨겨진 통로로 빠져나온 모양이라고 생각했다.

휴케바인이 노리는 바가 바로 그것이 아닌가? 휴케바인은 서둘러 안으로 들어가 그대로 방벽 위에 뛰어올랐다.

넓은 분지가 한눈에 보이자 휴케바인은 자신이 들고 온 대두령의 대검을 높이 치켜들었다. 그리고는 산채 안이 쩌렁쩌렁 울리도록 큰 목소리로 당당하게 외쳤다.

"형제들이여! 모두 일어나 탑으로 가라! 우리를 배반하고 반란을 일으킨 자들을 처단하라! 지금도 그들은 내 형제들을 죽이고 있다! 서둘러라!"

산이 울리고 밤하늘의 달이 떨었다. 그것을 처절한 배신에 대한 분노가 담긴 절규였다.

"와아아아아아! 대두령님께서 무사하시다!"

산채의 산적들은 모두 잠에서 깼다. 이미 태반이 깨어나 눈치를 보고 있던 상황이다.

대두령이 무사히 빠져나왔다는 것을 확인한 자들은 크게 함성을 지르며 탑으로 향했다.

"대두령님, 외부의 형제들도 불러들일까요?"

한 문지기가 가까이 다가오며 물었다. 휴케바인은 신경을 긴장시키며 그를 보았다.

그러나 문지기는 전혀 휴케바인을 의심하지 않는 눈치였다. 하긴 2천여 명에 달하는 산적들 모두가 대두령의 얼굴을 가까이서 봤을 것 같지는 않았다.

특히 키가 2m가 넘는 대두령의 얼굴을 자세히 보려면 고개를 위로 치켜들고 뻔히 얼굴을 보아야 하는데, 소두령 정도라면 모를까 일반 부하들에게 그것이 가능할 리가 없다.

하지만 안심할 수는 없었다. 곧 소두령들이 위기에서 무사히 빠져나온 대두령을 보러 달려오지 않겠는가?

휴케바인은 문지기를 보며 말했다.

"필요없다. 안에 있는 형제들만으로도 충분히 반란을 일으킨 놈들을 처리할 수 있을 것이다. 그것보다 저번에 잡아온 놈들은 어디 있지? 그 사냥꾼 놈들 말이다."

"그놈들은 커크 소두령의 구역에 있습니다."

"커크? 혹시 그놈도?"

"그런!"

문지기는 놀라서 외쳤다. 하지만 대두령이 일단 의심을 한 이상 커크 소두령이 살아남기는 쉽지 않으리란 생각이 들었다. 휴케바인은 이를 갈며 외쳤다.

"가자. 커크, 그놈에게 내 친히 물어봐야겠다."

"예, 옛!"

문지기는 휴케바인의 전신에서 뿜어져 나오는 살기에 기가 질려 서둘러 몸을 돌려 뛰기 시작했다.

커크란 놈은 산채 내에서 그다지 높은 지위가 아닌지 비교적 외각의 한쪽 구석에 자리를 잡고 있었다. 문지기는 그야말로 전력으로 달렸기 때문에 그들이 커크의 구역까지 도달하는 데에는 시간이 얼마 걸리지 않았다.

"커크는 어디 있느냐?"

휴케바인은 기선을 제압하기라도 하듯 크게 외쳤다. 그러자 안에서 한 명의 남자가 튀어나오며 그대로 바닥에 엎드렸다.

"대두령님의 명령에 따라 탑으로 반적들을 소탕하러 갔습니다."

"응? 그런가? 그럼 그가 잡아온 사냥꾼들은?"

"그놈들은 안쪽에 있습니다. 아직 사람을 죽이지 않았으니 우리 형제라 할 수 없어서……."

"비켜라. 내 친히 그놈들을 봐야겠다."

퍽!

"어쿠!"

설명은 전혀 필요가 없다. 휴케바인은 발로 엎드려 있는 남자를 차 옆으로 치우고는 안으로 들어갔다. 발로 차인 남자는 찍 소리도 못하고 끙끙거리며 일어나 얼른 휴케바인의 뒤를 따랐다.

군대의 막사와도 같은 건물에는 산적 차림의 남자들이 서 있다가 휴케바인이 들어서자 얼른 엎드렸다. 그리고 한쪽에는 30여 명의 남자들이 불안한 얼굴로 휴케바인을 보고 있었다.

어두워서 확실하게 알아볼 수는 없지만, 생김새나 차림으로 보아 사냥꾼들인 것 같았다.

"이놈들, 네놈들도 나를 노리고 온 자들이 아니냐?"

휘익!

휴케바인은 크게 소리를 지르며 손에 들고 있던 대검을 한 손으로 휘둘렀다.

"으헉, 아닙니다! 저희는 그저 죄를 지어 잡혀온 자들일 뿐입니다."

사냥꾼들은 이제 죽었다 하는 표정으로 벌벌 떨었다. 상대의 기세로 보아 변명도 들어줄 것 같지 않았다. 과연 대두령이란 자는 대검을 높이 치켜든 채 문답무용을 외치듯 기합을 질렀다. 그리고는 그들이 있는 쪽으로 뛰어왔다.

"으아아아악!"

사냥꾼들은 공포에 떨며 비명을 질렀다. 그런데 그 순간 대두령의 검이 그들의 옆에 있던 산적들을 향해 휘둘러졌다.

위잉, 퍽!

사람 키만한 대검은 사람의 몸통을 둘로 쪼갤 정도의 파괴력이 있었다. 아차 하는 사이, 대검에 당한 자의 상체가 허공으로 치솟아오르며 막사 내에 피를 뿌렸다.

"대두령, 이게 무슨… 큭!"

문지기와 처음에 나온 남자가 놀라 소리를 치려다가 신음 소리를 내며 그대로 쓰러졌다. 어느새 크로우의 소검이 그들의 옆구리를 관통해 있었다.

"잘했어, 크로티아."

파파팍!

"아악!"

휴케바인의 검은 용서가 없었다. 너무나도 놀라 멍한 상태의 산적들은 무기를 잡을 사이도 없이 그대로 검의 먹이가 되었다.

"아저씨, 괜찮아요? 다친 사람은 없나요?"

"크로우? 크로우냐?"

크로우는 급히 달려가 사람들을 묶은 밧줄을 검으로 끊으며 물었다. 그때서야 사냥꾼들은 그녀가 크로우인 것을 알고는 기쁨과 놀라움이 가득한 눈으로 그녀를 보았다.

"서둘러. 소두령들이 이쪽으로 오고 있어."

휴케바인은 막사의 입구로 가서 바깥쪽을 살피며 말했다. 산채의 입구로부터 수십 명의 사람들이 이쪽으로 오고 있는 것이 보였다.

그들 중 몇 명은 화려한 복장을 한 것이 소두령 급임에 틀림없었다. 아마 대두령을 만나기 위해 입구로 갔다가 커크의 막사로 갔다는 소리를 듣고는 이쪽으로 오고 있는 것 같았다.

"어떻게 하지요?"

"어떻게 하긴, 싸워야지. 빨리 무기를 들어. 참, 산적 복장을 하는 것도 잊지 말라고."

"저, 저 사람은 대두령이 아니니?"

"아니에요. 대두령은 이미 죽었어요. 아저씨들, 시간이 없으니 어서 무기를 드세요."

사냥꾼들은 어안이 벙벙한 모양이었다. 틀림없이 그때 그 휴케바인이 맞는데? 그들은 조그마한 목소리로 그렇게 중얼거리며 한쪽에 있는 무기 중에서 제각기 쓸 수 있는 것들을 들었다.

"온다. 내가 나가고 다섯을 센 후에 튀어 나와."

휴케바인은 그렇게 말하며 손을 흔들어 사람들을 조용히 하도록 했다. 그리고는 막사 바로 앞까지 온 소두령들에게로 뛰어나갔다.

"우워어어어!"

"앗! 누구냐?"

소두령들은 전신에 피를 뒤집어쓴 거구의 남자가 뛰어나오자 얼른 무기를 들어 경계하며 외쳤다. 그러나 그 순간 그 남자는 뒹굴 듯이 바닥에 쓰러져 버렸다.

"커크 놈이 배반을 했다! 이놈들을……!"

땅에 쓰러진 자는 그대로 몸을 한 바퀴 굴러 일어나려다 비틀거리며 주저앉았다. 그리고는 처절한 음성으로 외쳤다. 그의 손에서 대검이 힘없이 떨어져 바닥에 굴렀다.

"앗, 대두령님!"

복장과 체격, 그리고 기세! 피를 뒤집어쓴 얼굴은 어둠 때문에 알아보기 어려웠지만 대두령이 틀림없다! 소두령들은 놀라서 그에게 다가왔다.

그때였다. 막사 안쪽에서 사람들이 무기를 들고 뛰어나왔다.

"이야아압!"

"앗, 저놈들이! 쳐라!"

소두령들은 즉시 부하들에게 배반자를 치도록 명령했다. 대두령을 이 모양으로 만든 놈들은 결코 용서할 수 없다. 지금 이 사태는 오히려 기회가 아닌가?

대두령을 위기에서 구하면, 그 공은 다른 어떤 것보다 크다. 어쩌면 새롭게 탑으로 들어갈 수도 있다!

그러나 그들의 야망은 3초도 안 되어서 연기처럼 사라져 버렸다. 그것도 자신들의 목숨과 함께.

"미안하다. 이 덩치에 이렇게까지 하고 싶지는 않았는데."

파파파팍!

눈에 보이지 않을 정도로 빠른 검의 움직임. 휴케바인은 앉아 있던 자세에서 위로 튀어오르며 어느새 뽑아 든 롱 소드로 주변에 있는 소두령들의 가슴을 모두 찔렀다.

"크윽! 대두령, 어째서?"

"쩝, 닮긴 닮았나 보구나. 요즘 짝퉁은 너무 교묘해서 말이야."

휴케바인은 그렇게 중얼거리며 그대로 달려 나가 사냥꾼들과 맞서고 있는 산적들의 뒤를 쳤다.

"아악! 대두령!"

뒤를 공격당한 산적 졸개들은 비명을 지르며 사그라져 갔다. 원래 사냥꾼들이 없어도 산적 졸개 수십 명 정도는 휴케바인 혼자서도 감당할 수 있었다. 거기에 동조자가 있고, 완벽하게 뒤를 찔렀으니 정말로 허수아비를 공격하는 것과 같았다.

휴케바인의 쾌검은 그들의 등을 용서없이 유린했다.

"죽어랏! 반역자들!"

휴케바인은 끝까지 연기를 그만두지 않았다. 그는 그렇게 만약에라도 있을지 모를 다른 산적의 개입을 대비했다. 그러나 이번에는 아무도 오지 않았다.

"휴, 다 된 건가?"

"이제 어떻게 하지요? 입구로 가나요?"

크로우가 다가와 물었다. 사냥꾼들은 아직도 실감이 안 나는지 힐끔힐끔 휴케바인의 눈치를 보고 있었다.

"아니, 지금 입구로 가면 입구 쪽에 있는 자들과 싸워야 하잖아. 탑으로 가자."

"탑이요?"

"응, 무조건 돌격해서 탑 안으로 들어가는 거야. 그리고는 다시 바깥으로 나가는 거지. 우리가 나온 곳을 통해서 말이야."

"아! 그게 좋겠군요."

"그럼, 가자고. 모두들 산적 복장에 신경 쓰고. 중요한 것은 당당하게 연기를 하는 거야. 흉악한 표정 잊지 말라고!"

휴케바인은 그렇게 말하며 다시 탑을 향해 뛰기 시작했다. 크로우는 그런 휴케바인의 등을 보며 정말로 이 남자는 뛰기 시작하면 절대로 멈추지 않는다고 생각했다.

약 한 시간 후 휴케바인과 크로우, 그리고 30명의 사냥꾼은 지하의 비밀 통로를 통해 산채 밖으로 빠져나올 수 있었다. 광전사처럼 흥분한 모습으로 탑 안으로 뛰어들어 가는 휴케바인을 막는 자는 없었다.

산채 안에서 들려오는 함성 소리가 아직도 끊이지 않았다. 아무래도 오해가 오해를 불러 내부 전체가 둘로 나뉘어 싸우기 시작한 모양이었다.

"이틈에 조금이라도 멀리 빠져나간다. 사태를 안정시키고 상황을 파악하는 자가 나오면, 그 다음에는 우리를 잡기 위해 혈안이 될걸?"

"으윽, 그럼 휴케바인 일파의 추격을 받아야 한단 말입니까?"

사냥꾼들은 겁에 질려 물었다. 그들 자신은 물론이고, 가족들까지 이 왕국에서는 더 이상 살 수 없게 되었다.

"시끄러. 그럼 그냥 산적 노릇 할 거냐? 어차피 저놈들은 얼마 못 가. 그동안만 피해 다니면 되니까 너무 걱정하지 말라고."

휴케바인은 그렇게 말하며 조용히 산을 내려가기 시작했다. 대두령이 알려준 경로는 산적들의 경계망의 빈틈을 찌르는 것이었기에 빠져나가는 데 아무런 문제도 발생하지 않았다.

휴케바인은 속도를 높여 계속 산길을 뛰다시피 걸어갔다. 구해낸 이들 또한 산에 익숙한 사냥꾼들이었기에 헉헉거리면서도 제법 잘 따라오고 있었다. 그렇게 잠시도 쉬지 않고 혈목산을 빠져나와 반대편 산까지 넘으니 어느새 날이 밝았다.

"이쯤이면 괜찮겠군!"

휴케바인이 휴식을 하라고 손짓하자 사냥꾼들은 그때서야 긴장이 풀리는 듯 저마다 앓는 소리를 내며 땅바닥에 주저앉았다.

"하하하, 체력이 형편없군."

호탕하게 웃으며 말하는 휴케바인의 얼굴에는 지친 기색이라고는 보이지 않았다.

사냥꾼들은 도저히 같은 인간이라고 믿을 수 없다는 눈길로 그런 그를 보고 있었다. 평생을 산에서 살다시피 한 그들이다. 그가 아무리 기사라고 해도 산에서 이동하는 것에는 지지 않을 자신이 있었다.

'저게 사람이야? 맨몸으로 움직여도 힘들어 죽겠는데, 저 무거운 갑옷에 짐까지 메고는······.'

'밤새 산길을 뛰다시피 걸었는데 어째 저리 말짱하지?'

'으음, 덩치로 봐서 오우거 혼혈쯤 되는 건 아닐까?'

다들 한 번 크게 혼이 난 터라 대놓고 말하지는 못했지만 생각은 여반장이었다. 사냥꾼들은 하나같이 괴물이라도 보는 듯 질린 눈빛으로 활기차게 웃고 있는 휴케바인을 힐끔힐끔 쳐다보았다.

'대단해! 저 사람은 단지 기사라서 강한 게 아니야!'

크로우 또한 기가 질렸지만, 사냥꾼들과는 조금 달랐다. 그녀는 지금까지 자신보다 산을 잘 타는 사람을 본 적이 없었다.

'거기에 엄청난 힘과 배짱, 그리고 무모하고 단순하면서도 허를 찌르는 계획을 짤 수 있는 지혜까지 갖추다니. 여태 내가 보아온 남자들과는 너무 달라!'

크로우는 어느새 동경하는 눈빛으로 휴케바인을 보고 있었다. 그녀로서는 산적 두목을 해치운 일이 아직까지도 꿈만 같았다. 단지 그의 말대로 하기만 했는데, 불가능한 일이 너무나 쉽게 달성되지 않았는가?

"다들 일단 한숨 돌리자고. 크로티아, 내가 바위를 들어 올릴 테니 네가 물건을 꺼내."

"네, 알았어요."

휴케바인을 바라보던 크로우는 자신을 부르는 소리에 반사적으로 벌떡 일어나 대답하고 그의 곁으로 걸어갔다.

"끙차."

휴케바인은 한쪽에 있는 바위를 손으로 들어 올렸다. 그 안에는 한 개의 나무 상자가 있었는데, 그들이 이곳으로 올 때 미리 숨겨둔 음식 상자였다.

"먹으라고. 먹어야 힘내서 도망가지."

"밥이다!"

사냥꾼들의 눈에 생기가 돌았다.

"훗, 작전에서 가장 중요한 것은 보급이지. 암, 먹어야 싸우거든."

휴케바인은 그렇게 중얼거리며 상자 안에서 말린 빵과 와인을 꺼내 사람들에게 나누어주었다. 그리고 자신의 몫을 챙겨 들고 큰 나무 그루터기 아래 자리를 잡고 편안하게 앉았다.

먹을 것을 받은 사냥꾼들은 슬금슬금 휴케바인과 적당한 거리를 두고 떨어져 두런두런 이야기를 나누기 시작했다. 자신들을 구해준 은인이기는 했지만, 그들에게 휴케바인은 아직 두려운 존재였던 것이다.

오로지 크로우만은 자연스럽게 휴케바인이 손을 뻗으면 닿을 만한 자리에 앉아 음식을 먹고 있었다.

"휴케바인 경."

"왜 크로티아? 아참, 이제는 크로우라고 불러도 되지?"

"크로티아가 좋아요. 이 기회에 이름을 바꾸지요."

"응? 그럴래? 하하하."

휴케바인은 크로우가 이름을 바꾼다는 것에 약간 놀랐지만 생각해 보니 그것도 나쁘지 않다고 생각하며 즐겁게 웃었다.

"그런데 왜?"

"저… 아, 아뇨. 도와주셔서 감사하다구요."

사실 크로티아는 앞으로의 일을 걱정하고 있었다. 하지만 그것까지 도와달라고 하기엔 입이 떨어지지 않았다.

'아저씨들을 구해낸 것만 해도 너무 큰 신세를 졌는데…….'

독립심으로 똘똘 뭉친 그녀였지만, 이상하게 이 남자에게는 기대고 싶은 마음이 생기는 것이다. 크로티아는 앞으로의 일을 상의하려고 했던 스스로를 꾸짖으면서 나오는 말을 삼켰다.

'쯧쯧, 뻔뻔스러움이라고는 전혀 없는 아가씨군!'

휴케바인은 이들이 앞일을 걱정한다는 걸 대충 알 수 있었다. 그의 자리에서도 저쪽에서 사냥꾼들이 하는 말들이 들려왔기 때문이다. 아마 이 아가씨도 그걸 말하려다 면목이 없어서 입을 다문 게 분명했다.

“이제 어떻게 할 거야? 도시로 돌아가나?”

짐짓 막 생각났다는 듯 묻자 아니나 다를까 난감한 표정으로 고개를 저으며 말한다.

“도시로 돌아가는 건 불가능해요.”

“흠, 왜?”

“아마 저놈들이 쳐들어올 거예요. 그전에 도시의 경비대원들이 우리를 잡아 산적들에게 바칠 수도 있고요.”

“쯧, 무슨 도시의 경비대원들이 산적에게 아부를 다 하냐. 어쩔 수 없지. 소문이 퍼지기 전에 빨리 돌아가서 가족들을 다 데리고 나와.”

휴케바인의 말에 크로티아의 안색이 눈에 띄게 밝아졌다. 이 남자는 우리를 끝까지 도와줄 생각이다! 그것만으로도 너무나 안심이 되었다.

둘은 이내 심각한 표정으로 앞으로의 일을 상의하기 시작했다.

얼마 안 있어 인근 지방에는 놀라운 소문이 퍼졌다.

한 기사가 단신으로 혈목산의 산적 소굴에 잠입하여 대두령인 휴케바인과 백여 명의 산적들을 격살한 후, 잡혀 있던 30명의 사냥꾼을 구해 유유히 산채를 빠져나왔다는 것이다.

그 소문의 진위는 의심할 여지가 없었다. 왜냐하면 혈목산의 산적들이 흉악한 얼굴로 사람을 찾으러 다녔기 때문이다. 그러나 그 이후 기사의 모습을 본 자는 없었다.

*   *   *

“그쪽에 나무는 베는 것이 좋겠군. 이봐, 목재는 아직인가? 게으름 피우지 말고 빨리하라고."

휴케바인은 검을 지휘봉처럼 휘두르며 외쳤다.

사냥꾼들은 연신 한숨을 쉬며 목재를 다듬고 흙을 파 집을 짓고 있었다. 얼마 전 이곳에서 그 고생을 해가며 집을 지었다. 그리고는 다시는 이곳으로 오지 않겠다고 결심했는데, 결국은 가족들까지 모두 데리고 이곳에 오게 되었다.

"빨리하라고. 가족들을 야영시킬 셈인가?"

사람들을 데리고 자신이 터를 잡은 곳에 온 후부터 휴케바인은 쉴 새 없이 채근을 하기 시작했다. 워낙 막무가내로 진행하는 일이다 보니 누구 하나 이의를 제기할 수도 없었다.

자신과 가족들이 지낼 집을 짓는데도 그들의 표정은 어둡기만 했다. 결국 보다 못한 크로티아가 조심스럽게 휴케바인에게 다가가 말을 걸었다.

"저, 휴케바인 경."

"응? 왜 크로티아?"

한참 사람들을 부려먹는 데 신이 난 휴케바인은 방해하지 말라는 눈으로 크로티아를 보았다.

"이곳에서 오래 있을 수는 없을 것 같아요."

"응? 왜? 아무도 없는 밀림의 입구니 산적 놈들의 눈을 피해 숨기에 이보다 더 좋은 곳이 어디 있어?"

"물론 그렇기는 하지만, 그래도 휴케바인 일파는 결국 이곳을 찾아낼 거예요. 사람이 살 수 있을 정도의 물이 있는 곳은 한정되어 있거든요."

"혈목산 산적이라고 해. 그 짝퉁은 이미 세상에서 사라졌다고."

"아, 그래요. 혈목산 산적이요. 아무튼 한 달도 못 되어서 이곳을 살피러 올 거예요. 그 다음에는 대규모로 몰려오겠지요."

"쩝, 그런가? 그럼 집을 지어봤자 소용이 없겠군."

휴케바인은 아깝다는 듯 자신의 집과 새로 들어서고 있는 집들을 보며 중얼거렸다. 한쪽에서 작업을 하던 털보 사내가 그 소리를 듣고 들고 있던 목재를 내려놓으며 다가왔다.

"어떻게 할까요? 아무래도 다른 왕국으로 피하는 것이 좋겠지요?"

"못 가."

"예?"

"난 못 간다고. 죽어도 여기에 남아야 돼."

갑자기 심각해진 휴케바인의 목소리, 그는 더 이상 웃지 않았다. 크로티아는 상황이 심상치 않음을 느꼈다.

"어째서요? 그놈들은 틀림없이 올 거예요. 그냥 이대로 밀림의 경계선을 따라 움직여 다른 왕국으로 넘어가요."

"주군을 기다려야 해. 나랑 같이 온 분 말이야."

"어?"

털보 로크는 그때서야 처음 휴케바인의 일행이 두 명이었다는 것을 기억해 내었다.

크로티아도 사람들로부터 그런 이야기를 들은 적이 있었기에 고개를 갸웃했다. 처음 휴케바인을 만났을 때부터 그는 혼자였지 않은가?

"그분은 어디 가셨는데요?"

휴케바인은 손을 들어 밀림 안쪽을 가리켰다.

"저 안으로 들어가셨거든. 나오실 때까지 기다려야 돼."

"에엑! 밀림 속으로 들어갔단 말입니까?"

로크의 경악한 목소리에 모든 사람이 하던 일을 멈추고 그들을 보았다. 밀림 안으로 들어가다니? 그런 일이 가능한가?

그러나 휴케바인은 당연하다는 듯 말했다.

"그분이 바로 흑사자시거든. 이번에 밀림의 결계를 깨러 들어가셨지."

"결계를 깬다고요?"

크로티아는 믿을 수 없다는 듯 두 눈을 휘둥그렇게 뜨고 소리쳤다. 결계라는 것은 원래부터 존재하는 것이 아닌가? 그랬기에 그걸 깰 수 있다는 생각은 한 번도 해보지 않았다.

"그래서 난 주군이 돌아오실 때까지 여기서 기다려야 돼. 혹시 모르니 식량을 확보해 놓아야 되니까 말이야. 따라 들어가지도 못했는데, 기다리지도 않으면 기사 된 도리가 아니잖아."

"하지만 죽는다고요. 수백 명이 몰려오면 아무리 당신이라고 해도 못 버틸 거예요."

"그거야 그렇지, 난 주군이 아니니까. 하지만 원래 기사라는 게 좀 손해보는 직업이라서 죽을 줄 알면서도 버텨야 하는 경우도 있어."

"그런……."

크로티아는 말을 잇지 못했다. 반면에 휴케바인은 오히려 웃으며 그녀에게 말했다.

"좋아, 그럼 넌 사람들과 함께 옆 나라로 피신해. 나 혼자라면 그놈들이 와도 숨어 있을 수 있잖아."

"그건 싫어요. 저도 남겠어요."

"네 동생들은?"

"……."

크로티아가 입을 다문 채 고개를 숙이자 휴케바인은 그녀의 귀에 대고 말했다.

"솔직히 말해서 나도 도망가고 싶은데, 주군에게 나중에 산적이 무서워서 도망갔다고는 말할 수 없거든. 그 사람은 절대로 이해하지 못할 테니까 말이야. 이게 괴로운 거야. 하하하!"

"당신은 정말 멍청이에요!"

후다다닥.

크로티아는 그렇게 말하고는 뒤로 돌아 달려갔다. 휴케바인은 그저 뒷머리를 두어 번 긁적이다가 아직도 자신을 보고 있는 사람들에게 말했다.

"들었지? 집 짓는 건 일단 중지하고 짐을 싸라고. 내가 돈을 줄 테니 당분간 다른 왕국으로 가서 지내고, 혈목산이 완전히 망했다는 소문이 들리면 그때 돌아오도록 해."

"휴케바인 경."

"서둘러. 결정된 이상 바로 움직이라고."

사냥꾼들은 뭐라고 말을 하려다가 휴케바인의 강압적인 기세에 밀려 결국 제각기 짐을 싸기 시작했다. 휴케바인은 어느새 다시 롱 소드를 휘두르며 사람들이 잠시도 게으름을 피우지 못하도록 독려했다.

밤이 되었다. 휴케바인은 이미 자신이 가져온 자금 중 대부분을 사냥꾼들에게 나누어주었다. 그것은 사냥꾼들이 몇 년은 놀고 먹어도 될 만한 금액이었다. 황제의 외출 자금이니 만큼 확실히 평민들로서는 감당하기 힘들 정도일 것이다.

휴케바인은 이번에 새로 뚫은 창문으로 달을 보며 감상적인 기분이 되었다.

"그래, 또 혼자서 검법 훈련이나 하지 뭐. 쩝, 사람들 일 시키는 재미가 쏠쏠했는데……."

미련이 남았다. 하지만 이곳을 떠날 수도 없으니 이쯤에서 마음을 비우기로 했다.

똑, 똑, 똑.

"크로티아니? 들어와."

휴케바인은 노크를 한 사람이 누군지 묻지도 않고 바로 말했다. 그녀의 기척은 사냥꾼들 중에서도 매우 특별하게 은밀하여 휴케바인이라고 해도 쉽게 알아차릴 수 없었다. 그래서 오히려 노크를 한 사람이 그녀라는 것을 알 수 있었다.

끼익.

조심스럽게 문을 연 크로티아가 머뭇거리며 들어왔다.

"휴케바인 경, 저기요."

"응, 잘 왔어. 사실 너에게 줄 것이 있었는데, 네가 방에서 나오지 않아서 못 주고 있었거든."

휴케바인은 그렇게 말하며 탁상 위에 있던 검을 들었다.

"자, 받아."

"이건……?"

크로티아는 자신이 하려던 말을 할 기회를 놓친 채 엉겁결에 받아든 검을 보았다.

"선물. 내가 단검 대신으로 쓰던 건데, 너한테 어울릴 것 같아서."

"아, 고마워요."

검을 뽑아보니 검날에 반사된 달빛이 은은한 청광으로 빛난다. 보통의 금속이라면 있을 수 없는 일이라 크로티아는 놀란 눈으로 휴케바인을 보았다.

"별거 아니야. 날이 약간 날카롭게 강화된 거지."

"마법검이군요?"

"쉿, 마법검을 가지고 다니는 것을 다른 사람이 알면 별로 좋은 일이 없어. 넌 무척 빠르니까 일단 검을 뽑으면 사람들이 검날을 자세히 살필 수 없을 거야. 밤에는 웬만하면 쓰지 말고."

"이건 받을 수 없어요."

"왜?"

"비, 비싼 거잖아요!"

크로티아는 적절한 말을 찾을 수 없어 비싸다는 표현밖에는 할 수 없었다. 하지만 보통 마법검이라면 웬만한 귀족들조차 지닐 수 없는 물건, 커다란 저택 한 채와도 바꿀 수 있는 가치가 있다.

휴케바인은 씨익 웃으며 말했다.

"아무리 비싸도 목숨을 걸고 싸울 때에는 필요하지. 너를 보니 위험을 피해가는 성격이 아닌 것 같아서 주는 거야. 피할 수 없으면 싸워서 뚫고 나가라고."

"그건!"

크로티아는 뭐라고 말을 하려 했다. 그러나 휴케바인의 미소가 그녀의 입을 막았다. 잠시 동안의 침묵이 흐른 뒤 그녀는 한숨을 쉬며 말을 꺼냈다.

"하아, 고마워요!"

저렇게 좋아하는데 예의와 염치를 따지며 사양할 수만은 없다고 그녀는 생각했다. 그녀가 감사의 미소를 지으며 검을 소중하게 들자 휴케바인은 크게 웃으며 말했다.

"하하하, 그래그래. 원래 아가씨는 남자가 주는 선물을 기쁘게 받는 게 예의인 거야. 특히 너처럼 예쁜 아가씨가 웃으면서 받아주면 아주 기쁜 법이거든. 자, 그럼 어서 가서 자도록 해. 내일 떠나려면 일찍 자야지."

"네? 저… 이건 이거고, 할 말이 있어서 왔는데요."

"응? 뭔데?"

휴케바인은 마치 검을 받으러 온 것이 아니었냐는 눈치였다. 그녀가 무슨 신통력이 있다고 자신을 위한 검이 준비되어 있었다는 것을 눈치챘겠는가? 엉뚱한 면에서 머리가 안 돌아가는 남자였다.

크로티아는 잠시 속으로 그에게 투덜대다가 마침내 결심한 대로 그녀만이 간직한 비밀을 말했다.

자신을 길러준 사냥꾼 양아버지가 돌아가신 후 아무에게도 말하지 않은 비밀. 이제는 또 다른 사람이 알게 되었다.

"사실은요. 저 밀림에 들어갈 수 있어요."

"오호, 밀림에 들어갈 수 있다고? 그것 대단한데? 응? 뭐라고!"

마지막 뭐라고는 거의 비명에 가까웠다. 휴케바인은 갑자기 두 손으로 그녀의 어깨를 움켜잡으며 그게 정말이냐는 눈으로 보았다.

"정말이에요."

어깨가 아픈지 인상을 찌푸리면서도 고개를 끄덕이는 크로티아, 그녀의 눈은 진실이라 주장하고 있었다.

"어, 어떻게 들어갈 수 있지?"

휴케바인의 목소리는 흥분으로 떨리기 시작했다. 믿을 수 없었다. 그의 경험으로 볼 때 밀림에 깔린 안개는 사람의 체력을 급격히 빨아먹지 않았던가? 보통 사람이라면 1분도 견딜 수 없을 정도였다.

그러나 크로티아는 자신도 잘 모르겠다는 듯 고개를 저었다.

"저도 몰라요. 아무튼 전 그냥 들어갈 수 있어요."

띵!

이건 사기다! 휴케바인은 속으로 그렇게 중얼거리고는 급히 크로티아의 손을 잡고 밖으로 나가며 말했다.

"보여줘."

"아, 이 손 좀… 아파요."

"엇! 미안."

너무나 꽉 쥐었던가? 휴케바인이 손을 놓았을 때에는 이미 붉은 손자국이 그녀의 손목에 나 있었다. 하지만 제대로 사과를 할 겨를조차 없었다.

그는 되는 대로 대충 사과를 하고는 어서 가자고 크로티아를 재촉했다. 그녀도 일의 중요성을 아는지 순순히 휴케바인을 따랐다.

조금 걸으니 안개가 깔린 곳에 도착했다. 휴케바인은 심호흡을 하여 몸 안의 기를 끌어올려 안개의 힘에 조금이라도 대항할 준비를 했다.

만약 그녀가 안개에 체력을 빼앗겨 쓰러진다면, 자신이 그녀를 업고 나와야 하기 때문에 조심해야 했다.

"일단 밧줄로 묶자. 혹시 네가 쓰러지고 나만 나오게 돼도 밖에서 밧줄로 끌어당기면 되니까."

"그러세요."

크로티아는 편한 대로 하라는 듯 허리에 밧줄을 묶는 것을 지켜보다가 준비가 다 된 듯하자 가볍게 걸어서 안개 속으로 들어가기 시작했다.

정말 그녀의 말대로 안개는 그녀를 전혀 공격하지 않았다. 같이 따라 들어간 휴케바인만을 포박하듯 감쌌을 뿐이다.

"으윽, 넌 괜찮니?"

"전 전혀 이상이 없어요."

"크으으, 안 되겠다. 나가자."

휴케바인은 결국 버티지 못하고 당장에라도 쓰러질 것 같이 비틀거리며 급히 몸을 돌렸다. 오히려 크로티아가 휴케바인을 걱정스러운 표정으로 부축해야 했다.

"봐요. 전 이상이 없지요."

"어디까지 들어가 봤지?"

힘이 없는 듯 한쪽 무릎을 꿇고 숨을 헐떡이면서도 다짜고짜 묻는 휴케바인, 크로티아는 그 박력에 압도당해 바로 자신도 모르게 지체없이 대답했다.

"조금만 들어가면 안개가 없는 곳이 나와요. 그런데 그곳에는 너무 강한 마물들이 돌아다녀서 금방 도망쳐 나왔거든요. 그 뒤로는 안 들어가 봤어요."

"안에는 안개가 없단 말이지? 좋았어!"

휴케바인은 이를 악물고 안개를 향해 걸어가기 시작했다. 몸이 묶여 있는 크로티아도 어쩔 수 없이 따라 들어갔다.

약 10분이 지난 후, 크로티아는 온갖 인상을 쓰며 땅에 쓰러진 휴케바인을 끌고 나왔다. 그녀는 낑낑대며 밧줄을 당겨 자신보다 세 배는 무거워 보이는 남자를 겨우겨우 안개 밖으로 끌고 나올 수 있었다.

"죽을 뻔했다. 안개가 계속되잖아?"

거의 한 시간 가까이가 지나서야 겨우 체력을 회복한 휴케바인이 툴툴대는 어조로 말했다. 크로티아는 이상하다는 듯 고개를 갸웃거리면서 자신이 본 그대로를 말했다.

"제가 보기에는 당신이 제자리에서 빙빙 돌고 있었어요."

"뭐라고? 그게 정말이야?"

"물론 사실이에요. 사실 제가 쓰러진 당신을 끌고 나온 건 겨우 몇 미터에 불과하다구요."

몇십 미터만 되었어도 과연 휴케바인을 끌고 나올 수 있었을지 장담할 수 없었다. 또 그 시간 동안 휴케바인이 버텨주었을지도 알 수 없는 일이다. 크로티아가 그나마 그를 무사히 빼낸 것만으로도 다행이라고 생각하고 있을 때 휴케바인이 다시 물었다.

"그럼 날 일직선으로 끌어주면 될까?"

"이미 해봤어요. 그런데 제 힘을 느끼지 못하는 듯 계속 돌더라고요."

"음, 그럼 날 업고 가면 안 될까?"

절실한 표정으로 말하는 휴케바인의 모습에 크로티아는 웃어야 할지 울어야 할지 모르는 표정이 되었다. 그토록 믿음직하고 강해 보이던 남자가 어린 동생들이 떼를 쓸 때 짓는 바로 그 표정을 하고 있으니 당황스러웠던 것이다.

솔직히 가능하기만 하다면야 저토록 절실하게 원하는데 안 들어줄 리가 없었다. 하지만 아무리 그녀가 힘이 있다고 해도 이런 덩치를 업고 안개 속으로 들어가는 것은 무리였다.

"저, 만약 들어갔다고 해도 마물들이 덤비면 어떻게 해요? 업고서 도망칠 수는 없을 것 같아요."

크로티아는 나름대로 필사적으로 생각을 해서 대답했다. 과연 그녀의 말에 일리가 있는지 휴케바인은 더 이상 크로티아에게 안개 속으로 데리고 들어가 달라고 말하지 못했다.

"휴우, 그런가? 그럼 어쩔 수 없지."

"꼭 들어가야 하나요?"

"주군이 들어갔으니 나도 가능하면 들어가야지. 솔직히 안쪽이 어떤가 보고 싶기도 해."

"그렇군요."

두 사람은 나무 아래에 나란히 앉아 달을 보았다. 휴케바인은 아직 흥분했던 기분을 잠재우지 못한 듯 호흡이 약간 거칠었다.

"쩝, 안에 있는 마물이 그렇게 강하다면 너 혼자 들어가라고 말할 수도 없겠군."

"죄송해요."

"아니, 네 잘못이 아니잖아. 그나저나 왜 너만 저 안개가 공격을 안 하지? 길도 헤매지 않고 말이야."

"저도 잘 모르겠어요. 양아버지는 이 사실을 남에게 말하지 말라고 했어요. 잘못하면 마법사에게 잡혀간다고요."

"어! 그렇지. 절대로 말하지 마. 마법사들이 알면 정말로 잡혀가서 실험 재료가 된다."

무서운 표정을 지으며 말하는 휴케바인은 밤에 어린아이를 놀리는 짓궂은 악동의 표정과도 같았다. 하도 실감나게 말해서 크로티아는 자신도 모르게 몸을 부르르 떨었다.

"말 안 해요. 당신에게만 한 거라고요."

"그래? 그럼 우리 둘만 아는 비밀이군. 하하하!"

맑은 웃음소리, 그 웃음소리에 크로티아의 마음이 흔들렸다. 얼마 전에 광전사처럼 흉포하게 산적들과 싸우던 사람이라고는 믿기 어려운 모습이었다.

'도울 수 있을 줄 알았는데…….'

밀림 안으로 둘이 들어갈 수 없다면 그녀가 남을 이유도 없었다. 지금 그를 두고 떠난다면 언제 다시 만날 수 있을까? 그 생각을 한순간 크로티아는 갑자기 울고 싶어졌다.

'이 사람과 함께 있고 싶어!'

그녀는 비로소 자신의 마음 한 부분을 제대로 볼 수 있었다. 은혜를 갚기 위해 비밀을 말했다고 생각했지만, 그것보다는 이 남자 옆에 있고 싶었던 것이다.

양아버지가 돌아가신 후로 누군가의 옆에 있음으로 인해 이토록 안전하고 포근한 느낌은 처음이었다.

"아참!"

혼란스러운 감정으로 휴케바인을 힐끔거리며 자신의 마음을 돌아보던 크로티아는 무언가 생각났다는 듯한 그의 말에 화들짝 놀라며 그를 바라보았다.

"왜요?"

갑자기 떠오른 생각에 휴케바인은 그녀의 반응이 심상치 않음은 전혀 눈치채지 못하고 엉뚱한 말을 했다.

"내 피부를 검게 칠하면 어떨까?"

"뭐라고요?"

나름대로 소녀다운 감상에 빠져 있던 크로티아는 기가 막혔다.

'이 사람이 지금 나를 놀리는 걸까? 혹시 검은 피부를 가진 내 주제를 알라고 돌려서 말하는 건 아닐까?

황당하다는 감정을 드러내는 그녀를 보면서도 휴케바인은 나름대로 진지하게 말을 이었다.

"그러니까 네가 다른 사람과 다른 점은 피부가 검다는 거잖아. 그러니까 혹시 나도 검은 피부가 되면 안개가 통과시켜 주지 않을까?"

남들과 다른 검은 피부를 드러내 놓고 말하는 휴케바인의 태도에 크로티아는 적잖게 상처를 받았다.

"무슨 소리를 하는 거예요? 아무리 그래도 그럴 리가 없잖아요."

마음이 상한 크로티아가 말도 안 된다는 듯 딱 잘라 말하자 휴케바인은 오히려 오기가 생긴 듯 반박했다.

"안 그러리라는 증거 있어?"

"예?"

물론 증거가 있을 리 없다. 그녀 말고 검은 피부를 가진 사람은 없었으니까. 휴케바인은 그녀가 다른 반론을 제기하지 못하자 의기양양하게 선언했다.

"일단 해보자."

말을 마치기가 무섭게 벌떡 일어선 휴케바인은 집 안쪽으로 성큼성큼 걸어갔다.

'뭐야? 정말 진지하게 생각해서 말한 거였어?

놀림 혹은 거절이라는 그녀의 생각은 틀렸다. 그럼에도 한 번 상한 기분은 곧바로 회복되지 않고 왠지 모르게 속이 상했다.

크로티아는 입술을 깨물면서 집에 들어갔던 휴케바인이 먹물 주머니를 꺼내오는 것을 지켜보았다.

"다행히 여행 일지를 기록하기 위해 먹물은 충분히 가져왔거든. 이걸 바르고 한번 들어가 보자."

한껏 뾰로통한 표정을 지었는데도 이 남자는 전혀 알아채질 못한다.

산적들을 속이던 그 정교한 계획과 남의 마음을 읽는 듯하던 모습은
전혀 찾아볼 수가 없었다.

'둔탱이!'

크로티아는 속으로 그를 흉보면서도 결국 한숨을 내쉬고는 자리에
서 일어나 손을 내밀었다.

"하아, 맘대로 하세요. 도와줄 테니 이리줘요."

결국 그녀는 휴케바인이 들고 있던 먹물을 받아 들고 세심하게 바르
는 것을 도와주고야 말았다.

"자아, 그럼 가보자고!"

잠시 후, 전신을 검게 칠한 휴케바인은 긴장된 모습으로 크로티아의
손을 잡고 안개 속으로 걸어 들어갔다.

만약 이번에도 쓰러진다면 그냥 포기하고 크로티아와 사냥꾼들을
다른 왕국으로 보내고, 자신은 이쪽에서 숨어 살 생각이었다.

한 걸음, 한 걸음, 마침내 안개가 깔린 곳으로 왔다. 휴케바인은 크
게 심호흡을 하고는 한 발을 내딛었다.

사사사사사―

"우왓하하하! 성공이다!"

안개가 휴케바인이 다가서는 것을 두려워하듯 좌우로 갈라서고 있
었다. 옆에 있는 크로티아의 모습도 똑똑히 보였다.

"에? 설마 정말로?"

크로티아는 정말 황당하기 짝이 없었다. 도대체 무슨 결계가 이렇게
단순하단 말인가? 단지 검은 피부만 가지면 들어갈 수 있는 결계라는
게 말이나 되냔 말이다.

그녀의 옆에서 입을 딱 벌리고 우뚝 멈춰 선 휴케바인이 참을 수 없

는 기쁨에 크게 웃었다.

"좋았어! 이제는 나도 들어갈 수 있다! 기다리십시오, 주군. 제가 갑니다! 하하하하하하!"

밤하늘에 울려 퍼진 휴케바인의 목소리는 잠들어 있던 모든 사냥꾼들을 깨우기에 충분한 것이었다.

다음날 아침, 사냥꾼들 중 몇 명이 인근 도시로 먹물을 사러 갔다.

"모두 같이 들어간다고?"

휴케바인은 로크라는 사냥꾼의 말에 의아해하며 되물었다.

"그렇습니다. 다른 왕국으로 도망가는 것은 별로 마음이 내키지 않으니, 그냥 휴케바인 경을 따라서 안쪽을 탐색하지요."

"가족들은 어쩌고?"

"가족들이야 이곳에서 기다리고 있다가 누군가가 오면 검게 칠하고 안개 속으로 피신하라고 하면 됩니다. 물론 그전에 우리가 돌아와야겠지요."

"음, 너희들, 안에 무엇이 있나 궁금한 건가?"

"그게 안 궁금하면 사람이오? 같이 갑시다."

"알았어. 만약을 대비해서 가족들을 지킬 사람 몇 명만 남기고 다 들어간다. 안에 적당히 살 만한 곳이 있으면 그곳에서 당분간 지내는 것으로 하지."

"그거 좋군요."

그렇게 해서 그들은 전원이 안개 속으로 들어갈 준비를 하기 시작했다.

처음에는 불안한 눈으로 보던 사냥꾼들의 가족들도 선행정찰대가 몇 번이나 안개 속에 들어가서 무사히 나오는 것을 확인하자 크게 기뼈하며 그들을 응원했다.

그들 역시 다른 왕국으로 도망가기는 싫었던 모양이다.

3일이 지났을 때 휴케바인과 크로티아, 그리고 사냥꾼들은 밀림 안으로 들어갔다. 모두 먹물로 전신을 검게 칠한 채였다.

그리고 다시 3일이 지났을 무렵, 휴케바인 일행은 안에서 원주민들을 만날 수 있었다.

그 후에는 이야기가 아주 잘 진행되어 결국 사냥꾼들의 가족들까지 밀림 안으로 들어와 원주민과 지내게 되었다. 3백 년 만에 원주민들과 외부 사람들이 같이 생활하게 된 셈이다.

❖ Chap 6 ❖
스피리트 나가

스피리트 나가

벌써 열두 개의 구역을 지났다. 구역의 경계를 힘으로 부수고 지나는 것은 가능했지만, 안타깝게도 뚫고 나온 구역이 꼭 레오가 원한 방향이라는 보장은 없었다.

단지 뒤로 물러서는 일만은 없었고, 좌측이나 우측, 그리고 그가 원하는 대로 앞으로 나아가는 확률은 거의 같은 것 같았다.

"후우, 그럼 또 떠나볼까?"

레오는 원주민 마을에서 충분한 수면과 식사를 마치고는 몸을 풀면서 네로에게 말했다. 네로는 상당히 지친 모양이었지만, 레오가 가자고 하자 몸을 일으켜 레오의 어깨 위로 올라왔다.

"가는가?"

이 구역 원주민들의 존경과 보호의 대상인 샤먼 스루라가 와서 물었다.

“그렇다. 분명 다음 구역에는 대샤먼이 있겠지?”

“방향만 확실하다면 아마 그럴 것이다. 지역적으로 이곳은 대샤먼의 푸른 구름의 사원 바로 옆이었으니까.”

“좋아, 그럼 앞으로 두세 번이면 도착하겠군.”

으드득.

레오는 이를 갈았다. 이런 결계를 친 대샤먼이란 자의 얼굴을 꼭 봐야겠다고 생각했다. 하지만 결계를 친 대샤먼은 이미 죽었을 것이다. 3백 년 전의 인물이니. 그렇다면?

“후손이라도 꼭 봐야지.”

레오는 결심했다.

안개의 바로 앞에 도착하니 레오의 기세를 느낀 안개가 반응하기 시작했다. 이제는 완전히 안개와의 싸움에 익숙해진 레오였기에 전혀 고민하지 않고 그대로 전신에서 오러를 발생시키며 안으로 걸어 들어갔다.

야옹.

네로가 제발 이번으로 끝났으면 좋겠다는 듯 꼬리로 레오의 목을 간질이며 울었다.

한 번 안개 속으로 들어오면 그녀 또한 잠을 잘 수 없었던 것이다.

물론 식사는 한다. 그녀는 밀림에 들어와서 단 한 번도 식사를 거른 적이 없었다.

레오의 어깨 위에서 엘프의 비스킷인 램바스를 먹고, 최고급 포도주로 목을 축였다. 심심하면 동결 마법으로 얼려놓은 생크림 케이크를 먹기도 했다. 홍차나 커피는 아예 전용 찻잔까지 지니고 있었다.

그녀가 지닌 아공간 주머니에 담긴 물건이 무엇인지는 다 알 수 없지만, 적어도 절반 이상이 먹는 것과 취미 생활을 위한 기호품이라는 것은 확실했다.

스스스스—

때가 되어 오늘도 식사를 끝낸 네로는 냉정한 눈으로 눈앞에 흐르는 안개를 보았다. 이렇게 차분하게 호쿠쿠 밀림의 안개를 관찰한 것은 처음이었기에 그녀도 얻는 것이 많았다.

'이것들은 정령이야. 정확하게 말하자면 정령의 혼일까? 어떻게 정령을 이런 식으로 움직이게 하는 것이 가능하지?'

안개가 살아 있는 것이 이해가 되었다. 수많은 정령이 밀림을 가득 메우고 들어오는 자를 막는 셈인데, 그게 딱 잘라서 정령이라고 말할 수도 없었다.

흑마법과 함께 백마법의 힘도 느껴졌다. 그리고 그 이외에도 알 수 없는 것들이 많았다.

'이건 정말로 인간의 힘이 아니야! 설마 호쿠쿠 밀림의 대샤먼은 인간의 한계를 극복했다는 거야?'

그녀는 대륙 반대편에 있는 슈앙 밀림의 대샤먼을 만난 적이 있다.

모든 정령을 사용할 수 있는 드래곤 이외의 유일한 존재. 원래대로라면 슈앙 밀림의 대샤먼은 대륙을 격하여 호쿠쿠 밀림의 대샤먼과 정신 감응을 시도할 수 있다고 배웠다.

그러나 막상 그녀를 만나보니 결계가 쳐진 순간부터 대화가 불가능해졌다고 하는 것이 아닌가? 그것으로 호쿠쿠 밀림의 결계를 풀 수 있는 단서가 완전히 사라진 셈이다.

'뭐, 안에 들어가면 알게 되겠지. 힘내라, 레오.'

그녀는 결계의 비밀을 곧 알게 된다는 흥분에 점점 기운이 나는 것을 느꼈다. 지금까지 참아온 것도 있으니 꼭 비밀을 밝히겠다고 결심했다.

"타핫!"

콰콰쾅!

드디어 빈틈을 찾은 레오의 기합성과 함께 안개는 확 하고 밀렸다. 그리고 여느 때와 같이 공기를 찢는 굉음과 함께 환상의 막이 둘로 갈리며 다음 구역의 공간이 드러났다.

팍!

어느새 레오는 움직임을 끝내고 땅에 두 다리를 디딘 채 주변을 살피고 있었다. 네로 역시 긴장된 얼굴로 사방을 둘러보았다.

끼양!

네로는 비명과도 같은 날카로운 울음소리를 지르며 앞발을 들어 한쪽을 가리켰다. 레오가 고개를 돌려 그곳을 보니 눈앞에 커다란 탑이 보였다.

전체적으로 푸른색으로 칠해진 이형의 탑, 둥그런 지붕에 뾰족한 지붕은 확실히 다른 샤먼에게 전해 들은 푸른 구름의 사원이 틀림없는 것 같았다.

"도착한 건가?"

야아아앙!

그렇다는 듯 길게 소리를 지르며 흥분해서 이리 뛰고 저리 뛰는 네로의 모습에 레오는 드디어 도착한 것이 실감나는 듯 하늘을 보았다. 적어도 네로와 같이 지낸 이후로 그녀가 이렇게 스스로 날뛰는 모습은 한 번도 보지 못했다.

"그래, 들어온 거군. 대샤먼이 있는 곳에."

대샤먼이라는 단어를 말하는 순간 레오의 눈이 번쩍였다. 이놈의 결계 때문에 잠을 못 잔 날이 얼마인가? 그는 조금 전 결계를 베느라 뽑아 든 검을 검집에 집어넣지도 않고 그대로 손에 든 채 푸른 구름의 사원을 향해 걸어갔다.

조금 지나자 앞쪽에서 사람들이 다가오는 기척이 느껴졌다.

'또 원주민인가? 이번에는 마물이 나타나지 않는군.'

레오는 그렇게 생각했다.

원래 결계를 뚫고 나오는 순간 발생하는 소리가 너무 커 근처의 마물들이 확인을 하러 달려들었고, 그 뒤에 원주민들이 몰려오고는 했다.

야옹?

먼저 반응한 것은 네로였다. 곧이어 레오도 인상을 찌푸리며 고개를 갸웃했다. 앞쪽에서 접근하고 있는 자의 기세는 어디선가 많이 느낀 적이 있었다. 보통 사람보다 두 배는 커다란 덩치?

"휴케바인!"

"주군! 드디어 오셨군요!"

휘익, 척.

휴케바인은 레오를 보자 정말로 반가운 듯 그대로 몸을 날려 레오의 앞에 한쪽 무릎을 꿇고 기사의 예를 취했다.

"네가 왜 여기에 있지?"

"재수가 좋아서 먼저 들어올 수 있었습니다."

"재수?"

레오의 한쪽 눈썹이 눈에 띄게 치커 올라갔다.

재수라고 한다. 그 결계를 재수로 뚫고 들어왔다니? 그럼 난 재수가 없어서 그 고생을 했다는 말인가?

레오는 가슴속에서 숫구쳐 올라오는 뜨거운 기운을 억지로 참았다. 휴케바인에게는 잘못이 없다. 이성이 그걸 그의 머리 속에서 속삭이고 있었다.

"어떻게 들어왔지?"

"전신에 검은 칠을 하면 안개가 전혀 공격을 안 합니다. 환상도 움직이지 않고요."

꺄앙?

네로는 정말이냐는 듯 날카롭게 울었다. 사실 그녀도 검은 고양이가 아닌가? 그러나 결계를 통과하는 키워드는 검은 피부를 가진 인간이니, 고양이나 하프 엘프는 통과하지 못한다.

"그렇단 말이지?"

으드득.

그런 간단한 방법을 몰랐다니? 레오는 자신도 모르게 이를 갈았다. 말하자면 헛고생을 한 셈이다.

하지만 사실 그런 간단한 방법을 몰라서 300년 동안 아무도 밀림 속으로 들어오지 못한 것이 아닌가! 정말로 스스로의 힘으로 들어온 자는 레오가 처음이라고 할 수 있었다.

"좋다. 이 결계를 친 대샤먼은 어디 있지? 내 그녀를 보아야겠다. 불러와라."

레오는 가슴속에서 우러나는 허탈감과 분노를 모두 결계를 친 장본인에게 풀어야겠다고 결심했다. 그러나 휴케바인은 씁쓸한 표정을 지으며 대답했다.

"대샤먼께서는 거의 죽어 있는 상태입니다. 몸이 이미 미이라화 되어 있더군요."

"뭐라고? 거의 죽었다니, 무슨 소리냐?"

"결계를 유지하기 위해 몸을 가사 상태로 만든 채 300년을 정령의 도움으로 살아오신 모양입니다. 숨은 붙어 있지만 굳어진 몸은 완전히 말라 버렸습니다."

"음, 안내해라."

거의 시체나 다름없다는 데야 할 말이 없었다. 레오는 휴케바인의 안내로 사원 쪽으로 향했다.

중간에 만나는 원주민들마다 모두 정중하게 인사를 했다.

처음에는 레오를 보고 하는 인사인 줄 알았는데, 가만히 보니 휴케바인의 옆에 서 있는 검은 피부의 소녀에게 하는 인사였다. 심지어는 나이가 지긋한 노인 샤먼까지도 인사를 하는 것이 아닌가?

"휴케바인, 그 여자 아이는 누구지?"

"예? 아, 크로티아 말이군요. 하하하!"

휴케바인은 뭔가가 찔리는 것이 있는지 뒷머리를 긁적이더니 황급히 고개를 돌려 크로티아를 보며 말했다.

"이분이 나의 주군이신 레오 가이안 폐하서. 세상에서 가장 강한 분으로, 흑사자라는 위명으로 불리시지. 인사드려."

그러자 검은 피부의 소녀는 지극히 긴장한 모습으로 서툰 귀족의 예법에 따라 인사를 했다.

"휴케바인 경의 아내인 크로티아입니다. 폐하께 영광을."

"아내?"

야옹?

레오는 잠시 열린 입을 다물지 못했다. 네로 역시 마찬가지였다. 소녀의 나이는 대충 15, 6세로 보였다. 휴케바인은 레오가 기억하기로 30세였다. 그들이 헤어진 것은 한 달이 조금 넘었다. 레오는 요 근래에 이토록 당황한 적이 없었다.

기묘한 분위기가 흐르며 아무도 뭐라고 말을 하지 않자 크로티아는 얼굴을 붉히며 고개를 숙인 채 들지 못했다.

"음, 어떻게 된 거지?"

겨우 정신을 차린 레오가 휴케바인을 보며 물었다. 차마 크로티아에게 직접 물어보지는 못했다.

"하하하, 그게 말입니다."

휴케바인 역시 상당히 쑥스러운 듯 계속해서 뒷머리를 박박 긁으며 설명을 시작했다.

혈목산의 짝퉁 두목, 그리고 사냥꾼들의 이야기, 크로티아의 도움으로 비밀을 알고 밀림으로 들어오게 된 경위, 그리고 마지막으로 레오의 뒤를 좇다가 이곳에 먼저 도착해서 벌어진 일까지.

"그러니까, 그녀가 300년 전 시얀 제국의 대귀족이자 원주민의 영원한 친우인 마하블레이드 가문의 후손이란 말이지?"

"예, 그렇습니다. 그 가문의 특징이 바로 검은 피부라고 하더군요."

"대샤먼이 결계를 칠 때 그녀의 피부색을 열쇠로 걸었고?"

"그렇지요. 그런데 이곳까지 오면서 마물들하고 적지 않게 싸웠거든요. 그러는 사이……."

처음에는 크로티아가 위기를 맞이할 때마다 구해줬다. 그런데 어느 순간부터 그녀는 휴케바인의 거구를 자신의 방패로 이용하는 방법을 터득하고, 특유의 몸놀림으로 휴케바인과의 합공을 익혀 나갔다.

가장 빠르고 날카로운 검, 그녀는 그것을 거의 천성적으로 가지고 있었다.

"그래서 같이 싸우다 보니 정이 들더란 말입니다. 싸움이 벌어지면 이런 식으로 몸을 딱 붙이고 있게 되니까요."

휴케바인은 크로티아와 함께 바로 그 자세를 선보이면서 열심히 설명했다. 두 남녀가 몸을 붙이고 나란히 서자 둘의 체격 차가 더 더욱 두드러졌다.

야옹(도둑놈)!

네로가 못마땅한 듯 울자 휴케바인은 움찔거리면서 슬그머니 크로티아에게서 조금 떨어졌다.

한편, 건수를 잡은 레오의 눈빛 또한 심상치 않았다.

"그렇다고 아직 어린애를 범했냐?"

"범하다니요? 사. 랑. 이란 말입니다!"

휴케바인은 억울하다는 듯 힘을 주어 항변했지만, 이미 괘씸한 놈이라는 판단을 한 레오의 발이 순간적으로 날아들었다.

퍽!

"악! 때리지 말아요!"

맞은 사람은 휴케바인인데, 정작 비명을 지른 것은 크로티아였다. 그녀는 반사적으로 날카롭게 외치며 튀어나와 휴케바인의 앞을 막아서서 양팔을 크게 벌렸다.

'푸핫! 그림 한번 대단하군!'

네로는 거인 앞을 막아선 가녀린 소녀의 모습을 보며 속으로 웃음을 삼키느라 애써야 했다. 그녀의 반응으로 보아 휴케바인과의 관계에서 그 어떤 강제성도 없었음을 충분히 알 수 있었다.

'저러다 애 울리지!'

네로가 보니 엉겁결에 앞으로 나선 크로티아는 뒤늦게 상대의 신분을 생각해 낸 것처럼 보였다. 그녀는 당황한 모습으로 두 손으로 입을 가리고는 어쩔 줄 몰라 했다.

"애고고, 이번에도 못 피했네."

때를 맞추어 휴케바인이 엄살 섞인 신음 소리와 함께 엉금엉금 일어 났다. 한두 번 겪어본 일도 아니고, 레오에게 차이는 것은 그의 일과 중 하나라고 할 수 있었다.

"에구, 억울해라! 조금만 더 빨리 움직였으면 엉덩이로 막아낼 수 있었는데……."

휴케바인은 자연스럽게 크로티아의 옆으로 스쳐 레오의 앞으로 다시 나서면서 아주 작게 속삭였다. 그러면서 그의 손은 연신 허벅지를 문지르고 있었다.

"어서 안내해라."

레오는 들을 건 다 들었다는 듯 근엄한 표정을 지으며 명했다. 휴케바인도 언제 차였냐는 듯 웃으며 다시 앞장서서 안내하기 시작했다.

크로티아는 잠시 멍하니 서서 저게 과연 정상적인 황제와 근위 기사의 행동인가 하고 곰곰이 생각했다. 무엇인가 귀족에 대한 환상이 깨지는 것 같았다.

사원의 안쪽에는 마법의 진이 새겨져 있었다. 그 정중앙에 미동도 없이 정좌하고 있는 사람은 화려하지만 상당히 낡아 보이는 옷을 입은 한 노파였다.

그녀는 사람이라고 부르기 민망할 정도로 뼈 위에 가죽만 남은 것처럼 보였다. 진을 유지하기 위한 것인 듯 그녀의 양손은 특이한 수인을 맺은 채였고, 숨조차 쉬지 않았다.

그럼에도 불구하고 그녀는 살아 있었다. 1분에 한 번 정도 뛰는 심장이 그것을 증명했다.

마법진에서 일어나는 기운은 너무나도 강해서 보통 사람의 눈에도 마나의 흐름이 보일 정도였다. 그리고 그것은 사원 앞쪽에 있는 거대한 마법진과 연결되어 서로 동조하고 있었다.

야아아앙!

휘익, 턱.

네로는 마법진을 보자마자 갑자기 소리를 지르며 레오의 어깨를 박차고 뛰어올랐다.

단숨에 허공으로 5m 정도를 날아 가볍게 바닥에 착지한 그녀는 특유의 사뿐한 걸음걸이로 빠르게 마법진 주변을 한 바퀴 돌았다. 그러면서도 푸른 눈은 한시도 마법진에서 떠나지 않았다.

"저, 저런!"

중요한 마법진에 고양이가 달려들자 원주민들은 민감하게 반응했다. 그들은 이 철모르는 고양이를 마법진 안에서 쫓아내기 위해 조심스럽게 다가갔다.

물론 귀한 손님과 함께 온 애완동물인데다가 그들 자신이 동물들을 사랑하는 편이라 위협적인 행동은 아니었다.

하아아악, 사사삭!

"아앗!"

마법진에 완전히 시선을 빼앗긴 네로는 누군가 앞을 막아서자 신경질적으로 화를 내며 앞발을 휘둘렀다. 귀엽게만 보이던 작은 고양이에게 느닷없이 발목을 공격당한 남자는 비명을 지르며 뒤로 물러섰다.

"그분은 보통 고양이가 아니니 그냥 두십시오."

레오의 뒤에 서 있던 휴케바인은 서둘러 그들을 말렸다. 잘못했다간 이 사람들도 네로의 상처를 평생 달고 살아야 할지도 모른다.

그의 한마디에 사람들은 단 한 마디의 반문도 없이 뒤로 물러섰다. 그러면서도 걱정스러운지 조금 떨어져 고양이의 행동을 조심스럽게 살펴보았다.

레오는 이 모양을 보고 피식 웃고는 안쪽에 정좌한 노파를 가리키며 휴케바인에게 물었다.

"저 사람인가?"

"그렇습니다."

어느새 자리로 돌아온 휴케바인이 정중하게 대답하자 바로 다음 질문이 이어졌다.

"깨우는 방법은?"

"결계를 깨면 된답니다."

두 번째 질문에 대한 휴케바인의 답변은 처음과는 달리 조금 망설이는 느낌이었으나, 그러한 것을 신경 쓸 레오가 아니다.

"결계를 깨는 방법은?"

곧바로 이어지는 질문에 휴케바인은 아주 잠시 고민했다. 주군의 질문의 의도는 명백하다.

아마도 바로 결계를 깨고 대사면을 만난 후 휴식을 취하려는 생각일 것이다. 하지만 고민을 해도 소용이 없다. 주군이 물은 이상 아는 것은 대답해야 한다.

"그게, 저 큰 마법진을 파괴하면 깨진다는군요."

"알았다."

휴케바인이 잠깐 뜸을 들이다가 설명한 것은 조금도 마음에 두지 않은 채 레오는 바로 몸을 돌렸다. 검을 쥔 그의 몸에서 차가운 기운이 일어나 주변의 공기를 급격히 식혔다.

단번에 전신의 힘을 집중하여 마법진을 파괴할 생각이었다. 그러나 그의 앞을 황급히 막아서는 사람이 있었다.

"기다려 주십시오."

아직 젊은 20대 중반의 여인, 복장으로 보건대 정령을 다룰 수 있는 원주민들의 수장 샤먼이었다.

"뭐지?"

레오는 귀찮다는 듯 물었다. 젊은 샤먼은 상대의 황금빛 눈빛에서 풍겨 나오는 기세에 움찔했지만 곧 침착함을 되찾고 말했다.

"마법진을 깨면 봉인된 마물이 깨어납니다."

"마물? 비켜라."

마물이면 처치하면 되지 않는가? 레오는 생각할 여지도 없다는 듯 말했다. 그러나 샤먼은 고개를 저었다.

"천 년도 더 전에 마신이 직접 물질계로 내려보냈다는 마물입니다. 전설에 의하면, 드래곤과도 같은 강함을 보유하고 있다고 합니다."

"드래곤?"

확실히 그 말에는 멈추지 않을 수 없었다. 레오는 걸음을 멈춘 채 생각했다. 드래곤과 싸워 이길 수 있을까? 결론은 알 수 없다였다. 그는 드래곤과 만난 적도 없었다.

"맞습니다. 그걸 제가 말씀드리려 했는데, 무지하게 강한 놈이라 전해져 내려온다더군요."

뒤에서 휴케바인이 지금 생각났다는 듯 말했다. 레오는 살짝 미간을 찌푸리며 그를 나중에 한 번 더 차주기로 결심했다.

"결계를 깨려면 마물을 깨워야 하나?"

레오의 말에 처음 나섰던 샤먼이 차분한 어조로 설명했다.

"그렇습니다. 결계를 유지하는 힘은 크게 세 가지. 마물의 마력과 원래 이 사원을 지키는 결계의 힘, 그리고 대샤먼의 생명의 힘에 의한 정령의 도움입니다."

"그럼 어쩔 수 없군, 마물을 처치하는 수밖에."

선언에 가까운 그의 말에 샤먼의 입이 벌어졌다. 이 남자는 너무 거침이 없다!

"드래곤과도 비견될 만한 마물입니다!"

그녀는 황급히 다시 한 번 강조하며 그를 말리려 했다.

"난 그런 거 모른다."

레오는 가볍게 기를 발산해 샤먼의 몸을 밀쳐 냈다. 샤먼은 그 힘을 이기지 못하고 비틀거리며 물러설 수밖에 없었다.

'닿지도 않았는데 어찌? 설마 기의 힘만으로 물리력을 행사한다는 건가?'

샤먼의 얼굴에 믿을 수 없다는 감정이 드러났다. 그 순간 그녀는 한 가지 사실을 떠올렸다. 그는 열쇠도 없이 결계를 통과해서 여기까지 온 존재이다!

머뭇거리는 샤먼의 앞을 지나쳐 마법진으로 향한 레오를 막아선 것은 의외의 존재였다.

니야아아아옹!

"넌 또 왜 막지?"

레오는 인상을 살짝 찌푸리며 물었다. 결계를 깨러 와서 그 고생을 하여 겨우 마지막 순간이 왔는데 막는 자가 이리도 많다니!

하지만 네로에게는 정말로 절실한 이유가 있었다.

까아앙, 깡!

네로는 필사적으로 레오의 발목을 잡고 매달렸다. 그러면서 애절한 표정으로 뭔가를 애원하는 듯했다.

당연히 레오는 무슨 소리인지 전혀 알 수 없었다. 그는 발목에 고양이를 매단 채 그대로 걸음을 옮겨 거대한 마법진 쪽으로 가려 했다.

그때 한줄기 바람이 불어와 레오에게 밀려난 샤먼을 휘감듯 스치며 지나갔다. 네로가 입속으로 뭐라고 웅얼거리고 있었다.

"그녀가 말하기를, 마법진을 다른 곳에 베낄 동안만 기다려 달라는군요."

여자 샤먼은 약간 당황한 표정으로 네로의 말을 전했다. 결계를 통과한 기를 다루는 인간에, 정령을 부리는 고양이라니!

"마법진을 베끼겠다고?"

레오는 드디어 상황을 파악했다. 그녀는 원래 마법사가 아닌가? 이런 기적적인 일을 벌인 마법진을 보고 그대로 놔둘 수는 없을 것이다.

"꼭 베껴야겠니?"

네로에게 묻는 레오의 말과 표정은 한결 부드러워져 있었다.

야아옹, 냥!

네로는 그의 발목에 매달린 채로 정신없이 고개를 끄덕였다. 그리고는 필사적으로 머리를 부비며 애교를 부렸다. 급기야 머리만으로는 모자라다고 생각했는지, 온몸을 부비적거리면서 애원하는 듯 연신 울어 댔다. 그런 그녀에게서 평소의 오만함과 우아함은 찾기 힘들었다.

그런 네로를 보는 레오의 얼굴에 한줄기 웃음이 스치고 지나갔다.

그는 허리를 굽혀 네로를 살짝 쓰다듬어 준 후 방금 생각났다는 듯 말했다.

"그러고 보니 오늘은 결계를 뚫고 들어온 다음에 잠을 자지 않았군."

냐아아옹(그래, 어서 자라. 웅)?

휴케바인이 때를 놓칠세라 얼른 나섰다.

"피곤하시겠군요. 쉬실 만한 곳으로 안내할까요?"

"앞장서라."

레오는 미련없이 그쪽으로 몸을 돌렸다. 그 모습에 네로는 감격한 표정으로 안도의 한숨을 내쉬었다.

'가끔 저 인간이 기특할 때도 있단 말이야!'

그녀는 휴케바인의 안내를 받으며 가는 레오를 새삼스러운 눈빛으로 바라보았다.

"이쪽입니다, 주군!"

휴케바인이 레오가 도착할 것을 대비하여 가장 먼저 마련한 것은 침실이었다. 편한 잠자리와 음식, 꿀물. 이 세 가지가 준비되어 있다면 주군을 대하기는 한결 쉬워진다는 것을 그는 이미 알고 있었다.

잠시 후, 휴케바인은 마법진 쪽으로 돌아왔다. 그리고는 네로에게 손가락으로 동그라미를 그렸다.

네로는 잘했다는 듯 앞발로 휴케바인의 발등을 툭툭 치고는 그대로 마법진에 몰두하기 시작했다.

어느새 사원 앞마당에는 커다란 양피지 천이 펼쳐졌다. 그리고 그 양피지 위에는 공중에 뜬 마법의 펜이 저절로 뭔가를 그리고 있었다.

한쪽에는 네로가 커다란 돋보기를 양발로 쥐고 마법진 안의 룬어와 그 사이사이에 새겨져 있는 작은 문양을 세밀하게 살피며 연신 뭐라 중얼거리고 있었다.

"여보, 저 고양이는 누구신가요?"

크로티아가 약간 불안한 표정으로 휴케바인의 옆구리를 두드리며 물었다. 주변에서 구경하고 있는 원주민들도 하나같이 불안한 표정이었지만, 휴케바인과 크로티아가 네로가 하는 일을 지켜보고만 있자 그들도 특별히 방해하지는 않았다.

휴케바인은 약간 긴장한 표정으로 대답했다.

"레이디 티모라라는 분이야. 세계 최강의 마법사시지."

그는 다시 무언가 물어보려는 아내의 말을 막으면서 얼른 덧붙였다.

"주군의 옆에 있기 편하게 평소에는 고양이의 모습으로 계시지."

"세계 최강의 마법사! 그렇군요."

크로티아는 진심으로 감탄하며 말했다. 사실 그녀는 마법사를 한 번도 보지 못했기에 마법사에 대한 환상을 가지고 동경하고 있었다.

여신이라도 뵌 듯한 아내의 표정에 휴케바인은 속으로 한숨을 쉬었다. 그는 저 고양이 형수님의 성격이 매우 섬세하다는 사실을 꼭 말해 줘야겠다고 생각하면서 얼굴에 난 상처를 무의식 중에 쓰다듬었다.

하지만 겉으로는 결코 그러한 티를 내지 않고 묵묵히 네로의 모습을 지켜보다가 아내를 재촉하여 자리를 떠났다.

마법진을 베끼느라 쉬지도 못하시는데 음식까지 소홀히 할 수는 없었다. 물론 그전에 고양이를 방해하지 않도록 원주민들에게 단단히 일러두는 것도 잊지 않았다.

하루가 지나고, 다시 하루가 지났다. 그러고도 해가 져서 어둠이 드리워진 밤이 되었다. 레오는 그때까지도 깨어나지 않았다.

휴케바인은 슬슬 걱정이 되기 시작했다. 레오가 하루 열두 시간 이상을 자는 것은 당연한 일이지만, 이렇게 60시간 동안 깨어나지 않는 것은 본 적이 없었다.

정확하게 말하자면, 왕국 시절 왕국의 위기를 구하고 영지로 돌아와서 영지가 무사하다는 것을 확인했을 때에만 이 정도로 잠을 잤다.

"저, 형수님."

야옹?

네로는 이미 마법진을 모두 옮겨 적고, 푸른 구름 사원 내부의 탁자에 앉아 우아하게 포도주를 마시고 있었다. 그녀는 무슨 일이냐는 듯 고개를 돌리고 곱게 울었다. 기분이 극도로 좋은 것 같았다.

"주군께서 이곳에 오시기 전에 잠을 잘 못 주무셨나요?"

야옹.

당연하다는 듯 깊게 고개를 끄덕이는 그녀였다. 사실 잠을 못 잔 것은 그녀도 마찬가지였다.

그래도 마법진에 흥분하니 잠이 오지 않았다. 이제 와인을 한 잔 마시며 흥분을 가라앉힌 후 레오의 머리맡으로 가서 잠이나 잘까 하고 생각하던 참이었다.

"얼마나 못 주무셨지요?"

야옹?

그녀는 잠시 고개를 갸웃하다 발로 탁자를 다섯 번 긁었다. 닷새! 휴케바인은 납득했다는 듯 고개를 끄덕였다.

"그럼 계산상으로 곧 깨어나시겠군요. 하루 12시간으로 잡으면 60시간이니까요."

야옹.

정확하다는 듯 가볍게 울고는 다시 와인을 할짝이는 네로를 보고 휴케바인은 사원을 나섰다.

네로는 그런 휴케바인의 등을 보며 생각했다.

'그러고 보니 이제 저 남자가 결계를 깨겠지? 쳇, 잠잘 시간도 없네.'

그녀는 마음을 비웠다. 레오와는 다르게 볼일이 있으면 얼마든지 잠을 안 잘 수도 있는 그녀였기에 그다지 불만은 없었다.

네로와 휴케바인의 계산이 비교적 정확했는지, 한 시간쯤 지나자 레오가 몸을 이리저리 비틀며 사원 쪽으로 걸어오는 것이 보였다. 사람들은 레오를 질린 눈으로 보았지만, 그는 조금도 신경 쓰지 않았다.

"네로, 편히 쉬었니? 그럼 이제 시작하자꾸나."

야옹!

언제든지 좋다는 듯 앞발을 들어 꼬리와 함께 흔드는 네로의 모습은 이미 레오에게 익숙한 것이었다.

고양이를 기르는 게 의외로 즐거운 일이라는 것을 요즘 새삼스럽게 깨닫고 있는 중이었다. 말하지 않아도 동작만으로 어느 정도의 의사소통이 가능했다.

"좋아."

레오는 검을 뽑아 양손으로 들었다. 그리고는 천천히 기를 집중하여 마법진의 중앙에 한줄기의 가는 오러를 쏘아 보냈다.

파파파팍!

여러 겹으로 쳐진 마법진 자체의 방어막이 레오의 가늘고 날카로운 오러에 속절없이 뚫렸다. 그리고 다음 순간 오러의 침은 마법진의 중앙에 박힌 둥그런 구슬과도 같은 곳을 뚫고 지나갔다.

파캉!

유리가 깨지는 소리와 함께 구슬에 균열이 생겼다. 레오는 즉시 힘을 증가시켜 오러를 급격히 강화시켰다.

쩌저저적!

이제 오러의 침은 굵은 랜스와도 같이 변했다. 레오가 만들어낸 창은 무색이었지만, 주변의 마나로 인해 완벽하게 형체가 드러났다. 굵기가 거의 20㎝는 될 듯한 오러! 그것은 기둥이라고 표현할 만했다.

"꿀꺽, 무슨 오러 소드가 저렇게 굵지?"

야옹!

네로는 휴케바인이 자신도 모르게 중얼거리자, 감상하는데 시끄럽게 굴지 말라고 주의를 주었다. 휴케바인은 그 말을 알아듣고 바로 입을 다물었다. 그러나 그의 등에서 흐르고 있는 땀은 멈추지 않았다.

구구구구구구궁—

땅이 흔들리기 시작했다. 샤먼들은 저마다 비명을 지르며 사원의 입구 앞으로 집결했다. 그리고는 제각기 힘을 짜내어 정령들을 소환했다.

주로 땅의 정령과 바람의 정령으로 바닥에 두꺼운 벽을 치고 공간에 진공의 막을 만들었다. 무슨 일이 일어나도 대샤먼만큼은 지키려 하는 것 같았다.

야옹.

네로는 그 모습을 보며 비웃듯이 차갑게 울었다. 전설에 의하면, 드래곤 급이라고 했다.

정말로 전설이 사실이라면 저런 방비가 무슨 소용이 될까? 만약 과

장된 거라면 저 남자가 처리할 거다. 아니면 내가 하고. 그녀는 그렇게
생각했다.

쩌쩍, 팡!

드디어 중앙의 마법구가 완전히 조각조각으로 갈라져 터져 버렸다.

레오의 오러 소드 굵기는 이미 30㎝를 넘고 있었다. 길이는 약 10m,
백 년을 넘게 살아온 네로조차 상상해 보지 못한 힘이었다.

콰콰콰콰쾅!

땅의 곳곳에서 폭발이 일어나기 시작했다. 마법진이 쳐져 있는 곳뿐
만이 아니라 주변의 땅거죽이 모두 뒤집어졌다.

"으헉! 도대체 안에 봉인된 놈이 얼마나 큰 놈이지?"

휴케바인은 기겁하여 얼른 크로티아의 손을 잡고 네로의 뒤로 피했
다. 그 덩치에 조그마한 검은 고양이의 뒤에 숨는 것이 상당히 우스워
보였지만, 휴케바인도 네로도 그걸 당연하게 생각했다.

위이잉—

네로는 여유로운 표정으로 아공간 주머니에서 세 장의 스크롤을 꺼
내 사용했다.

피핑, 핑, 핑!

이제는 고양이의 발로도 너무나도 능숙하게 스크롤을 사용하는 네
로, 그녀가 사용한 마법 스크롤은 7서클 두 장과 8서클 한 장이었다.

'세기의 결전을 보는데 스크롤을 아까워할 수는 없지, 암.'

그녀는 쾌적하고 안전한 관전 환경을 위해 과감한 투자를 아끼지 않
았다.

레오는 그런 네로의 행동에는 전혀 상관하지 않고 정신을 집중한 채
싸움 준비에 전력을 다했다. 불과 20m도 떨어지지 않은 곳에 생긴 안

전 지역 따위는 안중에도 없었다.

콰드드드드—

마치 화산이 폭발하듯 땅이 터지며 수직으로 치솟아오르는 무엇인가가 있었다. 불길과 함께 녹색의 연기를 사방으로 흘리는 그것은 모양만 보면 뱀과 비슷하다. 그러나 과연 그것을 뱀이라고 할 수 있을까? 몸통의 굵기가 몇 미터나 되고, 하늘을 뚫을 듯 솟아오르는 거대한 마물을!

"타핫!"

위잉, 캉!

"오러 소드가 소용이 없나?"

레오는 자신이 전력을 기울여 내뻗은 검이 분명 상대의 몸통을 정면으로 가격했음에도 불구하고 오히려 팅겨나 그 반동으로 뒤로 주르륵 밀려나며 중얼거렸다.

이런 일은 처음이다! 지금까지는 일단 베거나 찌르면 걸리는 것은 무조건 갈라졌다. 바위나 성문이라 해도 마찬가지였다.

크라라라!

하늘 위에서 천둥 번개가 울리는 소리가 들렸다. 어느새 뱀처럼 생긴 마물이 레오를 내려다보며 울부짖고 있었다.

"아프긴 아팠나 보군."

레오는 약간의 위안을 얻으며 다시 검을 휘둘렀다.

카카캉!

연속으로 세 번 휘두르자 그 거대한 기둥과도 같은 오러 소드가 몽둥이처럼 뱀의 몸통을 때렸다. 이번에는 날카로움이 아니라 힘으로 쳤다.

뱀은 버티지 못하고 몸을 비틀어 댔다. 그러나 곧 뱀은 전신의 비늘을 고슴도치처럼 세우며 레오를 향해 돌진해 왔다. 놀랍게도 비늘 하나하나가 칼날과도 같이 예리했고, 비늘 밑으로부터 붉은 화염이 뿜어져 나오고 있었다.

"어림없다!"

가가각—

레오는 검을 세워 뱀의 몸통 공격을 흘렸다. 비늘의 칼날이 레오의 오러와 부딪쳐 요란한 소리를 냈지만 불길도, 칼날도 레오가 몸에 두른 강기의 막을 뚫지는 못했다.

쿠오오오오오!

뱀은 의외라는 듯 잠시 상체를 세워 뒤로 물러나 레오를 보았다. 하체는 아직 땅에 파묻힌 채였다.

허공으로 30m 이상 떨어진 곳에서 내려다보는 뱀의 머리는 거의 10m 정도는 되어 보였다. 빈틈을 보인다면 레오를 통째로 삼킬 수 있을 정도였다.

어떻게 상대를 해야 할까? 레오가 지금까지 싸워온 상대는 인간이거나 오우거와 같은 중형의 마물뿐이었다. 간혹 커다란 상대와 싸운 적도 있지만, 이 마물에 비교할 바가 아니었다.

오러도 통하지 않으니 급소를 찾지 않으면 쉽게 이기기는 힘들 것 같았다.

하지만 레오는 여전히 냉정했다. 상대의 전신에서 흐르는 기는 확실히 강했다.

그러나 자신보다 강하다는 생각은 별로 들지 않았다. 대충 비슷한 정도? 그걸 깨닫자 그는 오히려 흥분하고 있었다.

태어나서 처음으로 진심으로 전력을 다해 싸울 상대를 만났다. 인간이든 괴물이든 상관없다! 덤벼라!

레오의 머리 속에는 이미 결계 같은 것은 남아 있지 않았다.

그의 눈이 차갑게 가라앉으며 전신에서 기묘한 기운이 뿜어져 나왔다.

강하지는 않지만 묘하게 살을 떨리게 하는 기운. 그것은 살기라고 하기에는 너무 부드러운 기운이었지만, 섣부른 살기보다 오히려 상대의 가슴을 서늘하게 만들었다.

그의 망토가 자연스럽게 그 기운을 타고 휘날리기 시작했다. 부드러우면서도 끊임없이 흘러나와 상대를 옭아매는 기운, 그것은 마치 죽음 그 자체와도 같았다.

크르르륵—

덩치가 크다고 해서 꼭 몸놀림이 느리다고 할 수는 없다. 거대한 뱀은 어느새 레오의 주변을 몸통으로 둘러싸고 일시에 조이기 시작했다.

피할 구석은 없었다. 곤두선 비늘이 마치 칼날과도 같이 번뜩이며 사방을 막았다.

위잉, 파파파팍!

레오는 몸을 한 바퀴 회전시키며 그 원심력을 이용해 사방의 몸통을 동시에 베었다. 그 파괴력은 놀라운 것이어서 결국 몇 개의 비늘을 잘라낼 수 있었다.

그러나 비늘 아래에는 또 다른 비늘이 나 있었다. 괴물 뱀의 비늘은 여러 겹으로 이루어져 안쪽에 있는 비늘은 딱딱하지는 않지만 아주 질겼다.

'무린가?'

레오는 자신의 검으로 뱀의 안쪽 비늘을 뚫을 수 없다는 것을 인정해야 했다. 그리고 다음 순간 뱀의 몸통이 완전히 조여지며 레오가 그 안쪽으로 파묻혔다.

"까악!"

남편의 옆에서 숨을 죽이고 바라보던 크로티아는 자신도 모르게 비명을 질렀다. 휴케바인은 황급히 그녀의 어깨를 껴안으며 작은 목소리로 속삭였다.

"쉿, 조용히 해."

"하지만 폐하께서!"

"그래도 조용히 하라고."

네로는 자신의 바로 뒤에서 크로티아가 지르는 비명과 휴케바인이 말리는 소리를 들었다.

방어막을 칠 때 그들이 바로 뒤에 붙어 있었기에 그냥 집어넣어 준 것이 후회되기 시작했다.

그나마 조용히 쭈그리고 앉아 구경을 하기에 놔두었는데, 지금이라도 밖으로 쫓아낼까 하는 생각이 들었다.

하지만 지금 방어막 밖으로 나가면 죽는다. 이미 마물의 입에서 흘러나오는 독기가 주변에 흐르고 있었다.

야옹.

"넵, 조용히 하겠습니다."

휴케바인은 급하게 크로티아의 입을 막으며 말했다. 그리고는 다시 구경에 열중했다.

드드드득, 파악!

땅 한쪽이 폭발하듯 터지며 레오가 튀어나왔다. 레오는 결정적인 순간에 검강으로 땅을 파 그 속으로 뛰어들었다.

일단 땅을 파고 들어가니 땅 아래쪽에는 이곳저곳으로 균열이 가 있었다. 밑이 보이지 않을 정도로 깊은 균열이었다.

아마도 그 균열로부터 이 거대 뱀이 나왔으리라. 레오는 땅속을 이동하며 그렇게 생각했다.

캬아아아아!

화르르륵.

거대 뱀의 입에서 녹색 가스가 뿜어져 나왔다. 그 가스 덩어리는 그대로 레오의 머리 위를 덮었다.

"흥, 그런 것에 당할 것 같으냐?"

레오의 몸 주변에는 이미 오러의 막이 쳐져 있어 독의 기운이 몸에 닿을 리가 없었다. 그런데 이번에는 조금 상황이 달랐다.

치치치칙.

"웃, 이것은?"

오러가 소리를 내며 녹아내리기 시작했다. 독 기운이 마나를 중화시키고 있었다.

레오는 놀라서 급히 몸을 움직여 옆으로 피했다. 그러나 거대 뱀은 자신의 몸통을 옆으로 뉘여 마치 거대한 기둥을 땅에 굴리듯 공격해 왔다.

퍽!

"크윽!"

반사적으로 검을 세워 막았지만, 그 충격에 몸이 튕겨 허공으로 떠올랐다. 레오가 일순간 움직임의 자유를 잃자 거대 뱀은 그때를 놓칠새라 바로 입을 벌리고 레오를 삼키려 했다.

“탓!”

레오는 크게 기합을 지르며 자신의 검으로 허공을 쳤다. 펑! 하는 소리와 함께 공기가 울리며, 그 반동에 순간적으로 옆으로 날아 뱀의 입 공격에서부터 벗어날 수 있었다.

그리고 그와 동시에 레오는 다른 손으로 망토 한쪽을 잡아 뱀의 눈 아래쪽을 때렸다.

파라락, 퍽!

캬아아아아—

“머리 쪽은 조금 약한가 보군. 눈은 더욱 약하겠지?”

모든 생물의 공통적인 약점 중 하나로 눈을 들 수 있다. 레오는 그대로 검을 집어 던졌다.

위이이이잉, 팅!

공기의 막을 찢으며 맹렬하게 날아간 검은 정확하게 거대 뱀의 눈을 찔렀다. 그러나 놀랍게도 검은 요란한 금속성과 함께 팅겨나 버렸다.

“눈에 막이 쳐져 있군! 그 어떤 비늘보다 질기고 탄력있는!”

레오는 기가 막힌 듯 몸을 날려 팅겨진 자신의 검을 받아 들며 중얼거렸다. 저놈은 정말 괴물이다! 그런 생각이 들었다.

이길 수 있을까? 갑자기 승리를 확신할 수 없게 되었다. 자신의 공격은 상대에게 통하지 않고, 상대의 공격은 오러를 뚫을 수 있다. 체력적으로 지치지는 않았지만, 독기에 부식되는 오러 때문에 몸 안의 기운이 급속도로 소모되고 있었다.

“후우, 후우.”

레오는 길게 숨을 몇 번 내쉬면서 생각을 멈추고 거대 뱀을 바라보았다.

전투와 관계없는 망설임이나 잡념은 모두 머리 속에서 배제했다. 본능에 몸을 맡기고 상대의 몸이 아닌 전체를 보기 시작했다.

그의 눈에 보이는 거대 뱀의 힘은 자신과 거의 비슷했다. 그렇다면 공격을 가해 상대를 해할 수 있는 곳이 존재할 것이다! 그것을 찾아내야 한다!

방금 전의 공격으로 거대 뱀도 레오를 경계하는 마음이 생겼는지 쉽게 공격을 하지 못했다. 거대 뱀은 상체를 들어올려 위에서 레오의 빈틈을 노리려는 듯 머리를 이리저리 흔들어 대기 시작했다.

"으음."

약점이 없다. 입속은 어떨까? 하지만 저놈의 독은 오러마저 부식시킨다. 입속으로 뛰어들면 먼저 죽을 것 같았다. 거의 확실했다.

'그렇다면 몸통 중에서 약한 부분을 찾아야 하는 건가?'

레오는 그렇게 판단하고 전신의 감각을 개방하기 시작했다. 그전에는 없었던 감각이지만, 밀림을 지나오며 익숙해져 버렸다.

이제는 후각이나 미각처럼 그에게는 당연하고 선명한 감각이 되어 버렸다.

서서히 넓어져 가는 감각의 영역은 안에 있는 모든 것에 대한 정보를 레오에게 전했다.

그 영역은 점점 넓어져 드디어 거대 뱀의 몸까지 안으로 들어왔다. 그러자 뱀의 몸통 겉 부분뿐만이 아니라 안쪽 혈관의 흐름과 뼈의 움직임까지 느껴지기 시작했다.

"뼈 사이를 치면 충격이 더욱 강하겠지? 혈관을 터뜨리면?"

레오는 자신이 아직도 할 수 있는 일이 많다는 것을 알았다. 그의 입가에는 미소가 떠올랐다.

"누가 유리한 거예요?"

"주군이 이겨."

"정말요?"

"응. 무조건 이겨."

야옹.

"넵, 조용히 하겠습니다!"

다시 떠들기 시작하는 두 사람에게 주의를 주면서도 네로는 눈도 돌리지 않고 그 광경을 보았다.

그녀의 피부가 갑자기 긴장하여 털이 곤두서고 있었다. 레오의 상태가 이상했다. 무엇인가가 변하고 있었다.

'무엇이지?'

알 수 없다. 하지만 방금 전에 느낀 감각은 위험을 감지했을 때의 본능적인 몸의 반응이 틀림없다.

그렇다면 지금 레오가 자신을 해하려고 한다면, 앞에 친 세 겹의 방어막이 전혀 소용이 없다는 말이 된다.

쾅!

캬아아아아아!

레오가 슬쩍 휘두른 검에 거대 뱀의 상체 전체가 뒤로 튕겼다. 어떻게 한 건지 네로도 알 수 없었다. 그래도 그녀는 눈 한 번 깜빡하지 않고 열심히 보았다.

레오의 몸이 허공으로 떠오르고 있었다. 두 손으로 검을 치켜들고 뱀의 몸통을 중간에서 발로 차 더 높이 올랐다.

그리고 뒤로 튕긴 거대 뱀의 머리가 다시 제 위치로 돌아오는 것에 맞추어 레오는 정확하게 뱀의 머리 한가운데에 난 뿔을 검으로 내리찍었다.

파칵!

뿔이 기묘한 소리를 내며 갈라졌다. 가장 단단해 보이는 곳이 갈라지다니! 칼날 비늘과 피부의 화기, 그리고 독의 입김을 지닌 뱀이지만, 사실 뱀의 최고 무기는 이빨과 뿔이다. 그런데 비늘은 뚫지 못한 레오의 검이 최강의 무기인 뿔을 쪼갠 것이다.

크아아아아!

뱀은 엄청난 고통에 광란하며 크게 울부짖었다. 그리고 동시에 거대 뱀이 요란한 소리를 지르며 레오가 올라탄 머리를 그대로 땅에 박았다.

쿵!

땅이 깊게 파이고 충격파와도 같은 굉음이 지축을 울렸다. 그러나 이미 레오는 거대 뱀의 머리에서 빠져나와 20m쯤 떨어진 곳에 착지하고 있었다.

'역시 내 오러는 무엇보다 강하군. 몸통을 벨 수 없었던 것은 비늘이 강하면서도 질기기 때문이었어.'

레오는 자신감을 얻었다. 탄력이 있는 곳은 쉽게 자를 수 없지만, 뿔과 같이 단단한 곳은 오히려 자를 수가 있었다.

약점을 찾은 것이 아니라 가장 강한 부분과 정면으로 부딪치면 이긴다는 것을 알았다!

레오는 입가에 미소를 지었다. 승리자의 미소였다. 그런데 뱀도 이대로는 질 수 없다는 듯 땅에 박은 머리를 들어올리지 않고 오히려 계속 땅속으로 파묻었다.

"응?"

영문을 알 수 없게 된 레오는 저놈이 무슨 짓을 하는 것인가 하고 지켜보았다. 그리고 곧 레오는 상체를 땅속에 파묻은 채 꼬리로 사방을 무차별 공격하는 뱀의 광적인 발악에 직면했다.

위이이잉, 콰콰콰쾅!

뱀의 꼬리는 거대한 채찍처럼 땅을 쓸면서 걸리는 모든 것을 파괴했다. 레오가 날지 못하는 것을 눈치채고 언젠가는 걸리겠지라고 생각하는 것 같았다.

레오는 반사적으로 검으로 땅을 파 그 속으로 들어갔다. 땅 위를 아무리 쓸어도 구덩이 안으로 파고들어 가버리면 전혀 피해를 입지 않는다.

휘익, 휙!

머리 위로 지나가는 뱀의 몸통이 상당히 우스워 보였다. 애꿎은 주변의 건물과 나무만 모두 파괴되고 있었다.

약 10분쯤의 시간이 지나자 결국 뱀의 꼬리가 회전하는 것이 멈췄다. 전력으로 몸을 10분간이나 비틀었으니 지칠 만도 했다.

거대 뱀은 슬쩍 머리를 땅 위로 내밀고는 레오가 어떻게 되었나를 살폈다.

그러나 그가 머리를 내밀었을 때 처음으로 본 것은 두 손으로 움켜잡은 검을 하늘 높이 들어 올린 채 전력으로 기를 모으는 레오의 모습이었다.

부아아앙, 퍽!

캬아아아악!

거대 뱀은 뿔이 산산조각 나는 엄청난 고통에 몸부림치기 시작했다. 발악이라도 하듯 전신에서 불을 뿜어 대며, 입에서는 쉬지 않고 독기를 발산했다.

있을 수 없는 일이다!

만약 뱀이 말을 할 수 있다면 그렇게 부르짖고 있으리라. 마족도, 드래곤도 아닌 한낱 인간 따위가 이런 짓을 할 수 있다니 믿을 수 없다고!

레오의 공격은 집요했다. 독기가 자신의 오러를 부식시키는 것도 마다하지 않고 뿔에 박아 넣은 검에 계속해서 전신의 오러를 집중시켰다.

길이가 5미터는 되는 거대한 뿔이었다. 레오는 자신의 몸을 그 갈라진 뿔의 틈 사이에 넣었다.

쿵, 쿵, 쿵!

거대 뱀은 아까처럼 일단 레오를 떨구기 위해 쉬지 않고 머리를 땅에 박았다. 피하지 않으면 그대로 눌러 압사를 시킬 생각인 것 같았다. 그러나 거대 뱀이 아무리 머리를 땅에 박아도 뿔 사이에 끼어 있는 레오를 눌러 터뜨릴 수는 없었다.

그그그극—

뼛속으로 파고드는 오러의 기운은 거대 뱀을 고통으로 미치게 만들었다.

쾅, 쾅, 쾅, 쾅!

이제는 전신을 지표 밖으로 모두 드러낸 거대 뱀은 거의 100여 미터에 달하는 자신의 몸으로 주변의 모든 것을 부수기 시작했다.

샤먼들이 그토록 필사적으로 보호하려던 푸른 구름의 사원도 이미 날아가 버렸다. 단지 신비한 힘으로 마법진만이 보호되고 있을 뿐이었다.

그리고 어느 순간, 레오의 검강이 거대 뱀의 뿔을 완전히 관통하여 두개골마저 뚫고 안쪽을 휘저었다.

팍, 파파팍!

카아아아아아아아!

쿵!

거대 뱀은 최후의 단말마를 지르며 그대로 땅에 늘어져 버렸다. 그리고는 몇 번 꿈틀대는 것을 끝으로 다시는 움직이지 않았다.

그때서야 레오는 거대 뱀의 뿔 사이에서 나와 뒤로 물러나 자신이 처치한 마물을 보았다.

푸식, 푸식.

마물의 몸이 쩍쩍 갈라지며 안에서 녹색의 액체가 흘러나왔다. 그리고 살덩이가 조금씩 몸에서 떨어져 나가 물처럼 녹아 땅에 스며들었다.

마치 죽어도 육체를 승리자에게 남겨주지는 않겠다는 거대 뱀의 마지막 의지인 것 같았다. 군데군데 뼈가 드러나기 시작하는 거대 뱀을 보면서 네로는 과연 이 마물이 마계에서 나온 놈이라는 것을 알 수 있었다.

"끄, 끝난 것 같아요."

"으아! 죽는 줄 알았네."

휴케바인은 겨우 안도의 한숨을 쉬었다. 신기하게도 그토록 날뛰는 거대 뱀의 몸부림은 그들이 있는 결계를 전혀 건드리지 않았다. 사방을 둘러봐도 근처에서 무사한 것은 자신들뿐이었다.

야옹.

네로는 상황이 끝났다는 것을 확인하자 짧게 울며 앞발을 들어 방어막을 툭 쳤다. 그러자 방어막은 마치 비눗방울이 터지듯 팍, 하고 꺼져 버렸다.

슈우우욱—

주변의 공기가 방어막에 막혀 있었던 곳으로 섞여들었다. 사실 8서클의 방어막은 일종의 결계이기 때문에 웬만한 공격은 아예 적중되지도 않는다.

하물며 자신을 노리지도 않고 무작위로 퍼부어진 거대 뱀의 몸부림이 결계를 건드릴 가능성은 없었다.

네로는 곧 바람의 정령을 소환하여 허공 중에 남아 있는 거대 뱀의 독기를 정화했다. 그리고는 뱀의 머리에 기대어 서 있는 레오에게 달려갔다.

휘익, 턱.

야옹!

"오, 네로구나. 그래, 내가 이겼다."

레오는 방금 전까지 죽을 듯이 싸웠던 사람답지 않게 웃었다. 힘들기는 했지만 생전 처음으로 전력을 다해 싸워보니 전신이 상쾌했다.

"주군, 축하드립니다! 이제 결계가 깨지겠군요!"

휴케바인과 크로티아도 다가와 레오에게 축하의 말을 건넸다. 그들은 아직도 이 거대한 뱀이 죽은 것을 믿을 수 없는지 약간 거리를 두고 있었다.

"이제 결계는 깨어진 건가?"

레오는 주변을 둘러보며 그렇게 중얼거렸다. 그의 감각이 밀림 안의 마나의 흐름에 대해 속삭이고 있었다. 변화, 막힌 곳에 구멍이 뚫려 서서히 대기가 흐르는 것 같았다.

야옹!

네로가 마치 확인이라도 해주듯 고개를 끄덕이며 울었다. 그리고는 앞발로 사원이 있던 곳을 가리켰다. 작은 마법진 쪽에서 파란 빛이 뿜어져 나와 허공으로 치솟고 있었다.

사라라라라~

바람의 정령들이 눈에 보이기 시작했다. 파란 빛의 기운을 둘러싸고 돌면서 춤을 추는 듯했다. 오로라와도 같이 공간에 커튼처럼 일렁이는 파란 빛은 하늘을 온통 물들여 그 아름다움에 신성함까지 느껴질 정도였다.

레오는 잠시 그 광경을 바라보다가 빛이 점차 흐려지기 시작하자 마법진 쪽으로 다가갔다.

놀랍게도 마법진 한가운데에 앉아 있던 대샤먼이 고개를 들고 이쪽을 보고 있었다.

살아 있는 미이라와도 같은 모습, 하지만 눈에서 느껴지는 감정은 언데드의 흉포함이 아니라 손녀를 보는 노파의 자상함이었다.

그녀는 천천히 입을 열어 말을 하기 시작했다. 원주민어가 아닌 공용어였다. 그러나 단어와 악센트가 이상한 것이 과거에 사용하던 말투인 듯했다.

"돌아왔군요. 흑옥의 기사여, 그대가 맹약을 지켜 꼭 밀림을 해방하리라 믿었습니다."

"네? 아, 저요?"

크로티아는 대샤먼이 보고 있는 사람이 자신이라는 것을 깨닫고는 놀라서 손가락으로 스스로를 가리켰다. 그러자 대샤먼은 미소를 지으며 고개를 끄덕였다.

"약속대로 그대의 신의에 대한 대가로 밀림의 사람들은 모두 그대를 은혜로운 자매로 생각할 것입니다. 자매여, 그들을 잘 이끄십시오. 새로운 대샤먼이 나타나기까지 10년간 잘 부탁드립니다."

“예? 그게 무슨 소리예요?”

파삭.

크로티아가 반문을 했지만, 대샤먼은 이미 힘이 다했는지 그대로 재로 변해 허공 중에 날려가 버렸다. 바람의 정령들이 슬피 울면서 그녀의 재를 밀림 곳곳에 뿌리기 시작했다.

“어떻게 된 거지?”

레오는 크로티아를 보고 물었다.

야옹?

네로도 그녀를 보고 있었다.

“은혜로운 자매? 그거 무슨 명예직 같은 건가?”

휴케바인은 그래도 자기 아내의 일이라고 열심히 고민했다.

크로티아는 자신에게 집중된 모두의 시선에 당황한 얼굴 표정을 지우지 못했다.

Chap 7
카렌의 후예

"그러니까, 그녀의 선조가 이 결계를 파괴하는 방법을 찾기 위해 밀림을 나섰다는 말이군요? 300년 전에?"

"예, 그렇습니다. 그 당시 마신소환자 렉토스를 막기 위해 대샤먼께서는 스스로의 생명과 이곳에 원래 쳐져 있던 결계의 힘을 담보로 정령신의 힘을 끌어내셨습니다. 그러면서 힘의 유지를 위해 스피리트 나가의 힘마저 사용하게 되었지요."

푸른 구름의 사원에서 가장 나이가 많은 샤먼은 크로티아의 질문에 친절하게 하나하나 대답했다.

그녀의 설명에 의하면, 결계를 치기 전 대샤먼은 크로티아의 조상인 파샤 마하블레이드에게 한 가지 부탁을 했다. 그것은 나중에라도 결계를 파괴하고, 마물을 퇴치할 방법을 찾아 돌아와 달라는 것이었다.

당시 파샤 마하블레이드는 당대 제일의 여검사로서 시얀 제국 최고의 귀족이었다. 그리고 그 가문에 내려져 오는 검사로서의 명성만큼이나 유명한 것이 바로 특유의 검은 피부였다.

마하블레이드 가문의 여성 중에는 가끔 검은 피부를 가지고 태어나는 사람이 있다. 아주 오래전에는 모든 여성이 그랬다고도 하는데, 세월이 흐르는 동안 피가 흐려져서 이제는 아주 가끔씩 그런 경우가 있다는 것이다.

대샤먼의 의지로 세상에서 유일하게 검은 피부를 지닌 마하블레이드 가문의 특징, 즉 검은 피부가 결계를 통과할 수 있는 표식이 되었다.

대샤먼의 부탁을 받은 파샤는 데미리치 렉토스가 세상에서 사라지면 그 후에 돌아오겠다고 다짐한 후 밀림을 떠났다. 물론 그때에는 대륙의 강자들을 모아 봉인되어 있는 마계의 마수 스피리트 나가를 퇴치해야 한다.

파샤는 충분히 가능하다고 말했다.

밀림의 샤먼들이 일 년에 한두 번씩 외부에 나가 농지에 축복을 내려주는 것이 얼마나 큰 도움이 되는가?

아마 그런 원주민들을 돕기 위해서라면 세상의 모든 강자가 힘을 보탤 것이다.

꼭 도의적인 이유가 아니라 실제로 원주민들을 도울 경우, 도움을 준 자에게 그들이 틀림없이 보답을 할 것이기 때문이다.

"그러나 파샤님은 돌아오지 않으셨습니다. 아마 렉토스에게 죽임을 당하셨거나 다른 사고가 있었겠지요."

"그렇군요. 저는 몰랐어요."

크로티아는 자신의 조상이 그렇게 대단한 사람일 거라고는 꿈에도 생각해 본 적이 없었다. 구 시안 제국 최고의 귀족이자 당대 제일의 여

검사라니! 믿기 어려운 일이다.

"대단한데? 그럼 크로티아 공작 부인이 되는 건가?"

휴케바인이 덩달아 흥분해서 말하는 바람에 크로티아의 얼굴은 더욱 붉어졌다.

늙은 샤먼은 미소를 지으며 다시 말했다.

"그대는 이제 은혜로운 자매로서 밀림의 모든 원주민들의 뜻을 대표하게 됩니다. 대샤먼께서 결계의 해방과 함께 정령신에게 돌아가신 지금, 새롭게 태어날 대샤먼은 10년 후에야 그 능력을 발현하게 됩니다. 그때까지 저희가 할 일을 지시해 주십시오."

"예? 그럼 그게……."

"밀림의 여왕이 된 거군."

레오가 무표정한 얼굴로 말했다. 샤먼은 바로 그렇다는 듯 고개를 끄덕였다.

"오오, 여왕!"

휴케바인은 감격스런 어조로 크게 중얼거렸다. 한참 신혼인 그는 뭔진 몰라도 아내의 신분이 갑자기 공작 부인이 되었다가 다시 여왕이 되는 등 급격히 상승되자 마치 자신이 출세를 하는 것같이 기뻐했다.

야옹.

네로는 그런 휴케바인을 한심하다는 눈으로 보았다. 이 녀석은 알고 있을까?

크로티아가 여왕이면 그는 왕이라는 사실을. 그것도 보통 왕국 하나의 규모와는 비교도 되지 않는다. 밀림 전체의, 말하자면 밀림에 영향을 받는 주변 모든 왕국에 대해 절대적인 권력을 행사할 수 있는 거대한 힘의 주인이 되는 것이 아닌가?

대충 생각해 봐도 구 시얀 제국의 영토 대부분은 휴케바인의 말에 껌벅 죽을 것이 틀림없다. 그들에게 있어서 밀림의 샤먼이란 존재는 곡식 생산량을 세 배나 늘게 해주는 위대한 정령신의 신관이기 때문이다.

한마디로, 지금 휴케바인은 대륙의 약 4분의 1에 해당하는 영지를 얻은 것이나 다름없었다.

'지금 가이안 제국 영토의 세 배다, 이놈아!'

네로는 속으로 그렇게 말하며 슬쩍 눈동자를 돌려 레오를 보았다. 그는 입을 꾹 다물고 무언가 생각하는 표정이었는데, 별로 기분이 좋지 않은 듯했다.

'하기야 재주는 뭐가 부리고 돈은 누가 챙긴 셈이지.'

목숨을 걸고 스피리트 나가라는 거대 뱀과 싸운 레오는 얻은 것이 없다. 오히려 자신의 결계 안에서 열심히 구경한 그의 부하가 화끈하게 챙기고 있는 상황이니 기분이 좋을 리가 없을 것 같았다.

그러나 네로는 잘못 생각하고 있었다. 레오는 그런 개념 자체가 없었다.

스피리트 나가와의 싸움이야말로 바로 레오에게 있어서 가장 큰 대가였다. 밀림의 왕이 누가 되는가 하는 것은 그가 고민할 바가 아니다.

레오는 그들의 말을 들으면서 잠시 생각에 잠겼다가 곧 결론을 내렸다는 듯 말했다.

"휴케바인, 너는 이곳에 남아라."

"예, 예? 왜요?"

반사적으로 대답을 하다가 놀라서 되묻는 휴케바인, 그러나 레오의 말은 단호했다.

"그럼 크로티아를 혼자 밀림에 남겨둘 셈이냐?"

"으윽!"

휴케바인은 당황한 표정으로 크로티아를 보았다. 레오의 바짓가랑이를 붙잡고 늘어지는 한이 있어도 따라가리라 결심하고 있던 참인데, 생각해 보니 크로티아는 밀림의 여왕이 되었다.

이곳에 남아야 하지 않겠는가?

야옹.

툭툭.

네로가 잘해보라는 듯 휴케바인을 툭툭 쳤다. 그리고는 사뿐하게 몸을 날려 레오의 어깨에 올라탔다. 레오가 일어나려고 하는 것을 느꼈기 때문이다.

레오는 가볍게 자리에서 일어나 크로티아를 내려다보며 말했다.

"너의 영지다. 휴케바인이 도울 테니 잘해보도록."

"예, 폐하."

크로티아는 정중하게 고개를 숙여 인사했다. 휴케바인이 레오와 함께 떠나지 않게 된 것이 무엇보다 기쁜 그녀였다.

3일 후, 레오는 네로와 단둘이 떠났다. 크로티아와 휴케바인이 그들을 배웅했다.

크로티아는 정식으로 은혜로운 자매가 되어 푸른 구름 사원의 위층을 재건할 동안 이곳에 머물기로 한 터였다. 알고 보니 그 사원은 지하에 진짜 시설이 있고, 위쪽은 일종의 장식이라고 한다. 다행스런 일이었다.

휴케바인은 지난 3일 동안 어느 정도 마음을 비운 듯 더 이상 레오를 애원하는 시선으로 바라보지 않았다.

그는 요즘 처음 밀림에 들어올 때 데리고 들어온 사냥꾼들에게 충성의 맹세를 받고, 부하로 삼아 훈련을 시키고 있는 중이었다.

"하하하, 사실 전 이런 전신 갑옷보다는 가벼운 가죽 갑옷이 더 좋습니다. 이놈들을 단련시켜서 레인저 부대를 만들 겁니다. 밀림 레인저 말입니다!"

휴케바인은 새로운 목적을 만들어냈다. 하지만 그러면서도 한편으로는 레오에게 한쪽 무릎을 꿇고 사정하기도 했다.

"가능하면 빨리 좀 불러주십시오. 샤먼들에게 물어보니 크로티아가 꼭 밀림에 있을 필요는 없다고 합니다."

그는 역시 동료들이 있는 제국의 수도가 좋았다.

비록 에고른이 자신을 잡아먹을 듯이 괴롭혀도, 밤늦게 황궁을 빠져나가 성문에 있는 타로스 영감하고 술을 마시는 것은 절대로 포기할 수 없다고 생각했다.

'얼른 가서 우리 크로티아를 타로스 영감님하고, 발렌 경들에게 소개시켜 자랑해야 하는데!'

그날부터 휴케바인은 모두에게 돌아가는 그날을 상상하는 낙으로 하루하루를 보내기 시작했다.

*　　　*　　　*

미노 제국의 황궁은 그야말로 제국이라는 이름에 걸맞는 규모와 화려함을 가지고 있었다. 수백 개의 건물들이 미로처럼 늘어서 있고, 새로 증축된 외궁은 하나의 인공 호수를 통째로 끼고 있을 정도였다.

수도에 사는 백성들은 다들 이 화려한 궁전을 보며 이런 곳에서 하루라도 살 수 있다면 얼마나 행복할까 하고 생각하곤 했다.

그러나 그들의 생각과는 달리 황궁 안에는 행복보다는 근심과 걱정이 더욱 만연하여 모든 사람들의 가슴속에서 떠나지 않고 있었다.

파캉!

"다시 한 번 말해봐라!"

떨리는 목소리, 극도로 분노하여 감정을 주체할 수 없는 것이 틀림없다. 바닥에 무릎을 꿇고 보고를 하던 자는 황제의 분노에 전신을 벌벌 떨었다.

방금 전 그레일 3세가 자리에서 벌떡 일어나며 집어 던진 음료수 잔은 그의 바로 옆 바닥에 부딪쳐 산산조각이 났다. 파편이 튀면서 상처를 입은 얼굴에서 피가 흘렀지만 기사는 피를 닦을 생각도 하지 못했다.

그는 기사의 신분, 목숨을 버릴지라도 신하의 의무를 저버릴 수 없다.

"넷! 흑사자가 호쿠쿠 밀림에 들어가 결계를 파괴하는 데 성공했다고 합니다. 이에 밀림의 원주민들은 그를 제국의 황제로 인정하고, 흑사자의 부하 중 한 명인 거인 기사 휴케바인을 호쿠쿠 밀림 전체의 영주로 인정했다고 합니다."

"크으으, 그자가!"

"밀림 주변에 자리잡은 열두 개의 왕국은 이미 흑사자에게 충성을 맹세하고, 적극적인 지원을 약속한 상황입니다. 그들 왕국에는 밀림의 샤먼들이 정령의 축복을 내리고 있다고 합니다."

"정령의 축복이라고? 크크크, 그렇다면 흑사자 그놈은 영원히 마르지 않는 곡창지대를 얻은 셈인가?"

그레일 3세는 마치 실성한 듯 웃었다. 아무리 그래도 이건 너무하다
는 생각이 들었다. 밀림의 결계를 파괴하다니?

"후우, 후우."

그레일 3세는 잠시 심호흡을 하며 이성을 유지하려 노력했다. 하마
터면 이성을 잃고 검을 뽑아 보고하는 신하를 벨 뻔했다.

왜 이런 보고를 자신에게 하여 최악의 기분이 들게 만든 것에 대한
죄를 묻고 싶었다.

그러나 그럴 수는 없다. 참고 견디는 것, 그것이 바로 그레일 3세가
형제들을 제치고 끝까지 살아남아 왕위를 손에 넣게 된 최고의 장점이
아닌가?

마음을 안정시키기 위해 한참을 노력한 그레일 3세는 드디어 태사의
에 다시 앉아 등받이에 몸을 기대었다. 그리고는 흥분으로 인해 갈라
진 목소리로 말했다.

"라이넥스 공작을 들라 하라."

"옛!"

기사는 사면령을 받은 사형수처럼 힘찬 목소리로 대답하고는 그대
로 자리에서 일어나 밖으로 나갔다. 아마 황궁 밖으로 나가는 순간 극
도의 긴장 상태가 풀려서 걷기도 어려울 것이다.

그레일 3세는 옆에 있는 시녀가 새롭게 가져다 놓은 잔에 음료수를
따라 거칠게 마셨다.

목이 말랐다. 정무 중에는 절대로 술을 마시지 않는데, 이번만큼은
독한 위스키를 잔 하나 가득 따라서 단숨에 마시고 싶었다.

"흑사자……."

중얼거리는 그의 목소리에는 공포심마저 배어 있었다.

＊　　　＊　　　＊

"폐하께서 나를 부르신단 말이군? 호쿠쿠 밀림의 결계의 일로 말이야."

"그렇습니다."

"알겠네. 바로 황궁으로 들어가기로 하지."

라이넥스 공작은 전갈을 가져온 기사에게 수고했다고 말하고는 하녀를 불러 황궁에 갈 때 입는 예복을 꺼내오도록 시켰다. 기사는 드디어 자신이 할 일을 마쳤다는 얼굴이 되어 얼른 인사를 하고 방에서 나갔다.

이미 해가 진 지 몇 시간이나 지난 한밤중이었다. 황제의 명이 아니라면 황궁에 들어갈 수도 없는 시간. 하지만 그가 부르면 가야 한다.

내일 아침 정식으로 회의가 벌어지기 전에 대략적인 대응 방법을 정해야 그레일 3세가 편히 잠들 수 있을 것이다.

"결계 파괴라니……."

라이넥스 공작은 아직도 그 사실이 믿기지 않는 듯 고개를 절레절레 저으며 중얼거렸다. 그때 방문이 열리며 얼굴을 면사로 가린 여인이 들어왔다.

"황궁으로 가신다고 들었습니다."

"그렇다네. 그대도 정보를 들었는가?"

"공작 전하의 배려로 이곳으로 들어오는 모든 정보를 확인할 수 있으니까요. 정말 큰일이더군요."

"큰일이라는 말로는 부족하지. 솔직히 두렵다네."

"저도 두렵습니다. 소문대로 그는 전란의 세상을 종식시키기 위해 신이 내린 전신일지도 모릅니다."

디오네는 미노 제국에서는 금기가 되어 있는 말을 아무렇지도 않게 꺼냈다. 평소라면 그냥 웃고 넘길 라이넥스 공작이었지만, 확실히 지금은 그렇게 못하겠는지 인상을 찌푸렸다.

"그 말은 하지 않는 것이 좋겠군."

노골적으로 기분이 나쁘다는 표정, 그러나 디오네는 공작에게 사과를 하기는커녕 오히려 한숨을 내쉬었다.

"후우, 역시 공작 전하께서도 그자가 전신이 아닌가, 고민하고 계시는군요."

"뭐라고?"

공작은 순간적으로 화난 표정을 지었지만, 바로 어두운 얼굴이 되었다.

"그대가 나를 시험한 거군."

"그렇습니다. 그리고 알았지요. 미노 제국의 병사들을 포함한 세상의 모두가 흑사자를 신성시하기 시작할 것입니다."

"미노 제국의 병사들도 말인가?"

"실제로 공작 전하가 마음이 흔들리는데, 누가 흔들리지 않을 수 있겠습니까?"

"그건 그렇군."

구구절절 옳은 디오네의 말에 결국 라이넥스 공작은 인정을 하고야 말았다. 하지만 그걸로 결론이 나면 안 된다. 어디까지나 그들의 목표는 미노 제국의 대륙 통일이 아닌가?

라이넥스 공작은 디오네를 보았다. 그녀의 성격상 이런 말을 꺼낸 이상 따로 생각한 것이 있음에 틀림없다.

"계속 얘기해 보게."

노회한 공작은 진중한 목소리로 그녀에게 해결책을 물었다. 그러나 디오네는 잠시 입을 다물고 생각에 잠겼다.

시간이 흘렀다. 라이넥스 공작은 시녀가 가져다준 황실 예복을 손수 입었다. 이제는 가야 할 시간이다. 황제의 부름에 늦는 것은 크나큰 불경이라고 할 수 있다.

"얘기할 수 없는가?"

라이넥스 공작은 결국 참지 못하고 다시 한 번 물었다. 평소의 그라면 절대로 상대에게 재촉을 하지 않지만 상황이 상황이다 보니 어쩔 수 없었다.

그러자 디오네는 고개를 들어 면사로 가려진 얼굴로 라이넥스 공작을 보았다.

"저를 폐하께 데리고 가주십시오. 약간 빠르지만 이제 돌아갈 시간이 된 것 같습니다."

"그대를?"

쫓겨난 후궁이 황제의 허락을 받지 않고 앞에 나아간다면 즉시 참수당한다. 황제가 만약 디오네를 만난 자리에서 그녀를 사면하지 않는다면, 법도에 따라 처벌될 것이다.

라이넥스 공작은 잠시 그녀를 보다가 무겁게 고개를 끄덕였다.

"좋다. 나는 빌려준 대가를 받을 만큼 받았으니 그대는 자유다. 스스로 죽고 사는 것을 결정할 수 있지."

"저는 한 번도 죽겠다고 생각한 적이 없습니다."

"나도 그렇게 생각하고 있네."

라이넥스는 웃었다. 지난 5개월 동안 미노 제국의 힘은 급격하게 신장되어 이제는 대륙의 거의 절반을 손에 넣었다. 이게 다 그녀가 세운 전략과 전술의 결과라고 할 수 있다.

물론 작전의 발안자는 라이넥스 공작 자신으로 되어 있지만, 아마 황제도 그녀의 힘이라는 것을 알고 있을 것이다.

또한 디오네란 여군사는 이미 일 년 동안의 모든 군사 계획을 예상하고, 상황에 따른 견해도를 작성해 놓았다.

라이넥스 공작이 판단하기에, 그 계획대로 한다면 남은 기간 동안 대륙의 대부분은 미노 제국의 그림자 아래 놓일 것이 틀림없었다.

그리고 이제 그녀는 황제의 품으로 돌아가려 한다. 바로 흑사자를 상대할 방법이란 무기를 가지고!

그것이 무엇인지를 자신에게 말하지 않는 것은 이해할 수 있다. 이것이야말로 가장 큰 공! 그녀의 사면과 바꿀 만한 것이기 때문이다.

'후후후, 아무도 믿지 않는군. 과연 그대답다.'

라이넥스 공작은 씁쓸한 미소를 지었다. 그녀는 너무나도 똑똑하여 세상을 잘 파악하고 있는 것이다.

"알았네. 그럼 같이 가도록 하지. 정식 예복은 아니지만 그 차림으로도 상관없겠군."

라이넥스 공작은 디오네가 입고 있는 옷을 보고는 괜찮겠다는 듯 말했다. 그러자 디오네도 그러겠다고 대답했다.

사실 그녀는 지난 5개월 동안 언제라도 황궁에 들어갈 수 있는 복장을 입고 있었다. 옷을 갈아입을 시간 따위는 주어지지 않을 수도 있다는 것이 그녀의 생각이었다.

어둠이 짙게 드리우고 두 개의 달도 구름 속으로 숨어버린 밤, 라이넥스 공작의 마차는 황궁 안으로 들어섰다.

일단 황궁의 외문을 지나자 공작의 마차 옆에는 여덟 명의 근위기사가 호위를 하듯 따라붙었다. 그러나 사실은 호위를 하는 것이 아니라 혹시라도 있을지 모를 암살자가 있나 확인하기 위한 것이다.

마차가 대리석으로 깔린 길을 따라 계속 나아가자 드디어 내벽이 보이고, 그 뒤로 후궁의 건물들이 보였다. 마차는 그곳에서 멈추어 섰다.

"공작 전하, 어서 오십시오. 폐하께서 기다리고 계십니다."

궁중 집사인 돌로크만은 은백색의 머리에 기름을 발라 넘긴 세련된 모습으로 라이넥스 공작을 맞이했다. 내시 출신답지 않게 상당히 남자다운 모습이었다.

그는 일단 라이넥스 공작에게 인사를 하고는 그의 뒤를 따라 마차에서 내리는 여성을 보고는 의외라는 듯 물었다.

"동행하신 숙녀 분께서는 누구신지요? 폐하께서 청하시지 않은 것으로 기억합니다만."

허락받지 않은 자는 들여보내 줄 수 없다는 말이다. 짐짓 모른 척하고 있지만, 아마 그는 디오네를 기억하고 있을 것이다.

"내가 책임을 지도록 하지. 뭣하면 지금 가서 폐하께 여쭈어봐도 좋네."

"그렇게 말씀하신다면 같이 들어가서도 좋습니다. 폐하께서도 전하의 체면을 세워주실 것입니다."

적어도 라이넥스 공작이 화를 입는 경우는 없으리라. 하지만 그녀가 어떻게 될지는 아무도 모른다.

돌로크만은 그렇게 생각하고는 몸을 비켜 그들이 지나가게 했다. 그리고는 라이넥스 공작과 디오네의 뒤를 따르며 나직한 목소리로 황제가 있는 곳으로 안내했다.

"저곳입니다. 그럼."

네 명의 로얄 가드가 서 있는 방문을 가리키며 말한 돌로크만은 자신은 여기까지라는 듯 그대로 몸을 돌려 밖으로 나갔다. 이제 둘만 남은 공작과 디오네는 잠시 멈추어 서서 마음의 준비를 하고는 다시 걸음을 옮겼다.

네 명의 로얄 가드는 그들이 다가오자 손에 들고 있던 할버드를 약간 앞으로 기울이며 그들을 막았다.

그중 한 명의 가드는 얼굴에 가면을 쓰고 있었는데, 그 가면의 눈동자 부분은 보석으로 장식되어 기묘한 빛으로 빛나고 있었다. 그가 바로 황제의 경호를 책임지는 최후의 경호 무사인 러섹이다. 황제와 같이 자라며 황제만을 위한 삶을 살게끔 배려된 네 명의 심복 중 하나.

스스스스.

보석의 눈동자에서 흘러나오는 빛이 더욱 밝아지며 잔상을 남겼다. 러섹은 이 마법 눈동자의 힘을 얻기 위해 스스로의 눈을 파내었다고 한다.

혹시라도 공작이 가짜인지 확인을 하는 것이리라. 이윽고 러섹은 공작과 그 뒤에 있는 여성의 신분을 확인했는지 정중하게 고개를 숙이며 말했다.

"들어가십시오. 폐하께서 이미 기다리고 계십니다."

"알겠네."

문이 소리없이 열리고 두 사람이 들어갔다.

"그래, 드디어 왔군. 너무 늦었지만 그대를 책망할 여유도 없어. 재상! 어떻게 했으면 좋겠소?"

그레일 3세는 마음이 급한지 자신을 향해 인사를 하는 라이넥스를 보자마자 바로 물었다. 외인이 없는 자리이다. 황태자 시절의 스승인 그에게는 어느 정도 친밀하게 대하고 있었는데, 특히 이런 식으로 문제가 발생했을 때에는 더욱 그러했다.

라이넥스 공작은 그런 그레일 3세에게 대답했다.

"폐하, 그 질문에 대답할 사람을 데려왔습니다. 그녀가 아니라면 아무도 대답할 수 없을 것입니다."

"흠, 그렇단 말이지?"

그레일 3세는 그때서야 디오네 쪽을 보았다. 그녀를 못 알아본 것은 아니었다. 단지 황제의 체면상 그녀에게 아는 체를 하게 되면 그녀를 죽여야 하기 때문에 못 본 척한 것뿐이다.

그러나 일단 라이넥스가 그렇게 말하자 마지못해 아는 척을 했다. 무엇보다 그녀만이 대답할 수 있는 문제라는 것에 그레일 3세도 동의하고 있었다.

"좋아, 내가 진 것으로 하지. 계책을 내라, 디오네. 그러면 너의 모든 죄를 사하여 주겠다. 그리고 네가 원하는 것을 이루어주지."

단번에 선언해 버리는 그레일 3세의 말에 디오네는 자신도 모르게 살짝 몸을 떨었다.

그는 이미 알고 있었다! 자신이 무엇을 원하는지를……

꿀꺽.

운명적인 순간이라는 것을 알았다. 그녀는 침을 한 번 삼키고 크게 심호흡을 하고는 그레일 3세에게 말하기 시작했다.

“흑사자는 전신입니다. 인간의 한계를 벗어난 존재. 대륙의 모든 왕국이 완전히 태도를 바꿔 우리 미노 제국이 아닌 흑사자의 눈치를 보고 있습니다.”

“전신! 전신! 세상을 구하기 위해 하늘이 내린 자! 그게 정말인가? 그렇다면 나, 그레일 3세는 하늘의 뜻에 역행하는 자란 말인가?”

그레일 3세는 단번에 분노를 터뜨렸다. 하지만 디오네는 조금도 겁먹지 않았다.

그녀의 주군인 그레일 3세는 아무리 화가 나는 상황에서도 판단이 흐려지지 않는다.

가장 무서운 주군, 감정을 속이려 하지도 않고 그렇다고 해서 감정에 얽매이지도 않는다. 황제인 그와 개인의 그는 전혀 다른 사람이라고 할 수 있다.

“흑사자가 결계를 파괴하고, 샤먼들의 인정을 받은 이상 구 시얀 제국의 영토는 모두 그의 영향력 아래로 들어갔다고 볼 수 있습니다. 사실 제가 생각하기로 가이안 제국이 힘을 얻기까지 적어도 5년은 걸릴 것 같았는데, 이대로라면 올해가 지나기 전에 충분히 제국으로서의 힘을 지니게 될 것입니다.”

“그렇겠지. 그리고 시간이 지나면 지날수록 그 힘은 강해진다. 샤먼의 축복을 받은 영지가 식량을 무한정으로 쏟아내기 시작하면 그게 다 군량이 되겠지!”

그레일 3세는 상상하기도 싫다는 듯 고개를 저었다. 그러나 디오네는 오히려 한술 더 떠서 그레일 3세의 속을 긁었다.

“그렇습니다. 이대로라면 처음 3년 이내에 저들을 확실하게 제압하지 못할 경우, 우리 미노 제국이 수십 년간 쌓아온 힘을 저들이 따라잡

게 됩니다. 그러므로 하루라도 빨리 진군을 하여 속전속결로 승부를
내는 것이 좋겠습니다."

"그게 끝인가?"

당연한 소리를 하러 여기까지 온 것이라면 디오네의 목숨은 끝이다.
적어도 그레일 3세는 개인적인 정으로 그녀를 살려줄 생각은 추호도
없었다. 하지만 그것은 디오네도 잘 알고 있는 사실이었다.

"그리고 또 하나……."

디오네는 품 속에서 한 장의 서류를 꺼내 그레일 3세에게 내밀었다.
라이넥스 공작에게도 보이지 않고 숨겨두었던 서류였다.

그녀가 지난 몇 년간 혹시나 하는 마음으로 포기하지 않고 찾아왔던
것에 대한 기록이 그 서류에 적혀 있었다.

"이것이 정말인가?"

그레일 3세의 눈이 빛나고 있었다. 라이넥스 공작은 서류에 적힌 내
용이 무엇인지 알고 싶은 마음이 간절했지만, 차마 보여 달라고는 할
수 없었다. 단지 그녀의 도박이 승리로 끝나가고 있다는 것을 직감적
으로 느낄 뿐이었다.

디오네는 자신만만한 미소를 지으며 대답했다.

"확실합니다. 이미 몇 차례나 확인을 끝냈습니다."

"나쁘지 않군."

서류를 보며 중얼거리는 그레일 3세의 목소리는 가볍게 떨리고 있었
다. 흥분, 그것은 흥분이었다.

"그자가 전신인지 아닌지는 저도 확신할 수 없지만, 미노 제국의 적
인 것만큼은 확실합니다."

"그렇지."

"그자가 설마 정말로 기적을 일으킬 줄은 저도 예상하지 못했지만, 적어도 저는 그전부터 흑사자가 전신일지도 모른다 생각하고 있었습니다. 후궁으로 있을 때부터 모든 사람이 흑사자를 논할 때 마음 한쪽에 경외심을 품는 것을 느낄 수 있었지요. 심지어는 폐하조차 말입니다. 폐하께서도 경외하는 자가 어떻게 인간일 수 있겠습니까?"

"……."

그레일 3세는 아무런 말도 하지 못했다. 사실 그는 흑사자를 불세출의 영웅으로 생각하고 있었다. 그렇지만 인간이 아니라고는 믿지 않았다.

그런데 눈앞의 이 여자는 상대가 인간이 아닐지도 모른다는 생각까지 했다고 하지 않은가? 그리고 그런 자를 상대로 싸울 준비를 해왔다는 것이다.

디오네는 신성한 맹세를 하듯 한쪽 무릎을 꿇고 황제의 오른쪽 손을 잡아 그 손등에 입을 맞추었다. 그리고 힘을 주어 한 자 한 자 끊어 말했다.

"흑사자가 인간이든 아니든 그는 죽습니다, 폐하."

"좋아, 좋아!"

그레일 3세는 왼손으로 그녀의 어깨를 짚으며 대답했다. 그것으로 디오네의 모든 죄는 사라졌고, 그녀는 다시 후궁이 되었다.

만약 흑사자가 죽는다면 정식으로 황비가 될 것이 틀림없다. 적어도 황제는 자신의 한 말을 지키는 자이기에 의심할 여지는 없었다.

다음날, 미노 제국의 황궁에서는 대규모 회의가 열렸다. 그 자리에서 그레일 3세는 모든 정복 사업에 우선하여 가이안 제국으로의 진군을 명했다. 그동안의 준비가 철저했기에 이제는 어느 정도 무리한 군사 활동도 충분히 지탱할 수 있는 저력이 생겼다.

무장들은 모두 이때를 기다려 왔다고 함성을 지르며 저마다 맡은 군을 정비하여 출군하기 시작했다.

물론 제국의 전군을 집중시키는 것은 쉽지 않은 일이다. 적게 잡아도 몇 개월은 걸린다.

하지만 현재의 미노 왕국의 전군은 동맹군을 합하여 약 120만, 그들은 일단 전군이 출군하기만 하면 가이안 제국을 완전히 갈아엎을 수 있다 확신하고 있었다.

그러나 마음 한구석에 흑사자라는 존재에 대한 부담감이 여전히 남아 있는 것만큼은 부인할 수 없는 사실이었다.

그렇게 모든 사람들이 이 전면전에 대한 준비로 눈코 뜰 새 없이 바쁜 상황에서 황궁의 뒷문으로 한 대의 마차가 소리 소문 없이 빠져나갔다.

그 안에 타고 있는 것은 바로 새롭게 황제의 후궁으로 복귀한 디오네였다.

이미 얼굴에 새겨진 마법의 문신을 지우고 모든 직위를 보장받은 그녀는 그 이외에도 또 한 가지의 권리를 얻었다.

바로 황궁을 나서서 움직일 권리! 후궁으로서는 있을 수 없는 일이었지만, 그레일 3세는 그녀가 모든 계략을 자유롭게 사용할 수 있도록 그것을 허락했다.

그 기한은 바로 황제가 가장 증오하고, 두려워하는 원수 흑사자가 세상에서 사라질 때까지였다.

*　　　　　*　　　　　*

소이파는 오늘도 방목한 산양을 지키며 혹시라도 늑대나 다른 마물들이 나타나지 않을까 조마조마한 하루를 보냈다. 대륙의 최고 북단에 위치한 이곳 북부 산맥은 항상 춥고 먹을 것이 적다. 그리고 당연한 얘기지만 굶주린 마물도 많다.

"하아, 그래도 오늘은 별일이 없었군."

해가 질 무렵이 되자 마을로 돌아오면서 그는 안도의 한숨을 쉬었다. 그러나 한편으로는 다리에 힘이 빠지는 것을 느꼈다.

당장 먹고살 수는 있지만 고독과 함께 끓어오르는 무엇인가가 점점 이 생활을 거부하고 있었다. 그의 나이는 이제 20세, 철들기 시작하면서부터 마을의 산양을 관리하기 시작한 지 벌써 8년이 지났다.

그동안 이곳은 완벽하게 정지해 있었다. 오직 바뀌는 것은 하루가 다르게 성장하는 소이파의 신체와 가슴속에서 부풀어 오르는 욕망뿐.

산양들은 이미 숙련된 양치기인 소이파의 지휘에 익숙한 듯 그가 다른 생각을 하며 멍하니 걸어도 얌전하게 따라오고 있었다. 어느덧 그는 하루 일의 종착역이라고 할 수 있는 촌장의 집까지 와버렸다.

"서른두 마리, 틀림없군. 오늘도 수고했네. 그럼 내일 해가 뜰 무렵에 오게."

마을 촌장은 산양의 수를 하나하나 세어 확인하고는 고개를 끄덕이며 빵과 음료, 그리고 동전 두 닢을 소이파에게 주었다. 하루의 일당이다.

아침에 식량을 받아 양을 몰고 나가서 하루를 무사히 보내고는 다시 돌아와 식량을 받아 가는 생활. 그것은 노인에게나 어울리는 생활이라고 소이파는 요즘 들어 생각하기 시작했다.

“술이나 마실까?”

손에 든 동전 두 닢을 보며 잠시 망설였다. 마을에서 유일한 호프가 바로 저 앞에 있었다. 시원한 흑맥주를 두 잔은 마실 수 있다.

“젠장.”

소이파는 욕망을 떨쳐 버리려는 듯 세차게 고개를 저었다.

새 옷을 사지 않으면 겨울을 춥게 보내야 한다. 낡은 헌 옷은 이곳저곳이 헤어지고 터져 있어서 더 이상 기우기도 힘든 상태였다.

앞으로 한 달간은 새 옷을 사기 위해 꼼짝없이 돈을 모아야 할 것이다. 술을 마시고는 싶지만 구멍 난 옷으로 이 북부 산맥의 바람 속에서 하루종일 버티다가는 몸이 견뎌나질 못한다.

탁!

소이파는 스스로에게 화가 난 듯 땅에 굴러다니는 돌 중 하나를 세차게 발로 찼다. 술 한 잔도 마음대로 마시지 못하고 겨울 걱정을 해야 한다니? 이게 피 끓는 젊은 청년이 할 생각인가?

“차라리 사냥을 나설까?”

사냥꾼의 마을이니 양치기를 그만두고 사냥 기술을 배우겠다고 하면 끼어주기는 할 것이다. 하지만 그게 불가능하다는 것은 소이파 스스로가 잘 알고 있었다.

사실 어렸을 때 부모님이 모두 돌아가시면서 고아가 된 소이파를 마을 사람들은 사냥꾼으로 키우려 했다. 그러나 소이파는 드물게 보이는 겁쟁이로, 피를 보는 것조차도 두려워했다.

결국 그는 양치기가 될 수밖에 없었다. 마물이나 늑대가 나타나면 도망을 가면서 소리를 친다. 다른 마을의 양치기는 늑대 한두 마리 정도는 맞서서 싸우기도 하는데, 소이파는 절대로 그런 무리를 하지 않았다.

그래서 오히려 마을 사람들은 안심하고 소이파에게 양을 맡겼다. 겁이 많은 만큼 항상 긴장하며 주변을 살피기에 늑대가 접근하는 것을 아주 잘 알아차리는 것이다.

결국 그는 평생 양을 치면서 살아야 하는 운명인 셈이다.

"결혼도 해야 하는데……."

혼자말로 그렇게 중얼거리자 가슴속에 있는 욕망이 다시 끓어오르기 시작했다.

그러면서 느껴지는 것은 더욱 큰 절망감! 누가 양치기에게 딸을 준단 말인가? 사냥꾼들도 능력이 있는 자를 제외하면 결혼을 하기가 결코 쉽지 않다.

"후우."

결국 자신의 집 앞까지 도착한 후에야 소이파는 깊은 한숨으로 모든 것을 포기했다. 조그마한 통나무집이지만, 그래도 비바람을 피할 수 있는 소중한 집이다. 그 공간에 암울한 감정을 가진 채 들어가기는 싫었다.

바로 그때 그가 걸어온 길 뒤쪽에서부터 누군가가 헐레벌떡 뛰어오는 소리가 들렸다.

"어이! 소이파."

"예? 코파 씨, 무슨 일로 이렇게 급하게……?"

소이파는 겁이 덜컥 나 뛰어온 자에게 물었다. 혹시라도 산양 중에 상처를 입은 놈이 있었나?

아무리 가벼운 상처라도 치료를 해서 데려와야 한다. 그런데 오늘은 하루종일 하늘만 보며 여러 가지 생각에 잠겨 있었으니 일일이 양들을 살피지 못했다.

"어서, 촌장님 댁으로 돌아가 봐. 급하게 찾으시더군."

"호, 혹시 양이 상처를 입었나요?"

소이파는 솔직하게 묻기로 했다. 미리 마음의 준비를 해야 혼이 나더라도 조금은 덜 괴로울 것 같았다. 그러나 코파는 그게 아니라는 듯 두 손을 맹렬하게 저으며 숨찬 목소리로 대답했다.

"그게 아니야. 무지하게 화려한 복장을 한 사람들이야! 내 살면서 그런 미녀는 처음 봐!"

두서가 없는 코파의 말은 내용을 완전히 전달하기에는 부족한 것이었지만 소이파는 미녀라는 말에 두 눈이 확 뜨이는 것을 느꼈다.

"그런가요? 알았어요."

그는 즉시 뛰기 시작했다. 무슨 일 때문인지 몰라도 미녀는 꼭 봐야 한다. 설령 잘못 찾아온 것이라고 해도 일단 구경을 하면 그만큼 이익이 아닌가?

"헉, 헉!"

숨이 차 올랐다. 가슴속이 세차게 두근거리기 시작했다. 멍하니 걸어올 때에는 미처 생각하지 못했는데 촌장 집은 마을 한가운데에 있고, 그의 집은 구석에 위치했다. 뛰어서 10분 이상은 가야 한다. 그래도 멈추지 않았다.

한참을 뛰니 저쪽에 보이는 촌장 집 주변에 마을 사람들이 다 나와 있는 것이 보였다.

그리고 그들 너머로 보이는 것은 하나의 화려한 마차, 그리고 그것에 매여져 있는 네 마리의 말이었다.

이야기책에서나 나올 법한 잡털 하나 섞이지 않은 말들은 대충 봐도 보기 드문 명마임에 틀림없다. 말하자면 그 말 한 필의 값이 소이파 자신의 몸보다 수십 배는 비쌀 것 같은 느낌이 들었다.

"소이파다."

"그가 왔다."

사람들은 달려오는 소이파를 보며 웅성거리기 시작했다. 촌장 집에 찾아온 자들이 만나기를 원한 사람이 드디어 나타났다.

마을의 고아이자 양치기인 청년을 그런 자들이 왜 일부러 만나러 왔을까? 그들은 정말로 궁금한 듯 연신 소이파와 촌장 집을 번갈아 보며 수군거렸다.

소이파는 그런 사람들을 헤치고 촌장 집으로 가서 문을 열었다.

"촌장님, 부르셨습니까?"

"어서 오게."

익숙한 노인의 목소리, 그러나 여느 때와는 다르게 정중한 어조였다.

소이파는 자신도 모르게 주눅이 들어 헐떡이던 숨을 억지로 참으며 조심스럽게 안으로 들어갔다. 그리고 그는 보았다. 코파가 말한 난생 처음 보는 미녀를!

꿀꺽.

하얀 비단 드레스에는 먼지 한 톨, 구김 하나 없었다. 연한 보라색의 반투명한 베일로 눈 아래를 가렸지만 어디까지나 형식적인 듯 턱 윤곽과 코, 그리고 붉은 입술이 모두 비쳐 보였다.

단정하게 틀어 올린 밝은 금발은 여덟 개의 비취가 장식된 핀으로 정교하게 고정되어 있어 마치 조각과도 같았다.

그리고 무엇보다 전체적으로 느껴지는 귀부인의 기품, 그것은 소이파가 한 번도 상상해 보지 못한 분위기였다.

그녀의 뒤에 서 있는 두 명의 기사도 최고급 전신 갑옷과 화려한 망토를 입은, 이런 산골에서는 절대로 볼 수 없는 모습이었지만 소이파에게는 그들이 있는지조차 보이지 않았다.

"소이파님이신가요?"

의자에 앉아 있던 그녀가 자리에서 일어났다. 그와 동시에 그 매혹적인 입이 열리며 새처럼 투명한 목소리가 흘러나왔다. 소이파는 대답조차 할 수 없었다.

"그렇습니다, 부인. 이 청년이 말씀하신 소이파입니다."

촌장이 얼른 따라 일어나며 소이파를 대신해서 대답했다.

소이파는 얼굴이 팍 붉어지며 속으로 스스로를 저주하기 시작했다. 그녀가 질문을 했는데 대답을 하지 못하고 멍하니 서 있었다니!

그러나 그 귀부인은 전혀 신경 쓰지 않는 듯 소이파를 향해 정중하게 인사를 했다.

"디오네라고 합니다, 소이파님."

"아, 예. 저, 저에게 무슨, 볼일이신지······."

최대한 말을 더듬지 않도록 노력했지만, 그래도 억양이 이상한 것만큼은 감출 수 없었다. 일부러 그렇게 말하려 해도 쉽지 않을 정도로 이상한 말투, 말을 하면서 점점 다리에 힘이 빠지는 소이파였다.

디오네는 살짝 웃었다. 그러면서 뒤로 살짝 손짓을 하자 기사 중 한 명이 얼른 의자를 놓았다.

"일단 앉으시지요. 예상치 못한 일이라서 놀라시겠지만, 마음을 가라앉히시고 제가 설명할 시간을 주세요."

"아, 예."

소이파는 얼른 자리에 앉았다. 귀족인 기사가 자신에게 직접 의자를 권했다는 사실은 알아차리지 못했다.

방 안으로 들어선 순간부터 그의 시선은 오로지 디오네에게 고정되어 있었다.

디오네는 그런 소이파의 반응에 상당히 기분이 좋았다.

미모를 무기로 삼으려는 생각은 없었다. 하지만 이자가 자신에게 호감을 가진다는 것 자체는 무엇과도 바꿀 수 없을 정도로 중요한 일이다.

하지만 그녀는 일부러 소이파에게 잘 보이려 하지는 않았다. 오히려 아주 사무적인 태도를 유지하려 했다.

어차피 그녀는 황제의 여인, 소이파가 나중에라도 황제에게 질투를 품게 되면 안 된다. 디오네는 자신이 소이파에게 여신이 되어야지 여자가 되면 안 된다는 것을 알고 있었다.

그럼으로써 상대는 끝까지 자신의 말을 무조건적으로 신용하게 될 것이다. 순간적인 유혹 따위보다는 훨씬 무거운 신뢰라는 감정을 가지고 마음을 터놓을 수 있어야 한다.

그녀는 모든 사람들에게 자리에 앉으라고 권했다. 마치 촌장 집의 주인이 바뀐 듯했지만 아무도 뭐라고 말을 하지 않았다.

그리고 모든 사람들이 앉아 다시 그녀에게 시선을 집중했을 때 디오네는 마음속으로 셋을 세고는 천천히 말을 하기 시작했다.

"위대하신 미노 제국의 황제, 그레일 3세 폐하께서는 어려웠을 때의 일들을 결코 잊지 않으십니다. 또한 제국이 세워지기까지 그늘에서 힘이 되어준 공신들에게는 항상 보답을 해야 한다고 말씀하셨지요."

"예, 예."

그래서요? 라고 묻고 싶었다. 그러나 그녀가 말을 하는데 감히 끼어들 수는 없다. 소이파는 정신을 바짝 차리고 귀를 기울였다.

"미노가 과거 어려웠을 때, 많은 공신들의 희생으로 왕국을 유지하던 시절이 있었습니다. 그때는 너무 힘들어서 그런 분들에게 충분한 보답을 하지 못했지요. 바로 소이파님의 중조부님과 같은 분들 말입니다."

"예, 예? 제 중조할아버지요?"

머리 속에서 쿵! 하는 소리가 들리는 것 같았다. 소이파는 믿을 수 없다는 듯 두 눈을 휘둥그레 뜨고는 자신도 모르게 큰 목소리로 반문했다.

디오네는 천천히 고개를 끄덕이며 소이파에게 틀림없다는 듯 대답했다.

"소이파님의 중조부님께서는 미노 제국의 백작의 작위를 가지신 보늘로 파들로 백작님이십니다."

"보늘로 파들로… 백작!"

중조할아버지의 이름 따위를 알 리가 없다. 파들로라는 성이 있었던 것도 기억 속에만 존재할 뿐이다.

철들면서부터 마을 사람들은 누구나 다 소이파라는 이름으로만 불렀다. 그의 성이 무엇인지 알고 있는 사람은 아버지 때부터 이 마을에서 살아온 나이가 든 사람들뿐이었다.

하지만 그녀의 눈은 믿으세요, 라고 속삭이고 있었다. 거역할 수 없는 절대적인 속삭임, 그것은 이미 소이파의 뇌리에 각인되고 있었다.

디오네는 잠시 여유를 두어 소이파가 어느 정도 진정할 때까지 기다렸다.

나중에 다시 천천히 설명을 하겠지만, 가능하면 처음 설명으로 상대가 이쪽의 의도를 다 알아야 좋다. 첫인상과 선의가 함께 전해지면 그 효과가 더욱 클 것이기 때문이다.

"이번에 미노가 제국이 되면서 대륙에 그 정통성을 알리지 않으면 안 되게 되었습니다. 제국의 힘과 역사는 결코 하루아침에 이루어지지 않기 때문이지요. 그런 만큼 지금 저희가 가장 힘을 기울여야 할 것 중 하나는 과거에 왕국을 위해 희생된 공신들의 후손을 찾아 보답을 하는 것입니다. 그래야 세상 사람들이 우리 미노 제국에 충성하면 결코 후회를 하지 않게 되리라고 생각할 테니까요."

솔직한 설명, 촌장을 비롯한 모든 사람들이 과연이라고 속으로 중얼거렸다. 쓸데없이 정의니 충의니 하며 설명하는 것보다 훨씬 알기에 편했다.

"그리고 사실 폐하께서는 결코 공을 세운 신하들을 잊지 않으십니다. 그렇기에 이 일은 더욱 의미가 있는 것이지요."

디오네는 그렇게 말하며 희고 고운 두 손으로 소이파의 양손을 꼬옥 잡았다. 소이파는 전신을 부르르 떨며 그대로 몸이 굳어버렸다.

디오네는 소이파의 두 눈을 정면으로 주시하며 한 자 한 자 또박또박 말했다. 마치 그에게 최면을 걸기라도 하듯이 맑으면서도 힘있는 목소리였다.

"그래서 제가 왔습니다. 저와 함께 제국의 수도로 가서서 폐하를 만나주십시오. 정식으로 작위를 되찾고, 미노의 백작으로서 세상에 소이파님의 명성을 알리게 될 것입니다."

"미노의 백작."

소이파는 벌벌 떨면서 그녀의 말을 들었다. 가슴속으로부터 무엇인가 알 수 없는 감정이 북받쳐 올라와 두 눈을 자극했지만, 신기하게도 눈물로 변해 흘러나오지는 않았다.

단지 그는 디오네에게 두 손을 잡힌 채 몇 번이나 백작이라는 말만 중얼거리고 있을 뿐이었다.

소이파가 디오네의 마차를 타고 미노의 수도로 도착했을 때에는 이미 열 명 정도의 구 귀족의 후손들이 도착해 있었다.

디오네의 설명에 의하면, 이번에 그들이 조사한 자들의 수는 모두 30명 정도에 이른다고 했다.

그중에서 몇 명은 오해가 있을 수도 있기에 조금 더 알아봐야 하지만, 일단 공신의 후예로 판단이 서면 무조건 과거의 작위를 인정하고 황제가 직접 영지를 내린다고 한다.

"공을 세우고 희생된 분들이라 따로 포상을 하거나 작위를 올려야 하지만, 일단 우리 미노 왕국이 제국이 되었기 때문에 작위는 과거와 같습니다. 하지만 실질적으로 내려지는 영지와 저택 등은 왕국 당시의 두 배 이상이 될 것입니다."

"그런가요? 저, 그런데……."

"예, 말씀하십시오, 소이파 경."

"저는 무술 훈련도 한 적이 없고, 또 학문도……."

소이파는 기어들어 가는 목소리로 말했다. 솔직히 그가 할 수 있는 것은 양을 관리하는 것뿐이 아닌가?

그러나 디오네는 웃으면서 그의 불안을 달랬다.

"염려 마세요. 이번에 새로 소이파 경을 비롯한 공신의 후예들을 위한 교육 기관이 신설됩니다. 그곳에서 조금씩 배워 나가시면 몇 년 안으로 귀족의 교양을 몸에 지니시게 될 겁니다."

"그런가요?"

소이파는 그 말에 어느 정도 마음이 놓이는 듯했다. 그러나 곧 다시 걱정이 되기 시작했다. 사실 그는 글을 읽고 쓸 줄도 몰랐다.

디오네는 다시 타이르듯 말했다.

"조금 힘드시더라도 노력해 주세요. 물론 귀족의 교양이 없어도 선조의 공이 사라지는 것은 아닙니다. 하지만 훌륭하게 가문을 재건하시려면 적지 않은 노력이 필요할 것입니다. 모든 것은 소이파님의 노력에 달렸습니다."

"그렇군요."

소이파는 마음을 가득 채웠던 불안함이 서서히 사라지는 것을 느꼈다. 디오네의 격려는 그에게 있어서 절대 명령과도 같았다.

가슴속에서 20대 청년의 패기가 끓어오르기 시작했다.

한다! 비록 조상처럼 훌륭한 무관은 될 수 없을지라도 적어도 백작의 작위에 어울리는 교양은 쌓을 수 있다고 생각했다.

그는 희망과 열의에 불타는 눈으로 그녀를 보며 깊게 고개를 끄덕였다.

＊　　　＊　　　＊

황제의 서재에는 그레일 3세가 앉아 책을 편 채 읽고 있었다. 옆에 서서 말을 하는 디오네에게는 전혀 관심도 없는 듯한 태도이다. 그러나 사실은 정반대로 그의 정신은 펴놓은 책의 제목이 무엇인지도 알지 못할 정도로 온통 디오네에게 쏠려 있었다.

“30명의 공신 후예들이 오늘 정식으로 교육에 들어갔습니다. 그들은 귀족의 교양과 영지 관리법, 그리고 당연히 가져야 할 제국에 대한 충성심을 배우게 될 것입니다.”

사락.

그레일 3세가 책장을 넘겼다. 그것이 계속 말을 하라는 재촉이라도 되는 듯 디오네는 보고를 계속했다.

“이번 일로 제국 내의 모든 귀족들의 평판이 지극히 높아졌습니다. 아무리 혹사자라고 해도 그들은 폐하를 위해 목숨을 걸고 싸울 것입니다.”

사락.

“그리고 소이파에 대한 재조사가 끝났습니다. 그는 확실히 카렌의 후예입니다.”

탁!

책이 덮였다. 그레일 3세는 디오네를 보고 있었다. 결국 황제로서의 위엄을 보이는 것을 포기하고 그녀에게 항복을 선언하는 것과 같았다.

디오네는 속으로 그것 보라는 듯 웃었다.

‘그대는 저를 보아야 합니다. 오직 저만이 그대의 곁에서 나란히 앉을 수 있다는 것을 인정하셔야 합니다.’

그녀는 속으로 그렇게 중얼거렸다. 하지만 겉으로는 전혀 표정의 변화가 없었다. 그녀는 말을 계속했다.

“교육이 끝나면 소이파는 제국에 대해 절대적인 충성심을 가지게 될 것입니다. 이로써 우리 미노 제국은 대륙을 통일하는 데 가장 확실한 수단을 하나 확보했습니다.”

"전설은 사실이겠지?"

그레일 3세는 아직도 그녀의 계책을 확신할 수 없는 듯했다. 하지만 믿지 않을 수도 없다.

"확실합니다. 마법사가 이미 그의 핏줄에 흐르는 맹약의 기운을 탐지했습니다. 이제 소이파 경이 자신의 생명을 걸기만 하면 흑사자는 죽습니다."

"그가 과연 자신의 생명을 포기할까?"

그것도 문제다. 아무리 세뇌 교육을 한다고 해도 인간은 자신의 생명을 소중히 생각한다. 그런데 결정적인 순간에 제국을 위해 목숨을 던질 수 있을까?

제국에 목숨을 바쳐 충성하는 자는 적지 않다. 그레일 3세는 그것을 잘 알고 있었다. 하지만 소이파가 그러리라고는 확신할 수가 없다.

그러나 디오네는 별것 아니라는 듯 웃으며 말했다.

"꼭 그가 자신의 목숨이 가지는 가치를 알 필요야 없지요. 그저 계약을 하기만 하면 되니까요."

"그런가? 그럼 확실하군."

그레일 3세는 그때서야 디오네의 속셈을 알았는지 미소를 지었다. 진실을 전부 가르쳐 줄 필요는 없다. 단지 제국을 위해 그가 무엇인가를 할 수 있다는 것만 가르쳐 주면 되지 않겠는가?

그 대가가 바로 자신의 생명이라는 것은 일이 끝난 후에 자연스럽게 알게 될 것이다.

"소이파 파들로 백작께서는 그가 소망하는 대로 미노 제국 제일의 공신으로 역사에 기록될 것입니다. 그의 후손은 영원에 가까운 시간 동안 영화를 누리겠지요."
　그녀는 마치 자신이 소이파에게 은혜를 베풀었다는 듯 중얼거렸
다.

❖ Chap 8 ❖
내면의 힘

"룰루랄라~"

산더미처럼 쌓인 자루를 세는 사람은 가장 좋아하는 장난감을 선물로 받은 어린아이처럼 순진한 표정을 지었다. 끊임없이 흘러나오는 콧노래는 그의 기분이 진정으로 극상의 상태임을 증명하고 있었다.

"123자루인가? 딱 삼십 배로 불었군."

이것이 바로 삶의 보람인 것인가? 그는 속으로 그렇게 중얼거렸다.

옆에서 서류 뭉치를 들고 지켜보던 수하는 아직도 제정신을 차리지 못한 듯 입을 벌리고만 있었다. 무리도 아니다. 반년 전 처음 사업 자금을 보았을 때에도 그는 그랬으니까.

킬번이 그를 신용하고 자신의 자금을 보여주는 이유가 바로 거기에 있었다.

그는 통이 작다. 머리가 좋고 수완도 있지만, 일정 이상의 자금을 보면 일단 기가 질리고 생각이 멈추기 때문에 스스로 대금을 운영할 수 없는 것이다.

그것이 단점이라고? 천만에, 킬번이 보기에 이 돌먼이라는 수하의 최대 장점이 바로 그것이었다.

적정한 수준까지는 나름대로 움직여 주고, 진짜 큰일에 대해서는 최대한 충실하게 자신의 명에 따른다.

절대 배신할 생각도 품지 않는다. 왜냐하면 돌먼 스스로가 자신이 이런 대금을 운영할 재능이 없다는 것을 알고 있기 때문이다.

물론 주의할 점이 있다. 이런 수하일수록 좋은 대우를 해주되 통이 커지지 않을 만큼만 잘해주는 것이다. 과연 킬번의 계산대로 돌먼은 자신이 감당할 수 있을 범위 내에서의 극상의 대우에 아주 만족하고 있었다.

"돌먼, 다 확인했으니 미리 계획했던 대로 각 지부에 배당을 하고, 나머지 자금을 재투자해라."

킬번은 돌먼이 번쩍 정신을 차릴 수 있도록 큰 목소리로 말했다. 엄청난 양의 돈에 거의 패닉 상태에 빠졌던 돌먼은 화들짝 놀라 겨우 제정신을 차리고 대답했다.

"예? 예."

"이제 정신이 드나? 놀라는 것은 이해하지만, 그렇다고 해서 일 처리에 빈틈이 있으면 안 되네."

"물론입니다. 맡겨두십시오."

돌먼은 언제 자신이 얼이 빠졌었냐는 듯 눈을 빛내며 말했다. 그의 상관인 킬번은 화끈한 남자로 자신이 충성을 바칠 만한 자이지만, 실수에 대해서는 절대로 봐주지 않는다.

반면에 일을 성공적으로 처리하면 보상금을 많이 주기 때문에 긴장을 하는 보람이 있다.

킬번은 그런 돌먼을 믿음직스럽다는 듯 웃으며 보다가 어서 가라고 손짓을 했다. 그러나 돌먼은 잠시 머뭇거리다가 이것만은 물어봐야겠다는 듯 말을 꺼냈다.

"그런데 말입니다, 대상주님. 한 가지만 여쭈어봐도 되겠습니까?"

"뭐지?"

킬번은 수하의 질문에 일일이 대답해 주는 성격은 아니다. 하지만 지금은 아주 기분이 좋으니 특별히 대답해 주기로 했다.

"어떻게 흑사자께서 밀림의 결계를 깬다고 확신을 할 수 있었습니까? 만약 그분이 실패했다면, 이번처럼 극단적인 투자를 한 경우 투자 자본이 모두 먼지처럼 사라져 버렸을 것이 아닙니까?"

돌먼은 말을 하면서도 그때의 기분이 되살아나는 듯 안색이 변했다. 생각만 해도 심장이 뛴다. 결계가 깨진다는 것을 전제로 상회의 전 재산을 투자하다니?

당시 그 사실을 알게 된 돌먼은 혹시나 하는 마음에 결계에 대하여 가능한 정보를 알아보았다. 그 결과, 그는 거의 기절할 지경에 이르러 자신의 행동을 후회했다.

인간이 결계를 깰 확률은 전무하다! 모든 정보는 오직 한 가지 사실만을 말하고 있었다.

돌먼만 그렇게 생각한 것이 아니다. 킬번 상회에 투자한 다른 상주들도 마찬가지의 판단을 내렸다. 그들은 이 사실을 뒤늦게 알고 당장 투자금을 돌려달라고 한바탕 난리를 쳤다. 그중에는 무장한 사람들까지 대동한 이들도 있었다.

“이미 투자한 돈을 무슨 수로 내놓으라는 거요?”

정작 킬번은 몰려든 상주들을 모아놓고 그렇게 말했다. 그때에도 돌먼은 자신의 주군이 금방이라도 맞아죽지 않을까 마음을 졸였다. 그가 당하면 자신이라고 무사할 리 없기 때문이기도 했다.

하지만 킬번은 역시 고수였다. 그는 처음의 발언으로 분위기를 더욱 험악하게 만들더니, 다음엔 미끼를 흔들었다.

“내 목을 걸지요. 어차피 지금은 어떻게 해도 돈을 돌려 받을 수는 없소. 성공한다면 그대들은 모두 떼돈을 벌게 될 것이니, 그때 하고 싶은 일이나 생각해 두시구려.”

이 말을 하는 킬번의 얼굴에는 불안한 기색은 전혀 없었다.

다른 상주들은 대부분 대륙의 주요 도시 도둑 길드장이나 그들의 소개로 투자를 한 사람들이다. 이 업계에서 생명을 걸었다면 그것을 내놓아야 함은 불문가지이다. 그저 큰소리치는 것과는 달랐다.

거기에 말을 한 이는 킬번, 도둑 길드장으로 있으면서 그는 늘 자신의 생명이 가장 소중하다고 공언했던 터였다.

—세상에서 가장 중요한 것은 명예도 돈도 아니다. 내 자신의 목, 즉 생명이다. 일단 사는 게 장땡이다!

그런 그가! 바로 자신의 목을 내건 것이다!

킬번의 공언과 결계를 깨러 간 사람이 흑사자였기에 다른 상주들은 일단 그의 말을 믿고 한발 물러섰다. 사실상 도둑 길드장 중 흑사자가 하려는 일을 불가능하다고 대놓고 말할 수 있는 자가 없었기 때문이다.

더군다나 킬번이 흑사자와 모종의 관계가 있다는 것은 이미 알려진 사실이었다. 그들은 자신들이 멀리서 보지 못하는 것을 킬번은 알고 있다고 추측하며 위안으로 삼았다.

'그렇다고는 해도 모든 이들이 불안해한 것은 확실해! 정작 주군은 어떨까? 정말 전혀 불안하지 않았을까?'

돌먼은 그때도 그것이 궁금했지만 차마 물을 수 없었다. 이제는 킬번의 도박이 성공했기에 조심스럽게 묻고 있는 것이다.

킬번은 당연한 걸 물어본다는 표정으로 어깨를 으쓱해 보이고 웃으며 말했다.

"믿는 자에게 복이 있다."

"예? 아무리 그렇다고 해도……."

이게 그 경우에 맞는 말인가? 돌먼은 의아한 표정을 드러내며 고개를 갸웃거렸다. 킬번은 그런 수하의 반응을 재밌다는 듯 보면서 퀴즈라도 내듯 가벼운 어조로 물었다.

"그럼 어르신 말고 누가 결계를 깰 수 있는데?"

"어르신이 못 깰 수도 있지 않습니까?"

그래도 똑똑한 놈인지라 말려들지 않고 나름대로 핵심을 집는다. 킬번은 속으로 킬킬거리면서도 겉으로는 간단하게 일축했다.

"그건 그거고."

"대상주님께서는 목을 거셨지 않습니까?"

결국 돌먼은 꼭 집어 말하고야 말았다. 생명을 걸 정도로 확신할 무엇인가가 있는지 정말 궁금했다.

"응. 걸기야 걸었지."

"예?"

킬번은 웃음을 멈췄다. 그리고는 돌먼의 눈을 똑바로 보며 냉정한 목소리로 말했다.

"만약 정말로 어르신께서 결계를 깨지 못하고 밀림 속에서 영원히 나오지 않는다면, 어차피 나는 죽는다. 미노 제국이 대륙을 통일한 뒤에 내가 살 수 있을 것 같으냐?"

"그, 그건!"

"하나뿐인 목숨은 이미 흑사자라는 패에 걸어버렸다. 그러니 어르신이 죽으면 나는 죽는다."

꿀꺽.

정말로 죽음을 각오했다고? 킬번의 생에 대한 애착을 잘 알고 있는 돌먼은 아무런 말도 하지 못했다.

킬번은 잘 들으라는 듯 힘주어 한 자 한 자 말했다.

"다시 말하지. 내 목숨은 이미 흑사자라는 패에 건 지 오래다. 반대편에 걸린 것은 바로 이 세상의 모.든. 재.물.이지. 그게 바로 내 목숨의 무게다."

"모든 재물……."

돌먼은 숨이 막히는 것 같은 기분이 들었다.

지금 눈앞에 있는 금화가 가득 담긴 푸대도 그의 상상을 훨씬 넘어선 것이다. 그런데 대상주 킬번의 눈에는 아직 머나먼 여정의 일부에 불과하단 말인가?

킬번은 알아듣겠느냐는 듯 미소를 지으며 다시 말했다.

"날 따라와라, 돌먼. 승리했을 때 너에게 돌아갈 팥고물이 결코 적지는 않을 것이다."

"알겠습니다."

돌먼은 마치 언령의 매혹 주문에 빠진 것처럼 고개를 끄덕이며 대답했다. 이때의 대상주 킬번의 모습은 평생 잊을 수 없을 것이라고 속으로 중얼거리면서.

*　　　　*　　　　*

　밀림에서 레오가 돌아왔을 무렵, 하이번을 비롯한 그의 신하들은 이미 결계가 파괴되었다는 정보를 접하고 각국에 사신을 보내 여러 가지 일들을 진행하고 있었다.
　은혜로운 자매, 즉 대샤먼의 대리인인 크로티아는 레오의 신하임을 자처한다는 그 사실을 널리 알리게 했다.

　—흑사자 레오 가이안 황제는 하늘이 내린 인물이다. 그는 결계를 깨고 마물을 없앰으로써 밀림의 은인이 되었다.

　이는 마하블레이드의 후손으로서 당연히 해야 할 일이기도 했다. 실제로 레오가 한 일은 원래 크로티아의 몫을 대신한 것이라 할 수 있다.
　사실 이러한 명분이 없었어도 크로티아는 레오에게 충성을 맹세하기를 주저하지 않았을 것이다. 부부는 일심동체라지 않는가? 남편의 주군은 자신의 주군이기도 하다고 믿는 그녀였다.
　호쿠쿠 밀림의 결계가 깨어졌다는 사실에 촉각을 곤두세우고 있던 밀림 주변의 왕국들은 마치 기다렸다는 듯이 제국에 충성을 맹세해 왔다.
　사실 밀림 주변 왕국의 왕가는 대부분 구 시얀 제국 영주들의 후손이었다. 이들에게 밀림이 황제로 인정하는 자에게 충성을 맹세하는 것은 천 년이 넘게 내려온 전통이라 할 수 있다.

그리고 그 전통은 바로 풍요를 약속하는 것이기도 했다.

이에 따라 가이안 제국은 거의 모든 군사력을 서쪽과 북쪽으로 집중할 수 있게 되었다.

동쪽에 아직 남아 눈치를 보고 있는 몇몇 왕국들은 아무런 문제도 되지 않았다. 그들의 주변에 있는 왕국들이 모두 가이안 제국의 편이므로, 결국은 파도에 휩쓸리듯 제국에 편입될 터였기 때문이다.

"폐하, 어서 돌아오십시오."

발렌은 모두를 대신해서 레오에게 인사를 했다.

이곳은 레오의 방.

떠날 때에는 극비로 하고 떠난 레오였지만, 돌아올 때에는 7일간의 축제를 동반한 대대적인 환영 행사가 있었다.

하지만 레오에게 있어서 그것은 귀찮은 업무의 일환이었을 뿐, 모든 행사가 끝난 지금에서야 겨우 쉴 수 있는 기분이 되었다.

지금 레오의 눈앞에는 발렌과 유스, 에고른, 그리고 바로크와 하이번이 있었다.

옆 자리에는 로엔이 있고, 무릎 위에 있는 네로는 아직도 졸린 듯 목을 늘어뜨리고 넌 말해라, 난 잔다는 표정으로 엎드려서 눈을 감고 있었다. 휴케바인이 빠졌지만 그는 신혼이니 배려를 해주어야 했다.

'6개월 정도 밀림에 처박아두는 것이 좋겠군.'

레오는 그렇게 생각했다.

눈앞에 있는 자들은 그래도 마음 편하게 대할 수 있는 사람들이다. 레오는 소파에 최대한 편한 자세로 기대어 앉아 자신의 심복들의 인사를 받았다.

레오가 손짓으로 앉으라고 하자 사람들은 모두 소파에 앉았다. 그러자 곧 하이번이 레오에게 그간 있었던 일들을 정식으로 보고하기 시작했다.

"먼저 폐하가 안 계신 동안 제국의 재정과 운영에 대해……."

"그건 이미 보고를 받았다."

레오는 생략하라는 듯 손을 저었다. 하이번 역시 그럴 줄 알았다는 듯 순순히 말을 멈추고 다음 보고를 하기 위해 잠시 생각을 가다듬었다.

영지의 관리인이었던 가넨은 어제 만났다.

따로 만난 이유는 그 영감에게서 보고를 듣는 동안에 레오 자신이 짓는 표정을 다른 부하들에게는 보이고 싶지 않아서였다.

가넨은 로엔과 상성이 좋다. 마치 할아버지와 손자처럼 죽이 맞으니 잘해 나갈 것이다. 레오는 속으로 그렇게 중얼거렸다.

"폐하의 위대하신 업적으로 인해 지난 1개월간 우리 가이안 제국의 영토는 약 세 배로 넓어졌습니다."

하이번은 다음 보고로 영토에 대한 것을 선택하고 서설을 시작했으나, 그 역시 이 한 문장이 전부였다. 레오가 손을 저으면서 단 한 마디로 일축했기 때문이다.

"나중에 로엔에게 듣겠다."

"네."

이번에도 하이번은 별말없이 수긍했다. 사실 7일이나 되는 환영 인사에 얼굴을 내밀어준 것만도 다행이라 생각하고 있었던 것이다. 그렇게 영토 확장에 관한 보고마저 끝난 셈이 되었다.

두 가지 보고를 간단히 해결한 레오는 앞에 있는 음료수를 들어 한 모금 마시고는 그들을 보았다. 얼굴을 보니 대충 분위기를 알 수 있었다.

'다들 잘하고 있군!'

겉으로 표현은 하지 않았지만 그는 내심 만족스러웠다.

정작 그들은 모두 레오의 눈치를 보고 있었다. 하기야 두 번이나 보고를 생략시켰으니, 이제 무슨 말을 해야 할까 망설임이 생긴 것이다. 결국 다들 황제가 입을 열기만 기다리며 멀뚱히 서 있었다.

레오는 하이번을 보면서 그가 가장 궁금했던 것을 물었다.

"그럼 이제 난 할 일이 없는가?"

"말하자면 그렇다고 할 수 있습니다."

"고생한 보람이 있군."

미리 준비라도 한 듯 하이번의 말은 단호하기까지 했다. 그러자 바로크와 발렌이 약간 의외라는 듯 하이번을 보았다.

사실 지금 가이안 제국은 한창 전쟁 준비로 바쁜 상황이었다. 뒤가 튼튼해진 이상, 얼마든지 앞으로 나갈 수 있다.

미노 제국이 밀고 내려오는 것처럼 그들도 나름대로 위로 치고 올라가야 한다고 이미 군사 회의에서 결정이 난 상태였다.

하이번이 무관들에게 밝힌 진군 경로는 모두 다섯 곳이었다. 한꺼번에 다섯 왕국을 친다는 무모할 정도의 작전을 그는 강력하게 주장했다.

"폐하께서 한 일을 생각해 보시오. 우리가 이 정도도 하지 못하면, 어찌 폐하의 앞에 당당히 서서 공을 주장할 수 있겠소?"

그 말이 사람들의 가슴에 불을 질렀다. 흑사자의 위명을 등에 업고 싸우는데 엄살이란 있을 수 없다! 그것이 지금 군부의 의지이다.

그런데 정작 하이번은 레오에게 그 어떤 침공의 지휘도 부탁하지 않을 모양이다. 그가 나서기만 하면 승리는 확보되는 것이 아닌가?

하이번은 자신을 바라보는 사람들의 시선에서 그런 무언의 질문을 알아챘다. 그는 가볍게 웃으면서 덧붙이듯 레오에게 말했다.

"이번 가을에 대대적인 출병이 있을 것입니다. 모두 다섯 진로로, 서쪽과 북쪽의 왕국들을 병탄할 계획입니다."

"호오, 대규모 전쟁이로군."

레오의 눈이 빛났다. 전쟁 이야기를 듣자마자 이상할 정도로 호기심이 쏠리기 시작했다. 하지만 곧 하이번이 방금 전 자신은 아무것도 하지 않아도 된다고 말한 것이 생각났다.

"난 이곳에 남아 있는 건가?"

레오가 그로서는 드물게 재차 확인하듯 묻자 하이번은 힘차게 고개를 끄덕이며 말했다.

"그렇습니다. 앞으로 폐하께서는 모든 전쟁에 직접 참가하실 필요가 없습니다. 오로지 중앙에서 무게를 잡고 버티고 계시면 됩니다."

"으음."

뭔가 기분이 나빠졌다. 레오는 이유를 설명하라는 무언의 압력이 담긴 눈으로 하이번을 보았다.

"폐하께서 다섯 부대 중 어느 한쪽을 지휘하신다면, 그 군은 무조건 승리를 할 것입니다. 하지만 남은 네 부대는 승산을 확신할 수 없게 됩니다. 한 군데라도 패하게 되겠지요. 그러면 그게 바로 폐하의 패배가 되고, 제국의 손실로 이어집니다."

"그런가? 그럴 수도 있겠군."

"틀림없습니다. 그 위에 만약 미노 제국이 첩자들을 동원하여 인근 왕국을 선동한다면, 4개의 부대는 각개격파를 당할 수도 있습니다."

흑사자가 있는 군세는 엄청난 이득을 얻는다. 전신의 군대, 가히 무적이라고 할 만하다. 그러나 다른 군대는 그렇지 못하다. 인간의 부대이고, 더 강한 힘을 만나면 깨어질 수 있다.

하이번의 설명에 다른 사람들도 이해했다는 듯 고개를 끄덕였다.

원래대로라면 레오가 전군을 이끌고 대륙을 휩쓸고 다니는 것이 가장 확실하게 무패의 전설을 유지하는 길일 것이다. 그러나 그럴 경우 영토를 확장하는 데 시간이 걸린다.

"그렇다고 해도 내가 아무 곳에도 참가하지 않는 것보다는 낫지 않은가?"

레오는 잘 이해할 수 없다는 듯 다시 물었다. 그러나 하이번은 그게 아니라는 듯 다시 설명을 했다.

"폐하께서 이곳에 계시면, 다섯 군세 중 상황이 불리한 쪽에 언제라도 지원을 할 수 있게 됩니다. 이것은 정말 중요한 일입니다. 실제로 지원을 하지 않는다고 해도 모든 군세가 패배를 두려워하지 않고, 오로지 승리만을 확신하며 싸우게 됩니다."

"……!"

"그리고 그것은 상대도 마찬가지. 그들은 폐하께서 언제 전장에 뛰어들까 항상 걱정할 것입니다. 그리고 주변 왕국들도 함부로 지원군을 보낼 수 없지요."

"과연 그렇군!"

레오는 무슨 뜻인지 알았다는 듯 살짝 고개를 끄덕이며 속으로 생각했다.

'역시 이자는 머리가 좋다!'

딱 그것뿐이었다. 일단 하이번의 말에 납득했으니 그것으로 족했다.

그런 삼촌과 대조적으로 로엔은 초롱초롱한 눈빛으로 하이번의 말을 들으며 감탄의 빛을 숨기지 않았다. 그러면서도 머리 속에 하이번의 정략을 차곡차곡 기록하고 있었다.

로엔은 요즘 들어 하이번에게 직접 병법에 대한 것을 배우고 있었다. 그것은 정말로 대륙을 놓고 벌이는 병법이었고, 그전에는 한 번도 생각해 보지 못한 것이었다.

그런 만큼 하이번의 말 한마디 한마디가 로엔에게는 신선한 충격으로 다가오고 있었다.

하이번은 그들을 보며 자신의 말에 마침표를 찍듯 힘주어 말했다.

"폐하는 존재 자체가 이미 제국의 가장 큰 힘입니다."

"알았다. 알아서 하도록."

"옛."

그것으로 대규모 정복 전쟁에 대한 논의도 끝났다. 레오는 정말로 더 이상 할 일이 없는 자신을 발견했다. 신하들이 너무 철저하게 잘해서 오히려 답답할 정도였다.

야옹.

네로가 갑자기 눈을 뜨고 레오를 보며 울었다. 그냥 잠이나 자자, 이렇게 말하고 있는 눈치였다. 하지만 레오는 의미심장한 미소를 지으며 손으로 네로의 머리를 쓰다듬었다. 그리고는 지나가는 투로 말했다.

"그럼 난 수련이나 해야겠군."

"네? 수련이라고요?"

"레오 공자님이, 아니, 폐하께서 수련을 하신단 말씀이십니까?"

모두들 믿을 수 없다는 표정이었다. 오직 로엔만이 왜 사람들이 이렇게 놀라나 영문을 알 수 없다는 표정으로 주변의 눈치를 살폈다.

하지만 발렌이나 유스 등이 생각하기에 이것은 절대로 있을 수 없는

일이었다. 특히 유스는 레오가 아주 어릴 때부터 그의 모습을 지켜봐
왔다.

그런 유스도 맹세코 레오가 수련을 하는 것을 본 적이 없었다.

"무슨 수련을 하시려는지 물어도 되겠습니까?"

하이번이 아주 조심스럽게 물었다. 그의 심장은 격하게 뛰고 있었
다. 혹시 레오가 병법 수련을 한다고 하면 무슨 수를 써서든 막아야 한
다.

하지만 레오는 신경 쓰지 말라는 듯 가볍게 한 손을 흔들었다.

"이것저것 시험을 해볼 것이 있다. 이쯤에서 정리를 하지 않으면 안
될 것 같군."

"그렇습니까?"

대답하지 않겠다는 레오의 태도에 그들은 하나같이 낙담한 표정을
지었다.

솔직히 궁금했다. 여기서 어떻게 더 강해질 구석이 있다고 수련을
한다는 것인가?

바로크 백작 같은 경우에는 아예 기사의 체면을 버리고 애원을 해서
라도 수련 방법을 알아내고 싶은 욕망을 겨우겨우 참고 있었다.

마스터가 된 이후 아무리 수련을 해도 얼마나 강해졌는지 알 수가 없
게 되었다. 또한 기존의 수련법이 도움이 되는지도 확신할 수 없었다.

그나마 완전히 벽에 부딪쳐 나아가지 못하고 있을 때 레오가 다른
마스터와 싸우는 모습을 보고 약간이나마 수련의 방향을 잡을 수 있었
지 않았던가?

이제 레오의 수련법을 알게 되면 다시 새로운 단서를 얻을 수 있을
지도 모른다는 생각이 들었다.

무인으로서 더욱 강해질 수 있다는 욕망! 그것은 평생 충의를 지켜 온 바로크 백작이라고 해도 벗어날 수 없는 강렬한 것이었다.

사람들은 곧 로엔에게 열렬한 시선을 보냈다. 다시 질문을 해도 소용이 없음을 느낀 이상 답을 얻을 수 있는 유일한 희망은 오직 로엔에게만 있었다.

로엔은 그들의 이상할 정도의 열기에 압도된 듯 긴장한 채 고개를 끄덕였다.

하지만 정작 레오는 별로 상관하지 않는다는 듯 여전히 네로의 머리를 쓰다듬을 뿐이었다. 네로 역시 자신이 할 일은 잠을 자는 것 이외에는 없다는 듯 눈을 감고 있었다.

그들 둘만의 공간에는 항상 다른 사람이 이해할 수 없는 기류가 흐르는 듯했다.

외전
외전

드라이어드의 비명

"헉!"

하이번은 자신도 모르게 짧은 단말마를 지르며 반사적으로 침대에서 벌떡 일어났다. 벌써 며칠째 잠을 설친 그의 안색은 창백하기 짝이 없었다. 눈 아래로 드리워진 깊은 그늘은 오래된 시종들의 걱정이 기우가 아니라고 말하는 것 같았다.

벌컥벌컥.

"후우우우~"

침상 옆에 준비되어 있던 냉수를 들이킨 하이번은 크게 심호흡을 했다. 자못 결의로 가득한 표정으로 그는 다시 침상에 누웠다. 몇 분도 지나지 않아 깊게 잠이 든 사람 특유의 규칙적인 숨소리가 나기 시작했다.

꺄아아아아아!

“헉!”

정확히 한 시간 만에 똑같은 일이 되풀이되었다. 전장의 칼날 같은 위험 속에서도 필요한 숙면을 취하던 하이번이다. 하지만 그러한 경험도 귀에 대고 직접 외치는 듯 선명한 여인의 비명 소리 앞에서는 아무 소용이 없었다.

얼마 전부터 가이안 제국의 내각을 구성하는 모든 신료들은 그들의 재상을 50분이라고 부르기 시작했다.

하이번이 참석하는 모든 회의는 50분을 넘기지 않았다. 회의뿐만 아니라 어떤 일을 처리하더라도 정확하게 오십 분에 한 번씩은 휴식 시간을 가졌다.

“그런 비책이 있을 줄이야!”

에고른이 감탄한 기색을 드러내며 말하자 발렌도 묵묵히 고개를 끄덕였다. 하이번으로 인해 규칙적인 휴식 시간이 황궁 전체에 관례처럼 퍼져 갔다. 그리고 그 결과는 정말 놀라웠다.

가장 효율적인 부분은 바로 회의였다. 몇 시간씩 밀고 당기던 지루한 회의는 이미 없어진 지 오래였다.

하이번은 정확한 회의 시간을 정해놓고 필요한 안건을 우선적으로 해결했다. 그 이외의 사안은 오직 정해진 시간 동안만 논의가 가능했다.

덕분에 고위층이 모인 회의일수록 더 많은 준비와 사전 조율이 행해지기 시작했고, 지금은 모두 그 효율성에 놀라고 있었다.

“그게 훈련에도 소용이 있을 줄은 정말 몰랐습니다.”

타로스도 가만히 있지 못하고 결국 한마디 거들었다. 성벽의 병사들을 훈련시키면서 규칙적인 휴식 시간을 주는 것이 오히려 더욱 효율적임을 알게 된 것이다.

"그래서 에고른 경과 발렌 경께서는 매우 감탄하셨어요. 하이번 경께서 하시는 일에는 늘 이유가 있고, 결과를 예측하기 어렵다구요."

로엔은 자신이 들었던 바를 열심히 말했다. 이 소년은 누가 시키지 않아도 이러한 칭찬은 꼭 본인에게 전해주곤 했다.

하이번은 한숨이 나오는 것을 억지로 참고 애써 미소를 지어 보였다.

"그런데 어디 편찮으세요? 너무 무리하시는 것 같다고 다들 걱정하시던데……."

로엔의 걱정스러운 말에 하이번은 순간적으로 고민에 빠졌다.

'말을 해야 할까? 로엔 공자라면…….'

고민은 오래가지 않았다. 하이번은 조심스럽게 상황을 설명하기 시작했다.

"여자의 비명 소리가요?"

"그렇습니다. 그것도 마치 일부러 귓전에 대고 크게 외치는 것과 똑같이 들립니다."

"어떻게 그런 일이……."

"글쎄요. 치료사들의 말로는 청각에는 전혀 이상이 없다더군요. 신관들은 두 가지 가능성을 말했구요."

"두 가지라면……?"

"하나는 제 정신 상태가 올바르지 못할 경우라고 하더군요. 이른바 환청이라는 거죠."

물론 일국의 재상에게 대놓고 그리 말할 리는 없었지만 실제 의미는
그랬다.

"다른 하나는요?"

로엔은 그건 고려할 가치도 없다는 듯 다른 이유를 재촉했다. 하이
번은 보일 듯 말 듯하게 살짝 고개를 끄덕이고는 말을 이었다.

"일종의 저주일 수도 있을 거라고 하더군요. 하지만 마법적 기운은
보이지 않는다고 했습니다."

"흐음……."

로엔은 머리를 갸웃거리며 무언가 한참 생각하더니 조심스럽게 하
이번의 의견을 물어왔다.

"저, 제가 레이디 티모라께 한번 봐달라고 하면 어떨까요? 그분이라
면 혹시 아실 수 있을지도 모르니까요. 어쩌면 증상만 말해도 해답을
아실지도 몰라요."

"그렇게 해주시면 감사하겠습니다."

의외로 하이번이 흔쾌히 허락하자 로엔은 다 안다는 듯 덧붙였다.

"이야기가 밖으로 새지 않도록 주의할게요."

"고맙습니다."

하이번은 진심을 담아 감사의 말을 했다. 사실 로엔이 나서지 않았
다면 직접 고양이 네로를 찾아갔을 것이다. 그의 생각에도 이 일의 해
답을 알고 있을 확실한 이를 꼽으라면 티모라밖에 없었다.

＊　　　＊　　　＊

"여자의 비명 소리가요?"

"그렇데요. 그것도 정확하게 한 시간에 한 번씩 아주 선명하게 들리신다는군요. 마치……."

"귀에 대고 직접 외치는 것같이 말이죠?"

티모라는 무언가 짐작한 듯 로엔이 미처 말하기도 전에 되물었다.

"어? 어떻게 아세요? 역시 레이디 티모라께서는 원인을 아시는군요? 그럼 고칠 수도 있나요? 아니, 그보다 왜 그런 일이 생긴 건지 알 수 있을까요?"

흥분한 로엔은 숨도 쉬지 않고 여러 가지 질문을 늘어놓았다. 티모라는 따스한 눈빛으로 그런 로엔을 보며 늘 그렇듯이 차근차근 이야기를 시작했다.

"일단 하이번 경은 흑마법 따위의 저주에 걸린 건 아니에요. 그렇다면 누구보다 제가 먼저 알 수 있지요. 자랑은 아니지만 드래곤을 제외하고 제 눈을 속일 수 있는 마법사는 존재하지 않는답니다."

"저도 그럴 거라고 생각했어요. 다들 레이디 티모라가 엄청 강하다고 하던걸요."

물론 삼촌만큼은 아니라고 생각했지만 굳이 말하지는 않았다. 티모라는 겸허한 표정으로 살짝 고개를 숙여 긍정을 표하고 말을 이었다.

"그렇기 때문에 저는 여인의 비명 소리라는 부분에서 쉽게 사실을 알 수 있었어요."

"그게 뭔데요?"

"혹시 드라이어드라는 존재에 대해 아시나요?"

"나무의 정령이죠? 전에 책에서 읽은 적이 있어요. 물론 보지는 못했지만."

티모라는 로엔이 드라이어드를 알고 있다는 것만 해도 기특하다는 생각이 들어 흐뭇한 미소가 절로 나왔다. 그녀는 그러한 기분을 숨기지 않고 드러내면서 하이번의 상태에 대해 진단을 내렸다.

"하이번 경이 지금 당하고 있는 것은 일명 드라이어드의 저주예요."

"네? 하지만 아까 저주는 아니라고 하셨잖아요?"

"사람이 하는 저주가 아니라는 뜻이죠. 나무의 정령 드라이어드는 자신을 해친 대상에게 비명을 지름으로써 나름대로의 복수를 한답니다."

"네에?"

로엔은 이해할 수 없었다. 나무를 해친 이에게 그런 일이 있었다는 건 들은 적이 없다. 만약 그렇다면 나무꾼들은 매일 시달려야 할 것이 아닌가?

'내가 마음이 상할까 봐 정면으로 반박을 안 하는군. 역시 로엔은 착한 아이야.'

티모라는 로엔의 생각을 훤히 들여다보듯 알 수 있었다. 그녀는 옛날이야기를 들려주듯 차근차근 드라이어드의 저주가 형성되는 요건에 대해 설명을 하기 시작했다.

"으음, 그런 거군요. 그러면 달리 방법이 없는 걸까요?"

로엔은 다시 걱정스러운 표정이 되어 있었다. 확실한 원인을 찾았지만, 결국 특별한 방법이 없다는 것이다.

"너무 걱정하지 않으셔도 될 거예요. 어차피 나무 한 그루에 한 번의 비명이니까요. 하루에 스물네 번이고, 몇 주가 되었다고 하니 조만간 없어지겠지요. 설마 수천 그루의 나무를 없앤 건 아닐 테니까요."

위로에 가까운 티모라의 말에 로엔은 고개를 끄덕였다. 물론 하이번에게 물어봐야 하겠지만, 그래 봐야 얼마나 많은 나무를 해쳤겠는가?

원하는 해답을 얻은 로엔은 하이번에게 희소식을 전하고 싶은 마음에 앞서 서둘러 그를 만나러 갔다.

"나무의 수만큼이라구요?"

"네에. 레이디 티모라의 말대로라면, 그것도 쓸데없이 죽인 나무에 한한다는군요. 벌써 몇백 그루만큼은 겪으셨으니 얼마 안 남았을 거예요."

천진한 표정으로 진심으로 기뻐하는 로엔의 표정에 하이번은 말을 잃었다. 오직 오랜 기간 단련한 덕에 겉으로 당황함과 절망감을 표내지 않을 수 있었다. 그는 애써 진심 어린 감사의 말을 하면서 흐뭇해하는 로엔을 배웅했다.

"난 죽었다!"

그것은 그야말로 마음 깊은 곳에서 솟아나는 비명이요, 탄식이었다. 하이번으로서는 지금 간신히 버티고 서 있는 것이 고작이었다.

'나무 그루 수대로라고? 하루에 24, 일 년이면 8,760인가?'

수도에서 불태웠던 나무의 숫자는 수만 그루 정도일 것이다. 속으로 암산을 하던 하이번은 짙은 절망에 눈앞이 캄캄해졌다.

결국 그는 티모라의 방으로 갔다.

"정말 다른 방법이 없습니까?"

죽음 앞에서도 당당하던 하이번이 이렇게 간절한 표정을 지었던 적은 평생 한 번도 없었다.

"없습니다."

대답을 하는 티모라의 얼굴에서는 아무 감정도 찾아볼 수 없었다. 로엔을 위로하던 따스한 표정은 이미 자취를 잃은 지 오래였다. 하이

번이 다시 한 번 물으려는 순간 티모라의 냉정한 목소리가 다시 울려
퍼졌다.

"만약……."

"만약?"

"당신이 불태웠다는 그 나무들을 원래대로 살릴 수 있다면 가능하겠
지요."

절망감이 역력히 드러나는 하이번을 보면서 티모라는 속으로 냉소
를 머금었다.

'이건 누가 물어봐도 공평한 처사지. 그 수만 번의 비명에 아무 죄
도 없이 밤새 시달린 건 바로 나였거든.'

마지막 희망이 무너지자 하이번은 오히려 냉정을 되찾았다. 일그러
졌던 그의 얼굴은 순식간에 평소의 그것으로 되돌아갔다.

"정령이 그 숲을 불태운 것을 명령한 이가 저라는 것을 어떻게 알았
을까요?"

하이번의 질문에 티모라는 안색 하나 변하지 않고 대답했다.

"그건 제가 가르쳐 줬기 때문이죠."

"과연……."

이제야 모든 것을 알았다는 듯 하이번의 목소리는 침착하기 그지없
었다.

"저는 정령사예요. 정령들은 제 친구들이죠. 그들이 제 부탁을 들어
주는 것처럼 그들의 질문에 거짓을 대답할 수는 없답니다."

"이해합니다."

하이번은 모든 것을 받아들이겠다는 태도를 견지하며 대답하고는
다시 입을 열려 했지만 티모라가 먼저였다.

"제가 당신에게 베풀 수 있는 호의는 여러 드라이어드들이 한 번에 복수하지 못하도록 부탁하는 것뿐이었어요."

"그게, 무슨 말씀이신지……?"

"그러지 않았다면 당신은 미쳐 버렸을 테니까요."

"미친단 말이십니까?"

"네. 실제로 저는 서너 명의 드라이어드들의 비명을 들은 사람이 미쳐 날뛰는 것을 본 적이 있답니다. 보통의 인간이 버틸 수 있는 건 한 시간에 한 번 정도지요."

하이번의 표정이 아주 미미하게 일그러졌다가 곧바로 회복되었다. 이미 침착함을 되찾은 그는 다시 입은 타격을 애써 드러내지 않으려 하며 다시 물었다.

"그럼 혹시 그 간격이라도 늘려주실 수는 없는지요?"

"가능합니다."

티모라가 너무 쉽게 대답하자 하이번의 눈에 놀라는 빛이 떠올랐다. 하지만 벌써 당한 것이 있는 터라 크게 희망을 갖지 않고 물었다.

"어느 정도까지 가능합니까?"

"두 시간이 한계입니다."

하이번은 역시나 하는 표정으로 속으로 한숨을 삼키고 말했다.

"그건 또 무슨 이유인지요?"

"당신의 수명 때문이죠. 사실 두 시간에 한 번이라고 하면 십이 년 정도가 됩니다. 그 정도도 드라이어드들로서는 평균 수명을 감안해서 십분 양보한 거라고 할 수 있어요. 제가 설득하는 것도 그 정도가 한계이구요."

한마디로, 죽기 전에 모든 드라이어드들이 복수할 기회를 가져야 한

다는 것이다. 하이번은 할 말을 잊은 듯 잠시 멍한 표정으로 서 있었
다.

"배려에 감사드립니다."

하이번은 한껏 예의를 갖추어 정중히 인사를 하고 물러났다.

결국 타의에 의해 하이번은 계속 50분이라는 별명을 달고 살아야만
했다. 사정을 모르는 이들은 이러한 하이번의 방식의 효율성에 감복하
고 흉내를 내기 시작했다.

가이안 제국의 황궁에서 시작된 이러한 휴식 시간의 제공은 어느새
수도 전체로 유행처럼 번지기 시작했다. 그리고 어느 시기부터 가이안
제국 전역에서는 어떤 일이든 간에 50분을 하고 나면 10분을 쉬는 것
이 당연한 일이 되어버렸다.

아이러니하게도 이러한 일을 가장 먼저 시작한 군대에서만큼은 정
기적으로 휴식 없는 전투 훈련을 해야 했다. 실전에서 적군이 휴식 시
간을 제공할 리는 없으므로.

『흑사자』 6권에 계속…

청 어 람 판 타 지 장 편 소 설

마신의 불길보다 더 사나운 환염의 붉은 불꽃!

홍염의 성좌 / 아울 지음

THE CONSTELLATION OF BLAZE
『홍염의 성좌』

98년 『검은 숲의 은자』, 02년 『폭풍의 탑』, 04년 『겨울 성의 열쇠』
고품격 판타지 작품 세계만을 선보여온 작가 민소영! 그녀의 최신작!!

신세대적인 기발함과 경쾌한 문체,
풍부한 상상력이 빚어낸 판타지계의 명품 중 명품!
짙고 그윽한 그녀만의 농밀함이 빚어낸 장대한 스펙터클 드라마!

2005년 여름,
진한 감동과 짜릿한 전율이 시원하게 회오리친다!

FANTASY
FRONTIER
SPIRIT

FANTASY
FRONTIER
SPIRIT

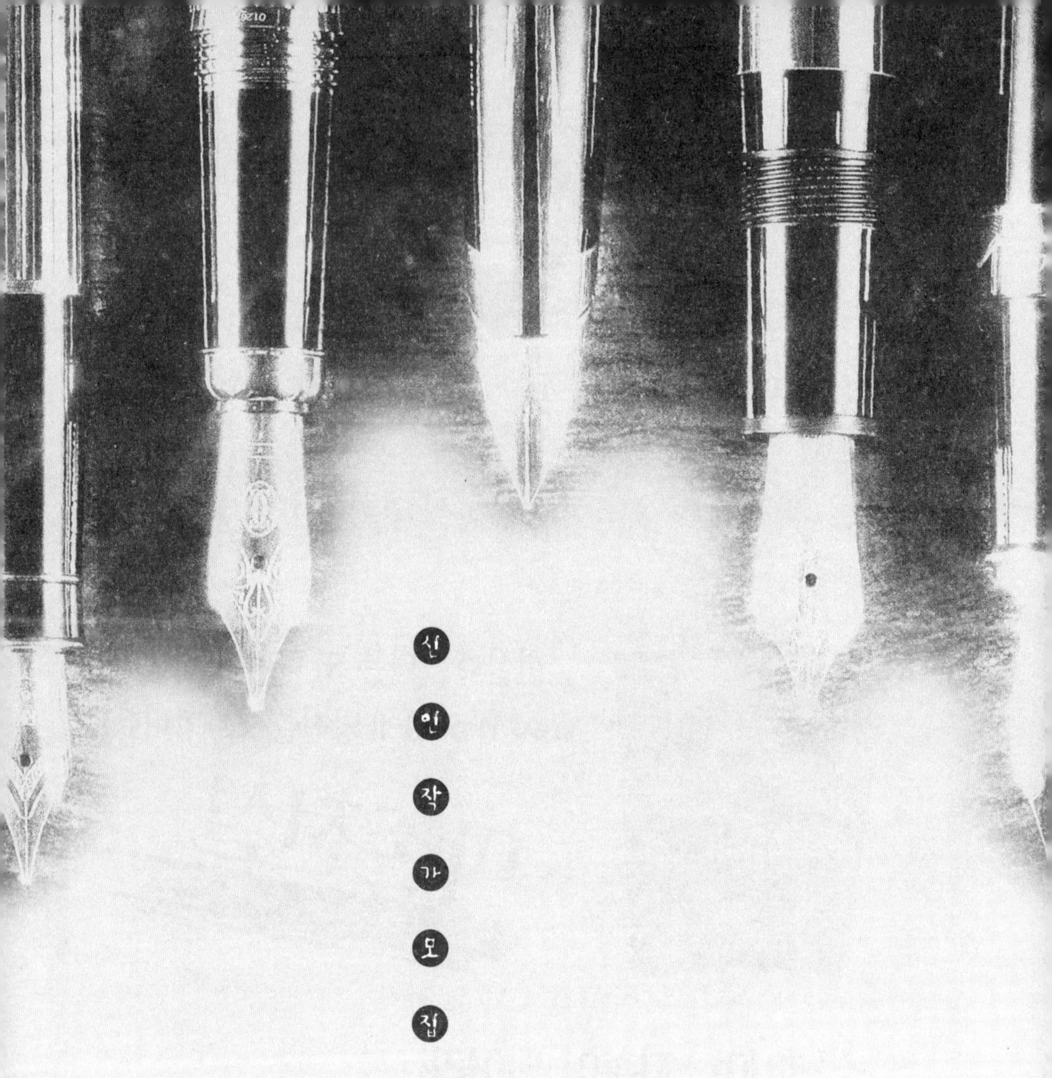

신
인
작
가
모
집